Le Livre de Poche Jeunesse

Parle-moi !

Sarah Mlynowski

Née à Montréal en 1977, Sarah Mlynowski suit des études en littérature anglaise. À vingt-deux ans, elle publie son premier roman, qui connaît un grand succès. Depuis, elle écrit aussi bien pour les adultes que pour la jeunesse. Elle vit aujourd'hui à New York.

Du même auteur :

- Rachel W. – Tome 1 – Sortilèges et sacs à main
- Rachel W. – Tome 2 – Crapauds et Roméos
- Rachel W. – Tome 3 – Tout sur moi !
- Rachel W. – Tome 4 – Deux sorcières pour un garçon
- Croisière à haut risque, *in* Liaisons d'enfer au paradis

Sarah Mlynowski

Parle-moi !

Traduit de l'anglais (américain)
par Claudine Richetin

Titre original :
Gimme a Call
(Première publication : Delacorte Press,
an imprint of Random House Children's Books,
a division of Random House Inc., New York, 2010)

Pour Chloe, ma petite chérie

Chapitre 1

Vendredi 23 mai
Terminale

Je suis censée aller rendre la montre de Bryan chez Nordstrom et rentrer ensuite à la maison. Mais en fait, je traîne près de la fontaine circulaire de la galerie marchande de Stonybrook, et je regarde fixement la vitrine de l'institut *Bronzage et Beauté*, qui montre la photo d'une femme sans aucune ride avec le slogan : *Remontez le temps*.

Bonne idée. Si je pouvais remonter le temps, je dirais pas mal de choses à celle que j'étais. Par exemple :

En CE2, ne pas laisser Karin Ferris te couper la frange. Ton ancienne copine n'a rien d'une styliste. Elle va la couper trop court sans le faire exprès. Et pas droit. Tu seras obligée de mettre des barrettes vertes qui vont te donner la migraine jusqu'à la fin de l'année.

En CM2, ne pas mettre de guimauve dans le grille-pain, même si ça te paraît être une idée géniale. Croustillant et moelleux, miam ! Non. En gonflant, l'extrémité d'une des guimauves touche la résistance et le grille-pain prend feu. Et pour le restant de tes jours, la famille au complet racontera à qui veut l'entendre comment tu as failli mettre le feu à la maison.

En seconde, ne pas laisser ton appareil dentaire dans une

serviette en papier à la cafétéria. Sauf si tu tiens à farfouiller dans trois poubelles pleines de spaghettis et de viande hachée pour le retrouver.

En décembre dernier, ne pas acheter le jean Dolly que tu aimes en taille 34 en croyant qu'il va se distendre. Ça n'arrive jamais.

Il y a quinze jours, ne pas LUI acheter une montre en argent comme cadeau surprise de fin d'études, parce que tu passeras la totalité du jour de congé de la fête des terminales à faire la queue au centre commercial pour aller la rendre. Ce qui m'amène au point le plus important.

Bryan.

Si je pouvais remonter dans le temps, le conseil primordial que je me donnerais serait le suivant : ne *jamais* tomber amoureuse de Bryan. Je mettrais en garde la jeune fille inexpérimentée que j'étais de ne pas même accepter de sortir avec lui, pour commencer. Encore mieux : la fête où nous avons fait officiellement connaissance quand j'étais en seconde n'aurait jamais lieu. Bon, d'accord, la fête aurait pu avoir lieu, mais quand il m'aurait appelée pour me demander de sortir avec lui, j'aurais dit non. « C'est gentil à toi de le proposer mais ça ne m'intéresse pas. Merci, mais non, je te remercie. Bonne chance. » Je me serais peut-être conseillé de ne pas prendre la peine d'aller à la fête. Plutôt de rester chez moi pour ranger mon placard.

Imaginez. Parler à celle que j'étais à quatorze ans. Ce serait trop bien.

Juste à côté de l'institut *Bronzage et Beauté*, je repère la tignasse blonde décolorée de Veronica de *Bella Boutique*. Elle me fait un signe de la main. Je lui réponds.

– Devi, viens voir notre nouvelle collection, me crie-t-elle. Elle est top géniale !

Comme si j'allais l'écouter. C'est elle qui m'a juré craché que mon jean allait se détendre.

– Je te ferai la remise réservée au personnel ! propose-t-elle, alors que je n'ai pas travaillé dans la boutique une seule fois depuis l'été dernier.

Je lui réponds :

– D'accord, je passe voir dans une minute.

Au lieu de quoi je fouille dans mon sac, prends mon téléphone pour lire mes messages. Je veux entendre celui qu'il a laissé ce matin. Réentendre, en fait. Je ne l'ai écouté qu'une fois. Bon, sept fois. Lamentable, je sais. Mais j'espère chaque fois qu'il aura changé.

« Salut Devi, c'est moi. »

Bryan a une voix grave et rauque, comme s'il fumait. On a essayé de fumer une fois ensemble, au belvédère Morgan du mont Woodrove, quand on était en seconde. Mais quand on s'est embrassés, il sentait la chaussette sale, et du coup ça a été la fin de notre carrière de fumeurs.

Sniff.

Tout s'en va en fumée.

« J'aimerais que tu répondes, continue sa voix. Tu réponds toujours, d'habitude. »

Silence, comme s'il attendait que je le fasse.

« Je te demande pardon. Je veux dire, je regrette, je suis vraiment désolé. Je ne voulais pas te faire de mal. »

Le message continue mais je l'entends à peine parce que je me suis mise à pleurer et j'ai les joues toutes mouillées et les mains aussi et comment a-t-il pu me dire qu'il m'aimait alors que visiblement il ne m'aime pas et...

Plouf !

Comme une savonnette dans la baignoire, mon téléphone m'a glissé des mains et est tombé dans la fontaine.

Super. Encore une chose à dire à celle que j'étais avant (il y a deux secondes) : ne pas laisser tomber ton téléphone dans une mare d'eau de Javel. Je scrute les profondeurs. Un éclair argenté scintille. Est-ce mon téléphone ? Non. C'est une pièce de monnaie. En plus de mon portable, la fontaine est également pleine de pièces. Y a-t-il vraiment des gens ici-bas qui croient que jeter une pièce dans l'eau peut réaliser vos souhaits ?

Ah ! Ça y est, je le vois ! Je tends le bras pour le saisir, mais il est trop loin. Je m'allonge sur le ventre et essaie encore. Un peu plus... j'y suis presque...

Le téléphone est aspiré hors de ma portée par le soudain tourbillon des jets d'eau de la fontaine. Flûte ! Il va falloir que j'y entre.

Heureusement, je porte des claquettes. Je jette un regard aux alentours pour vérifier qu'aucun agent de la sécurité n'est en train de m'observer, je remonte le bas de mon jean (qui est si serré qu'il me coupe la respiration) et je pose un pied dans la fontaine.

C'est froid. Gluant. Ça chatouille !

Beurk. En baissant les yeux, je vois mes orteils gonflés et teints en vert. Peut-être que l'eau est radioactive et que je suis en train de me métamorphoser en Hulk.

Du coin de l'œil, j'aperçois Mike Travis, Scott Puttin et

Frank Kellerman, qui parcourent la galerie marchande comme s'ils étaient propriétaires des lieux. Mike – sans conteste l'un des garçons les plus sexy de notre classe – a les cheveux noirs, des muscles d'athlète et un sourire aveuglant. Je parierais qu'il se fait blanchir les dents. Scott est plutôt mignon, lui aussi, si vous aimez le genre BCBG sûr de lui. Et Kellerman – tout le monde l'appelle Kellerman – a déjà l'air d'appartenir à une fraternité étudiante. Il porte toujours la casquette de club de son frère aîné, et je crois que je ne l'ai jamais vu autrement qu'en pantalon de survêt.

Je me baisse pour que cette bande de mecs super-cool ne me voie pas. Il ne manquerait plus que ça pour aujourd'hui. L'eau monte dans mon jean jusqu'à la hauteur des genoux. Zut ! Zut et zut ! Quand ils ont disparu dans le rayon alimentation, je me redresse et cherche à localiser mon téléphone. Ah, le voilà ! Yahoo ! En équilibre sur un tas de pièces de monnaie. Je le tiens ! Yes !

Et maintenant, il ne me reste plus qu'à sortir de là...

Splash ! Le jet d'eau me surprend et avant de m'en rendre compte, je me retrouve sur les fesses. Super. J'ai les yeux qui commencent à me piquer.

Je me relève pour regagner le bord saine et sauve, en laissant une traînée de gouttelettes vertes phosphorescentes.

Sans m'occuper de mon jean trempé – peut-être que les produits chimiques vont l'aider à se détendre ? – j'essuie mon téléphone sur mon tee-shirt, comme si ça pouvait être utile. *Faites qu'il ne soit pas abîmé, je vous en prie, je vous en prie.* J'appuie sur la touche d'accès.

Silence. Aucun son. Aucune connexion. Rien du tout.

Je m'aperçois que Veronica me regarde fixement.

– Tout va bien ? crie-t-elle.

Bien sûr, tiens. Je hurle :

– Ça va !

Je reviens à mon téléphone et appuie à nouveau sur la touche de mise en marche. Toujours rien. Sur la touche numéro un. Rien. Numéro deux. Rien. Trois, quatre, cinq, toujours rien. Six, sept, huit, neuf, touche d'envoi, touche entrée, touche volume. Rien. Rien. *Que dalle.* Je tape du pied. Mes sandales font un bruit mouillé.

J'appuie sur la touche d'accès. Encore une fois. Rien.

J'appuie sur le neuf, le huit, le sept, le six, le cinq, le quatre, le trois, le deux, le un, touche entrée, touche volume. Rien du tout.

J'appuie sur envoi.

Ça sonne.

Chapitre 2

Vendredi 9 septembre
Classe de seconde

La première fois qu'elle appelle, je suis assise à côté de Karin et en face de Joëlle Caldwell et Tash Havens à notre table habituelle dans la cafétéria, au fond, près de la poubelle de recyclage. Pas la place idéale, car l'endroit a nettement des relents de lait caillé, mais en tant que premières années, nous avons déjà de la chance d'avoir une table.

Mon téléphone – que j'ai depuis quinze jours – se met à vibrer à côté des restes de mon croque-monsieur brûlé et des frites pas assez cuites. Aucune sonnerie ni mélodie n'est autorisée à l'école, le vibreur représente donc la meilleure solution pour les élèves du lycée Florence-Ouest. Il y a tant de vibrations dans l'air qu'on croirait que le bâtiment est construit sur une ligne de métro. Ce qui n'est pas le cas, évidemment. Il n'y a pas de métro dans la ville de Florence, État de New York. Des restaurants souterrains, oui, à chaque carrefour. Mais des transports souterrains ? Ne rêvons pas.

– C'est ta sœur ? demande Karin, tout en sirotant son lait au chocolat. Dis-lui bonjour de ma part.

Je suis certaine que c'est Maya. Qui pourrait m'appeler à midi ? Les seules autres personnes que je connais sont ici avec moi.

– Salut, Maya, dis-je en essayant de ne pas trop ouvrir la bouche en parlant, car je soupçonne qu'une miette de fromage s'est coincée dans mon appareil dentaire.

Je déteste ce truc-là. Bon, c'est un nouveau modèle léger, ce n'est pas comme si j'avais la bouche pleine de métal, c'est juste un fil, mais depuis que je le porte, c'est-à-dire la semaine dernière, je n'arrête pas d'avoir des morceaux de nourriture qui s'y incrustent. Céréales, croque-monsieur, frites pas cuites... Si c'est dans mon assiette, ça finit immanquablement dans mon appareil.

– Salut !

– Bonjour ?

– Enfin ! Je t'ai laissé deux messages cette semaine ! Je sais qu'il y a un décalage de trois heures entre ici et l'université de Californie, mais je suis sûre qu'une petite futée comme toi doit trouver le moyen de me joindre, lui dis-je.

– Pardon ? dit une fille.

Qui n'est pas Maya. Oups. Je n'ai pas la moindre idée de l'identité de la personne à qui je parle. Mais sa voix me semble familière, je devrais peut-être la connaître ? C'est comme si je regardais un jeu télévisé. Je sais la réponse, je l'ai sur le bout de la langue, mais je n'arrive pas à la dire.

– Qui êtes-vous ?

– Excusez-moi, je crois que j'ai fait un faux numéro, déclare la fille.

– Pas de problème, dis-je en raccrochant.

Je reviens à mon croque-monsieur.

– Alors, les filles, qu'est-ce que vous faites ce week-end ? demande Karin.

– Rien, dit Joëlle avec un soupir. (Elle décroise ses leggings d'un vert acide super-flashy, puis ajuste sa mini-jupe en jean et son caraco dont l'encolure montre ses épaules.) Il n'y a rien à faire ici. On devrait peut-être aller en ville.

– À Buffalo ? demande Tash.

– Nooon, Buffalo est trop nul. Je voulais dire Manhattan.

– En prenant nos vélos volants ? suggère Tash en roulant ses grands yeux verts derrière ses lunettes.

Je ne sais pas pourquoi elle ne porte pas des lentilles. Elle a les yeux les plus extraordinaires qui soient. Et elle se tient mal quand elle est assise, aussi. Je lui dirais bien de se tenir correctement pour mettre en valeur son superbe corps de mannequin, mais je ne la connais pas depuis assez longtemps.

– Si seulement on ne vivait pas au milieu de nulle part, gémit Joëlle.

– Tu ne peux pas déjà t'ennuyer au bout d'une semaine de lycée, lui fait remarquer Karin.

– Si, je t'assure, réplique-t-elle. J'envisage de participer au comité de rédaction de l'annuaire de l'école. Quelqu'un veut venir avec moi ?

Personne ne répond.

– Vous êtes trop nulles. Je vais aller voir s'il y a des fêtes prévues ce week-end. Et voir ce que fera Jérôme Cohen, mon futur époux.

Elle tortille le piercing de son sourcil.

Ça me dirait bien d'aller à une fête pour rencontrer des

mecs mignons et sympas. Je n'ai pratiquement pas parlé à un garçon depuis la rentrée.

Il y a quelques garçons pas mal dans les cours que je suis. Par exemple Mike Travis qui a des yeux magnifiques et qui ne les cache pas, contrairement à Tash. Il est brun et a une peau superbe qui a l'air toute douce. Avec son physique il pourrait jouer les idoles dans n'importe quelle série télévisée. Oh, et il y a le Jérôme Cohen de Joëlle, qui est évidemment hors d'atteinte puisqu'il est déjà pris, mais qui est quand même mignon, avec ses jeans taille basse et ses tee-shirts des années quatre-vingt. Et il y a un mec que j'ai remarqué plusieurs fois dans les couloirs, mais je ne connais pas son nom. Il ne reste pas déjeuner à l'école, en général, et je n'ai pas de cours communs avec lui, mais il a des cheveux en pétard qui me plaisent bien et un grand sourire. Je n'ai jamais personnellement reçu ce sourire, mais j'ai bon espoir.

Mon portable recommence à vibrer. Encore un faux numéro ?

Joëlle le prend et scrute le nom du correspondant.

– Tu t'appelles toi-même, remarque-t-elle.

Je ne comprends pas trop ce qu'elle veut dire, jusqu'à ce qu'un coup d'œil à l'écran m'indique mon propre numéro. Ça alors, c'est bizarre.

– Allô ?

– Oh, salut, dit la même fille que tout à l'heure. C'est bizarre, j'essayais d'appeler ma boîte vocale. Je ne sais pas pourquoi je tombe toujours sur vous.

– Moi non plus.

Je raccroche et prends une autre bouchée de croque-monsieur.

Le téléphone vibre à nouveau.

Joëlle se penche par-dessus la table.

– Mais c'est qui ?

Je revérifie l'origine de l'appel. Encore mon numéro.

– C'est encore moi, dis-je.

Je sens que j'ai de nouveau du cheddar entre les dents. J'avale vite fait une gorgée de jus de pomme pour essayer de le décoller, mais sans y parvenir.

– J'ai un problème avec mon téléphone, déclare la voix familière bien qu'encore non identifiée. J'ai fait le numéro de ma mère et je tombe encore sur vous. Pouvez-vous me dire qui j'ai appelé ?

– Devorah Banks, je réponds de ma voix polie, celle que j'emploie pour les profs, les nouvelles connaissances, et les chiens.

Je ne sais pas pourquoi je prends cette voix avec les chiens. Peut-être que la simple vue de leur grande bouche et de leurs dents de vampire me fiche la trouille, et que j'espère qu'ils interpréteront ma courtoisie comme une offre de paix.

– Ah, vous me connaissez, dit-elle.

– Ah bon ?

– Vous venez de prononcer mon nom !

J'appuie le téléphone bien fort sur mon oreille afin de contrer le vacarme de la cafétéria. Est-ce qu'il y a un truc que j'ai raté ?

– Que voulez-vous dire ?

– Qui êtes-vous ? répète-t-elle.

– Devorah Ban…

Je m'interromps. Pourquoi est-ce que je donnerais des informations personnelles à une inconnue ?

– Désolée, mais qui êtes-vous, vous ?

– Écoutez, aboie-t-elle. Mon jean est tout dégoulinant de boue verdâtre et je passe un sale moment. Pouvez-vous me dire à qui je parle, c'est tout ?

– Euh… dis-je, et je me mets à rire.

Je rigole souvent. Quand je suis angoissée, quand je suis contente, quand je suis avec des garçons, quand je suis en cours. C'est vrai. Lundi, j'étais chez Karin et j'ai appuyé sur la touche de son magnéto – elle enregistre tous ses cours, y compris l'histoire américaine, l'un des deux cours que je suis avec elle, elle est un peu du genre perfectionniste – et tout d'un coup j'ai entendu mon rire gloussant qui se répercutait dans sa chambre. Comme une hyène. Hi-hi-hi. Quelle horreur ! Rigoler pendant les cours d'histoire ! Il n'y a rien de drôle dans les cours d'histoire de Mrs Fungas. À part son nom, qui est évidemment hilarant. *Fun gas.* Gaz hilarant ! Ha-ha-ha !

– Apparemment, vous me connaissez, reprend sèchement la fille au téléphone. Vous venez de prononcer mon nom. Est-ce que vous allez me dire qui vous êtes, oui ou non ?

Euh… c'est une escroquerie ou quoi ? Un télévendeur qui essaie d'obtenir mes informations personnelles pour subtiliser mon identité, se faire passer pour moi afin de se payer sur ma carte de crédit un voyage à Panamá pour Thanksgiving ? Dommage, crétine, mes parents refusent que j'aie une carte de crédit !

– Pouvez-vous me dire quel numéro vous essayez d'appeler ?

– J'ai essayé d'appeler ma mère au bureau ! Et avant, j'essayais d'avoir ma boîte vocale ! Et avant ça j'ai seulement appuyé sur envoi ! réplique-t-elle, la voix de plus en plus aiguë. Mais chaque fois, l'écran affiche des signes cabalistiques !

– Bon, mais c'est moi que vous avez appelée, dis-je, commençant à m'énerver.

Joëlle me fait signe de l'autre côté de la table.

– Tu ne sais encore pas qui c'est ?

Je hausse les épaules.

– Pas la moindre idée.

– Alors, raccroche, ordonne-t-elle. Tu gaspilles ton forfait.

– Je crois que c'est une blague, je lui réponds en chuchotant.

– Tu veux que je lui dise d'aller se faire voir ? demande Joëlle.

– C'est une fille, je précise, et je tends le bras pour lui passer le téléphone.

Si quelqu'un veut prendre le contrôle de la situation, j'en serais ravie.

– Attention aux frites, avertit Tash, mais d'une voix si basse que je l'entends à peine.

– Quoi ?

– Je te dis de faire attention aux... frites.

Trop tard. Je viens de passer ma manche beige directement dans le ketchup.

Je retire brusquement le bras, et le téléphone... en plein dans la bouteille de jus de pomme. La bouteille chancelle

– ne te renverse pas, ne te renverse pas – puis décide, *pourquoi pas*, de se renverser et d'inonder la table.

– Oups !

Fantastique. Je ne devrais pas chercher à faire trente-six choses à la fois. Parler au téléphone en me curant les dents ? Je ne crois pas. Faire mes devoirs en regardant la télé ? Je finis par écrire six fois la même phrase avant de m'en apercevoir. Le jeu où on doit se passer une main sur la tête tout en se frottant l'estomac avec l'autre, en claquant la langue et en prononçant en même temps le son « hou » ? Si j'essayais, je finirais probablement aux urgences.

– Désolée, il faut que j'y aille, dis-je à l'inconnue.

Je raccroche et je pique un sprint dans la file du service pour aller chercher des serviettes en papier.

Le téléphone vibre à l'intérieur de mon sac à dos au moment où je sors de l'école. Je fouille au hasard, mais mon portable s'est, pour on ne sait quelle raison, faufilé jusqu'au fond du cartable, enseveli sous des centaines de feuilles volantes, mon manuel de conjugaison française, *Jane Eyre* et mon classeur d'histoire américaine.

– Tu es prête ? me demande Karin, qui m'attend devant la porte.

Le téléphone recommence à vibrer. Je m'écorche la main sur un crayon, mais je finis par le trouver. Maya ? Je jette un coup d'œil au numéro indiqué. C'est encore *mon propre* numéro qui m'appelle. Qu'est-ce qui se passe ? J'appuie sur la touche OK.

– Allô ?

– C'est vous, commence la même fille que tout à l'heure.

Bon. J'ai dû mal vous comprendre. Quand vous avez dit : « C'est Devorah Banks », vous parliez de moi, hein ? Comme si j'étais Devorah Banks ? Vous aviez reconnu ma voix ?

Qu'est-ce qu'elle raconte ?

– C'est Devorah Banks, à l'appareil. Moi. Je m'appelle Devorah. Qui êtes-vous ?

– Je suis Devorah Banks ! hurle-t-elle. Mais dites-moi qui vous êtes, à la fin !

La chaleur monte depuis la base de mon cou jusqu'à mes joues, comme une mauvaise démangeaison éruptive.

– Je. Suis. Devorah. Banks.

– C'est impossible. Ça ne se peut pas ! Je raccroche !

Fin de la communication. Une seconde plus tard, nouvelle vibration. Toujours mon numéro.

Je chantonne :

– C'est encore moi.

– Vous êtes folle ! hurle-t-elle.

– Bon, très bien.

J'appuie sur Fin, éteins le portable et le jette dans mon sac. Quoi, est-ce que je vais rester au téléphone avec une espèce de dingue qui me traite de tous les noms ? Pas question. Ma nuque commence à me démanger, et j'essaie de me gratter. Je me dépêche pour rattraper Karin.

– Excuse-moi, dis-je.

L'air de la mi-septembre me rafraîchit comme un verre d'eau froide. Ou comme si je portais un vêtement de coton mouillé, ce qui est le cas depuis le déjeuner, quand j'ai tenté, sans succès, de rincer le ketchup sur ma chemise.

En voyant un groupe d'étudiants qui jouaient sur le

terrain de base-ball, nous nous arrêtons devant la barrière grillagée pour les regarder.

– Ce sont les tests, annonce Karin, en montrant le tableau d'affichage. Aujourd'hui, c'est le base-ball, le basket et le foot, et lundi, les majorettes, la natation et la gym. Je suis affreusement stressée.

– Tu n'as aucune raison. Tu vas être prise dans l'équipe de gym, c'est sûr.

– Peut-être. Peut-être pas.

Elle tortille une de ses boucles blondes entre ses doigts.

– Oh, arrête. C'est comme si tu y étais. Tu fais de la gym depuis que tu as six ans. Tu vas y arriver.

– Tu devrais tenter d'entrer dans une équipe, toi aussi, dit-elle.

– Sûr. Pourquoi pas les majorettes ?

– Oui, je te verrais bien, dit-elle sérieusement.

J'éclate de rire.

– Oh, je t'en prie, tu ne vois rien du tout. Je suis la personne la moins flexible de toute l'histoire du monde. En plus, je suis trop petite. Ces filles sont faites comme des gazelles. Toi, tu seras l'athlète. Moi, je serai... (Je laisse ma phrase inachevée. Je ne sais pas ce que je serai.) Et pourquoi tu ne ferais pas les tests pour entrer dans les majorettes, toi ?

– Ouais, bon.

– Pourquoi pas ?

– Premièrement, je crois qu'on ne peut pas faire partie à la fois de l'équipe de gym et de la parade. Il y a beaucoup de déplacements pour les deux. Et deuxièmement... je ne suis pas assez jolie.

– Mais si, voyons !

– Non, pas vrai.

Elle secoue ses boucles. Karin ne reconnaîtra jamais qu'elle est jolie. Et pourtant elle l'est. Elle vous dira : « J'ai un gros nez, et il est tordu, en plus. » Ou bien : « J'ai les yeux trop écartés. » Ou encore : « Je suis plate comme une limande », alors que son nez est très bien, ses yeux normalement écartés et qu'un bonnet 85B, ce n'est pas si plat. Je fais du 85B, moi, je vous remercie.

– Mais si !

– Toi, tu es assez jolie, dit-elle.

– Évidemment ! dis-je avec un mouvement de cheveux.

Puis je rigole. Ce n'est pas que je me trouve super-belle, mais je n'ai pas de complexe particulier. Je suis assez contente de mon physique. Enfin, quand je ne porterai plus d'appareil dentaire. Je montre la barrière grillagée.

– Tu veux qu'on regarde ?

Peut-être que si on voit des mecs mignons, ça lui remontera le moral. Moi, en tout cas, c'est généralement l'effet que ça me fait.

– Juste une minute. Après, il faut que j'aille faire des courses. J'ai besoin d'une paire de tennis neuve. Tu veux venir ? Je te paye une pomme de terre farcie.

Les morceaux de bacon coincés dans mon appareil vont me faire un sourire d'enfer, mais pas question que je reste ici toute seule.

– D'accord.

Karin me montre Celia King.

– Joëlle nous a tous fait inviter à sa fête, ce soir.

– C'est vrai ?

Je suis impressionnée.

– Oui.

– Celia est si brillante, dis-je. Comme si on l'avait trempée dans un bain de vernis.

– Changement ! crie l'arbitre sur le terrain, et tous ceux qui sont dans le champ extérieur reviennent, tandis qu'une nouvelle équipe les remplace.

Karin se tient à la barrière et se penche en arrière.

– Alors, tu veux venir à la fête ?

– Évidemment, dis-je. C'est une chance que tes parents soient amis avec ceux de Joëlle. Elle a des relations, c'est sûr.

– Je sais qu'elle peut être un peu autoritaire, mais c'est toujours avec de bonnes intentions.

– Je la trouve sympa, dis-je. J'aime bien Tash, aussi. Je pensais qu'elle était un peu snob, au début, mais en fait je crois qu'elle est surtout timide.

– Je sais. C'est parce qu'elle est super-belle. Avec une bonne coupe...

– Tu n'es pas autorisée à lui couper les cheveux.

Karin sourit.

– Je ne le ferai pas. Promis. Tu sais, Tash est censée être un génie en sciences.

– C'est vrai ? J'ai cours de chimie avec elle. Elle n'a pas encore dit grand-chose.

– Je la prendrais comme binôme au labo, si j'étais toi. Joëlle m'a dit que sa mère était morte d'une leucémie quand elle était en primaire, et maintenant son but est de devenir oncologue pour pouvoir guérir le cancer.

– C'est... super, dis-je. Nettement mieux que mon but à

moi, qui est de rencontrer des garçons qui me plaisent et d'éviter d'avoir des bouts de bacon dans mon appareil dentaire.

– Donc, ce soir, poursuit Karin, on se retrouve chez Tash à huit heures et ensuite on ira à pied. Celia habite au mont Woodrove.

– Dis donc !

Le quartier du mont Woodrove est l'un des plus chers de la ville.

Nous apercevons sur le terrain un garçon de première, un vrai géant avec une barbiche, qui frappe la balle et l'envoie à toute volée dans le champ extérieur. Mais attendez ! Le gars aux cheveux hérissés, celui que je trouve mignon et qui a un super sourire, que j'ai remarqué dans les couloirs, se précipite pour l'attraper. Il porte un maillot de base-ball noir et rouge et court à reculons pour saisir la balle, le gant au-dessus de la tête.

Il l'a, il l'a... il saute et essaie de l'attraper – non, il la loupe.

La balle passe au-dessus de ses cheveux en pétard. Des kilomètres au-dessus. Il saute, mais, comme moi, il lui manque quelques centimètres pour faire un mètre soixante-cinq. Il tombe à la renverse, pour une raison ou pour une autre, et se retrouve sur les fesses. Ouille. Il se relève immédiatement et court après la balle, l'attrape et la lance sur la deuxième base, mais c'est bien trop tard.

– Sauf ! hurle l'arbitre.

Cheveux-en-pétard secoue la tête devant l'échec, mais il sourit. Le genre de grand sourire avec deux fossettes qui me liquéfie le cœur.

– Ça va ? demande Jérôme Cohen, le joueur de la troisième base.

En guise de tenue de sport, il porte un jean déchiré et un tee-shirt des Guns N' Roses.

Pétard le salue.

– Je me suis entraîné toute la semaine sur cette phase de jeu.

Cohen rigole. Je demande à Karin :

– Tu sais qui c'est ?

Son pantalon de survêt est couvert de boue, son maillot complètement débraillé, mais il a les joues rouges et il rit.

– Jérôme Cohen, répond-elle. C'est le gars qui fait craquer Joëlle.

– Non, lui, je le connais. Il est dans mon cours d'algèbre. Je veux dire, celui qui a loupé la balle ?

– Ryan. Il vient de Carter. Non, pardon, c'est Bryan, plutôt. Bryan Sanderson.

Salut, Bryan Sanderson.

Chapitre 3

Vendredi 23 mai
Terminale

Après ma journée de galères au centre commercial, je pose mon téléphone hors d'usage sur ma table de nuit, déboutonne mon jean stupidement inconfortable et qui en plus, pue désormais l'eau de Javel, et le laisse en tas par terre avant d'enfiler un pantalon de survêt. Je passe au bureau de mon père pour signaler que je suis rentrée.

– Salut, papa.

En peignoir de bain marron et pantoufles, il a les pieds sur le bureau. Ce sont des pantoufles Mickey. Nous sommes allés à Disney quand j'avais cinq ans. Non que je me rappelle les dernières vraies vacances familiales, mais j'ai vu la photo sur la cheminée du living-room.

– Salut, chérie, répond-il, en se grattant derrière la tête, qui est presque entièrement blanche. C'était comment, le jour de congé des terminales ?

Ça aurait été sûrement mieux si j'avais eu quelqu'un avec qui en profiter.

– Pas drôle. Et toi, ta journée ?

– Très bien.

Il n'a pas bonne mine. Il a l'air de quelqu'un qui pourrait

avantageusement prendre des couleurs. Et faire un peu de gym. Il y a un carton de pizza vide sur son bureau.

– Quand est-ce que maman va rentrer ?

– Assez tard, dit-il sans lever la tête.

Avec un coup d'œil à l'échiquier sur son écran d'ordinateur, je lui demande :

– Tu as des pistes de boulot ?

– Pas aujourd'hui, non.

Je retourne à ma chambre, ferme la porte et décide qu'il est temps de me débarrasser de tous les trucs liés à Bryan, à commencer par ses photos encadrées. Je vais les jeter à la poubelle une par une, comme un exorcisme. De toute façon, ce sont des cadres en plastique sans valeur. Je prends une profonde inspiration. Et d'une ! Bryan et moi au restaurant chinois, le jour de son quinzième anniversaire. Et de deux ! Bryan et moi sur la grande roue au carnaval de Florence. Et de trois ! Moi sur les genoux de Bryan pour mon seizième anniversaire. Encore une ! Bryan sur une balançoire. À la poubelle ! Bryan et moi déguisés en vampires pour Halloween. Il y a juste sept mois. On n'avait pas l'intention de se déguiser, et puis on a vu les dents ridicules au drugstore, et voilà ! On s'est couvert le visage de fond de teint blanc et on est allés chez ses cousins pour leur proposer de les emmener avec nous faire la tournée Trick or Treat. Ils ont mangé une telle quantité de bonbons qu'ils ont vomi sur le siège arrière de la Jetta bleue de Bryan.

Peut-être que je vais garder celle-ci pour le moment, puisqu'elle me fait penser à l'horreur du vomi.

Qu'est-ce que Bryan m'a donné d'autre ?

Ma télé. Il me l'a donnée quand son père lui en a envoyé une comme cadeau d'anniversaire, sans savoir que sa mère lui en avait offert une l'année d'avant. Je ne peux pas vraiment m'en débarrasser.

Je tripote le bracelet en or qu'il m'a offert pour le premier anniversaire de notre rencontre. Cinq petits cœurs dorés sur une délicate chaînette. Moi, cette année-là, je lui ai offert un appareil photo digital. Qui est cassé à présent. Tout comme nous. Je ne peux pas vraiment jeter un bracelet en or 14 carats, quand même ? Peut-être que je devrais le vendre. Je devrais au moins l'enlever. Je tortille le fermoir gueule de loup mais rien à faire. Extraordinaire. Il faudrait que j'aille chez une copine, ou que je lui demande de m'emmener faire des courses, ou de venir regarder des films tristes avec moi, mais... je n'ai pas de copines.

J'en avais, mais je n'en ai plus. Je n'ai parlé avec personne aujourd'hui, à part mon ancienne patronne et mon père. Oh, et à une espèce de fille odieuse qui se prend pour moi.

Pourquoi quelqu'un prétendrait-il être moi ? Ma vie est nulle. À moins qu'elle ne s'appelle vraiment Devorah Banks. Il y en a peut-être deux. Et pour on ne sait quelle raison, quand j'ai laissé tomber mon portable dans la fontaine, nos lignes se sont croisées. Oui. Ça doit être ça. Je m'assois devant mon ordinateur et je tape mon nom sur Google. Il y a deux mille quatre cent quatre-vingts réponses. Devorah Banks, consultante. Devorah Banks, avocate ! Qui l'eût cru ? Donc ma ligne a simplement dû se mélanger avec celle d'une autre Devorah Banks. Et voilà. Problème résolu. J'éloigne ma chaise du bureau.

Je commence à avoir des chatouillements sur la nuque. C'est quand même une drôle de coïncidence que ma ligne se croise avec celle d'une autre Devorah Banks, non ? Et il y a un truc bizarre : la fille à l'autre bout du fil, j'avais l'impression que sa voix était familière.

On aurait dit qu'elle avait la même voix que moi.

Ha ! Comme si... Peut-être que laisser tomber son téléphone dans la fontaine, c'était comme faire un vœu. Peut-être que j'ai appelé celle que j'étais quand j'avais quatorze ans.

Je pivote sur ma chaise d'avant en arrière. C'est impossible. N'est-ce pas ? On ne peut pas laisser tomber son téléphone dans une fontaine et appeler ensuite celle qu'on était avant. Ridicule.

Je prends mon téléphone et le fixe d'un œil soupçonneux. Évidemment, c'est une autre Devorah Banks. Quelqu'un qui habite ailleurs. Dans un autre État. Ou un autre pays. Oui, l'autre Devorah Banks habite probablement dans une ville extraordinaire. Comme la vraie ville de Florence, par exemple.

J'appuie sur la touche envoi. Ça sonne, puis le message enregistré se déclenche.

« Coucou, c'est Devi. Je suis en vadrouille et je ne peux pas vous répondre. Désolée ! Laissez-moi vos coordonnées et je vous rappelle dès que j'ai une seconde. Salut ! »

Bip.

Bizarre. Trop bizarre.

Est-ce qu'on cherche à se moquer de moi ? Quelqu'un cherche sûrement à se moquer de moi. J'ai juste appuyé sur la touche envoi. Mais même la voix du message ressemble à la mienne. Sauf que ce n'est pas le message que j'ai sur mon téléphone. Le mien, c'est un enregistrement de Bart Simpson qui dit que je ne peux pas répondre et qu'il ne faut pas en faire un fromage.

Bryan adore les *Simpson.*

Peut-être que quelqu'un a piraté mon téléphone et enregistré un message ?

Un frisson me parcourt le dos. Attendez. C'est moi qui ai enregistré ce message. Quand j'étais en seconde.

Bon, on dirait que c'est un message facile à enregistrer, non ? Mais pas du tout. Il m'a fallu m'y reprendre à cinq fois avant de ne pas avoir une voix d'idiote rigolarde. Disons huit fois, même.

J'avais demandé à Karin d'appeler et elle m'avait assuré que c'était très bien.

Ça ne peut pas être mon message de seconde. Pourquoi mon message de seconde serait-il encore sur mon téléphone ?

Je saute de mon fauteuil. J'ai besoin de manger un peu. J'ai le cerveau visiblement mal alimenté. Je fonce vers la cuisine américaine et fouille dans le frigo. Une bouteille de lait à moitié vide. Des tranches de fromage fondu. Des pommes qui ont connu des jours meilleurs. Pas étonnant que mon père ait sur son téléphone un raccourci du numéro de la pizzeria. Je déniche dans le placard un Coca tiède et une boîte de céréales Froot Loops légèrement rances et je m'étale sur le canapé grisâtre du living-room.

Tout en grignotant mes céréales, je résous la question téléphone. Celui-ci doit avoir effacé tous mes nouveaux messages d'accueil quand il est tombé dans l'eau. Et... et il repasse le premier que j'avais mis quand je l'ai acheté. Mystère résolu. Ça doit être ça.

J'avale une gorgée de Coca et en renverse accidentellement quelques gouttes sur le tapis à poils longs. Oups. De toute façon, personne ne le remarquera, c'est sûr. Je ramasse la télécommande et appuie sur la touche de mise en marche. Ce qui me fait penser à mon portable. Hum. Ma théorie explique le message, mais comment est-ce que ça justifie la fille qui répond toujours et qui prétend être moi ?

Ah. Peut-être que j'ai juste appelé par accident la fille que j'étais en seconde. Ouais, d'accord. Pas possible.

En fait, peut-être que je ne suis pas tellement bon juge de ce qui est possible et de ce qui ne l'est pas. Je n'aurais jamais cru possible que Bryan et moi, on pourrait rompre.

Alors qui sait ce qui est possible ? Peut-être que j'ai effectivement fait un vœu. Et qu'il s'est effectivement réalisé. Peut-être que je me suis vraiment appelée dans le passé. Peut-être que je peux continuer à m'appeler dans le passé. J'avale une autre gorgée de Coca. Peut-être que je suis en train de devenir dingue ?

Chapitre 4

Vendredi 9 septembre
Classe de seconde

Je suis dans la cuisine avec maman et je lui raconte ma journée. Elle fouille dans le frigo à la recherche d'ingrédients pendant que je mets la table. Elle prépare son poulet au citron, mon plat préféré.

– C'était comment, le cours de chimie, aujourd'hui ? demande-t-elle. Tu n'étais pas trop perdue ?

– Pas trop.

Les couloirs du lycée sont labyrinthiques, mais elle ne parle pas de mes difficultés à retrouver mon chemin. Je prends trois assiettes dans le placard.

– Seulement deux, dit maman, en posant deux blancs de poulet sur la planche à découper. Papa est retenu au bureau. Je lui réchaufferai son dîner plus tard.

Quelle blague. Je range une des assiettes.

– Je n'ai jamais été douée en sciences, poursuit-elle. Ton père pourra peut-être t'aider.

– S'il rentre un jour, je marmonne.

Elle soupire.

– Ne commence pas. Il a beaucoup de travail à cette période.

– Certainement, dis-je. Quoi qu'il en soit, tu ne lui en veux jamais.

– Mais si !

– Maman, il a raccourci votre voyage d'anniversaire au Mexique de dix jours à un long week-end de trois jours ! Un voyage que tu prévoyais depuis le mois de janvier ! Il devrait encore dormir sur le canapé !

Elle éclate de rire.

– Excuse-moi, c'est toi l'experte en relations amoureuses !

– J'ai déjà eu des relations, je rétorque, indignée. Tu te souviens de Jarred Morgan ? On est sortis ensemble pendant quatre mois. C'est comme quatre ans pour des adultes. Et avant, il y a eu Anthony Flare. On a été...

Je n'achève pas.

– Vous avez été quoi ?

– Rien.

Je ne devrais même pas penser à Anthony Flare. Son nom aurait dû suffire à me mettre en garde. Je n'aurais jamais dû sortir avec lui. Elle ne me l'a jamais dit, mais il plaisait à Karin. Et du coup, elle a été toute bizarre avec moi pendant les deux mois où on est sortis ensemble.

– Tu as vu la photo de Cancún que j'ai imprimée, finalement ? demande ma mère. Je l'ai posée sur la cheminée.

Je lâche la serviette que je suis en train de plier et vais voir la photo sur papier brillant, vingt par quinze, dans le cadre argenté, avec la photo prise à Disney et plusieurs clichés de Maya et moi. Maya et moi en robes à pois violets assorties. Maya et moi serrées l'une contre l'autre dans un grand pull en laine appartenant à mon père. Sur la photo de Cancún, mes parents sourient tous les deux et ont l'air relativement heureux. Papa est un peu pâle et maigre, mais maman est géniale dans son maillot une pièce noir très décolleté. J'espère que je serai aussi bien qu'elle quand j'aurai son âge. Elle ne fait qu'une taille 38.

– Très sexy, lui dis-je.

Pendant leur absence, Maya et moi avions pensé en profiter pour faire une fête à la maison, mais en fin de compte, nous avions regardé des films pendant environ soixante-douze heures.

Maman étale un morceau de poulet sur sa planche à découper et tranche un bout de gras.

– Au fait, c'était sympa, le centre commercial ? demande-t-elle. Tu as acheté des choses ?

– Un nouveau vernis à ongles. Prune. C'est joli comme couleur, non ? (Je le sors du sachet pour le lui montrer.) Et toi, qu'est-ce que tu as fait aujourd'hui ?

Elle coupe. Coupe.

– Karin a trouvé des chaussures ?

– Oui. Tu sais, maman, il y avait une foire aux emplois au centre commercial, à côté du supermarché. Il y avait plein de stands de compagnies pharmaceutiques, de cosmétiques, de téléachat. Je me disais que tu devrais aller y faire un tour ce week-end pour voir s'il y a quelque chose qui t'intéresse.

– Tu veux que je te prépare un en-cas ? demande-t-elle, comme si je n'avais rien dit.

– Je vais me trouver quelque chose, lui dis-je en ouvrant le placard.

– Pas de guimauves, plaisante-t-elle.

– Ha ha ! Est-ce qu'on a des Froot Loops ?

– Pourquoi tu ne prends pas du raisin ? Je viens d'en laver.

J'ouvre le frigo et je sors un bol de raisin noir tout égrené. Je connais quelqu'un qui ne sait pas quoi faire de son temps.

– Pour en revenir à tes perspectives de carrière...

Elle rit à nouveau.

– Devi, je n'ai pas le temps de travailler.

– Mais si. Depuis que Maya est partie, tu ne sais pas quoi faire de ton temps. Je comprends que tu aies voulu rester à la maison quand on était petites, mais maintenant il n'y a plus que moi et je suis assez grande pour me débrouiller toute seule. Papa n'est jamais là, donc il n'a pas trop besoin que tu t'occupes de lui non plus. Toi, tu as besoin de travailler. Ou en tout cas d'avoir des choses à faire, des activités de loisir. Pourquoi ne pas aller y faire un tour ?

– Parce que je n'ai pas envie de devenir télévendeuse, c'est tout, réplique-t-elle sèchement. Et j'ai des activités. Je cuisine.

– En dehors de la cuisine, je voulais dire.

Je m'affale sur une chaise de cuisine, sors mon nouveau vernis.

Mon portable se met à sonner. Je pose le flacon de vernis encore fermé et regarde le numéro d'appel.

– Tu n'as pas l'intention de mettre du vernis pendant que tu es sur notre nouvelle table de cuisine, dis-moi ?

Flagrant délit.

– Heu...

Le téléphone sonne. Et re-sonne.

– Pourquoi ne réponds-tu pas ? C'est peut-être Maya ?

L'écran d'appel m'indique que ce n'est pas Maya. Il va falloir que je dise à cette malade mentale d'arrêter de me harceler.

– Oui ?

– Devi ? dit la fille. Je t'en prie, ne raccroche pas.

– Ne quitte pas, lui dis-je.

J'attrape mon vernis et fonce dans ma chambre dont je referme la porte.

– Qu'est-ce que tu veux ?

– Je n'y comprends rien, dit-elle. Et j'espérais que tu allais pouvoir m'expliquer. Le message sur ton appareil – le message d'accueil – c'était le mien !

– Hein ?

La foldingue grincheuse dit des trucs incompréhensibles. Je m'assois à mon bureau, colle le portable entre mon épaule et mon oreille, ouvre mon nouveau flacon de vernis et pose ma main gauche à plat.

– Celui que tu as laissé sur ta boîte vocale. « Coucou, c'est Devi ! » (Elle prend une voix aiguë, je suppose que c'est pour essayer de m'imiter. Bien que... d'accord, c'est bizarre... elle a déjà une voix qui ressemble à la mienne.) C'était mon message !

Hein ?

– Tu as le même message sur ta boîte vocale ?

– J'avais. Il y a trois ans et demi.

– Euh... d'accord.

Je commence à avoir des démangeaisons sur la nuque. Je fais comme si de rien n'était et j'applique du vernis prune sur l'ongle de mon petit doigt.

– Il faut absolument me dire la vérité, insiste-t-elle. Tu es réellement Devi Banks ?

– Oui.

– Et tu es en seconde ?

– Oui.

L'annulaire, maintenant.

– Au lycée de Florence-Ouest ?

– Oui.

J'ai l'estomac légèrement crispé. Cette fille est dingue. Incroyablement dingue.

– C'est dingue, dit-elle. Incroyablement dingue.

À présent, c'est la main qui me démange. Je marmonne :

– Je peux y aller maintenant ?

Je viens de renverser du vernis sur mon doigt. La foldingue ne me vaut rien pour la concentration.

– Non ! Quelle heure est-il là-bas ? Sept heures ?

Je tourne la tête avec précaution pour regarder le réveil sans faire tomber le téléphone.

– Oui, sept heures quatre minutes, exactement.

– Ici aussi. C'est complètement fou ! Et quelle heure était-il quand je t'ai appelée aujourd'hui, la première fois ?

– Euh, l'heure du déjeuner ?

– Le même jour, on est d'accord ?

C'est vraiment trop.

– Oui, d'accord. Bon, il faut que j'y aille.

– Non, attends ! OK, je sais que ça paraît dingue. Mais... Devi ?

– Oui, dis-je. (Dingue ? Cette fille est bonne à enfermer.) Je m'appelle toujours comme ça.

– Bon. Écoute, j'étais en train de faire des courses et j'ai laissé tomber mon portable dans la fontaine. Et j'étais en train de penser à toutes les choses que je me dirais si je pouvais me téléphoner quand j'avais quatorze ans. Et voilà que je te parle.

– Qu'est-ce que tu racontes ? lui dis-je lentement.

J'ai envie de raccrocher, je devrais raccrocher, mais sa voix est tellement familière.

– Tu ne comprends pas ? dit-elle, d'un ton passionné. Je suis pratiquement sûre que je suis toi. Dans l'avenir.

Chapitre 5

Vendredi 23 mai
Terminale

C'est trop bizarre, non ?

Je saute du lit et me mets à marcher de long en large sur le tapis.

– Mon Moi de seconde ? Tu es là ?

Pourquoi garde-t-elle le silence ?

– Je sais, il va falloir qu'on vérifie ça, dis-je. Peut-être que tu pourrais déchirer le papier peint ou un truc comme ça, pour que je le voie. Ou me laisser un message écrit. Je peux me tromper, évidemment, mais je ne crois pas.

Pas de réponse.

– Allô ? dis-je.

– Zut, s'exclame-t-elle, j'ai renversé mon vernis partout sur la moquette.

– C'est vrai ? (Mon cœur fait un bond.) Où ça ?

– Près de mon bureau, soupire-t-elle. Ma mère va me tuer.

Je m'agenouille et examine les environs des pieds du bureau. Oh ! Mon Dieu ! Il y a une tache brune en forme de sablier sur la moquette ! Une tache qui n'y était pas tout à l'heure ! Elle est vraiment moi ! Je crie :

– Je la vois ! Je vois la tache. Une tache marron ! Tu as renversé du vernis à ongles et je le vois !

C'est elle ! C'est vraiment elle ! Je veux dire, c'est moi. Vraiment moi ! J'ai le cerveau en ébullition. Non seulement je me suis appelée dans le passé, mais si je vois le vernis à ongles renversé, c'est que les changements dans *son* passé ont un effet sur *mon* avenir.

– Tu sais ce que ça signifie ?

Silence.

– Allô ? Tu es toujours là ?

– Toujours là, répond-elle.

– Tu me crois, alors ?

– Évidemment, dit-elle. Alors, je suis comment, dans l'avenir ? Les voitures volent ?

– Je suis si contente que tu me croies ! Je ne savais pas trop comment tu allais – je veux dire comment *j'allais* réagir. Mais je suis trop contente que tu comprennes. Je veux dire, je sais que c'est dingue, mais quelle autre explication pourrait-il y avoir ? Il faut reconnaître que nous avons exactement la même voix. Enfin, pas exactement, puisque la mienne est plus mûre, mais quand même assez semblables. Je veux dire, si je peux croire un truc pareil, toi aussi, puisque tu es moi. Oui ! Mais pour répondre à ta question, les voitures ne volent pas, non. Ça ne fait que quelques années, quand même. Je ne suis qu'en classe prépa. Dis-moi, quel jour est-on là-bas ?

– Vendredi 9 septembre, dit-elle d'une voix aiguë.

– Sans blague ? C'est trop fou. Le 9 septembre de la rentrée en seconde ?

– Oui.

Comme vendredi bizarre, ça se pose là.

– Ici, c'est vendredi aussi. Fin mai.

– Naturellement ! gazouille-t-elle d'une voix haut perchée. C'est où, déjà ?

Ça doit être un peu troublant pour elle aussi.

– Quatre ans plus tard ! Trois ans et huit mois, en fait. Je suis en fin de prépa.

– Ah d'accord.

– Humm... Je me demande pourquoi je t'ai eue le vendredi 9... (J'ai les mains glacées. Je n'arrive pas à y croire. Je sais quel jour c'est.) C'est la fête de Celia, ce soir, hein ?

Elle hésite.

– Tu connais Celia ?

– Évidemment ! Je vais toujours au même lycée qu'elle. Malheureusement. Alors, c'est sa soirée ? C'est bien ça ?

– Oui... c'est ça.

Oh. Mon Dieu. Je sais comment je vais *vraiment* vérifier ça. Je sais ce qui me reste à faire. Je vais changer le passé. Je vais tout arranger.

– OK, dis-je prudemment, en m'adossant à mon fauteuil de bureau. N'y va pas.

J'ai un plan. Pour la première fois depuis quatre ans, j'ai un PLAN. Et génial, en plus !

– Pardon ?

– N'y va pas, je répète. Reste chez toi. Regarde la télé. Non... Range ton placard. Tu vas tout changer pour nous !

– Bien sûr ! Pas de problème. Il faut que je te laisse, dit-elle, j'ai un autre appel.

Quoi ? Mais notre conversation est super-importante ! Pourquoi aurait-elle envie de prendre un autre appel ? Quel appel pourrait valoir mieux qu'une conversation avec celle que vous serez dans l'avenir ? Je demande, incrédule :

– C'est qui ?

– C'est ma sœur, dit-elle.

– Maya ? Sans blague ?

– Comment connais-tu le nom de ma sœur ?

Je ris. Maya qui appelle ! Une Maya plus jeune, évidemment. Ce doit être une Maya plus jeune, parce que la dernière fois que Maya m'a appelée, c'était il y a quatre ans. Bon, d'accord, c'est pas tout à fait vrai, mais c'est l'impression que j'ai.

– OK, va lui parler, dis-je. Pendant que tu peux encore le faire. Je te rappelle plus tard.

Mon double de seconde garde le silence, mais ça ne fait rien. Elle est encore en phase d'absorption. Mais quand elle va commencer à réaliser, elle va se poser une foule de questions.

Très bien, parce que moi, j'ai toutes les réponses.

Environ une heure après ma conversation téléphonique avec Moi en seconde, ma mère frappe à la porte et entre.

– Comment ça va ? me demande-t-elle, pleine de sollicitude.

Elle est encore en tenue de travail – pantalon noir et chemisier blanc. Le bouton du haut de son pantalon taille 42 est déjà détaché. C'est la première chose qu'elle fait quand elle rentre à la maison. Puis elle mange le reste de la pizza de mon père.

– Je m'organise.

C'est un mensonge, mais maman aime bien quand je m'organise. Malheureusement, ce n'est pas mon point fort.

– Comment te sens-tu ?

Pas mal, merci. Je suis même capable de me parler dans le passé. Non. Ce serait probablement une mauvaise idée de discuter de ça. Elle se dirait vraiment que je suis au bout du rouleau. Malgré mes efforts pour ne rien lui dire, elle a remarqué les traces de mes larmes hier soir. Alors, je dis :

– Ça va.

– Tu as parlé à Bryan ? demande-t-elle.

Je me raidis.

– Non, maman. Il a rompu avec moi, tu te souviens ?

– Je sais, chérie, et je suis désolée. Mais peut-être...

J'ouvre mon placard et fais sembler de chercher quelque chose.

– J'ai pas mal de choses à faire, lui dis-je.

Elle soupire.

– Bon, si tu veux parler, je suis dans le living-room.

Traduction : elle va se poser sur le canapé et regarder les émissions de cuisine, comme d'habitude.

Environ dix minutes plus tard, le téléphone sonne, et j'entends ma mère répondre. Un moment après, elle crie dans l'escalier :

– Devi ! C'est pour toi !

Mon cœur s'arrête. Pour moi ? Mon portable ne marche plus. Est-ce que ce serait... ?

– Qui est-ce ? dis-je en me levant.

– C'est Maya !

Oh, Maya. Il y a une éternité que je ne lui ai pas parlé.

Et voilà qu'elle appelle deux fois de suite. Même si les deux coups de téléphone étaient techniquement séparés par trois ans et demi. Maman a dû lui parler de Bryan. Je suis sûre qu'elle va encore me rabâcher les trucs classiques – elle avait raison, ma vie ne devrait pas être suspendue à celle de Bryan, et blablabla. Je prends la communication sur le poste de ma chambre.

– Salut.

– Je viens d'apprendre la nouvelle, dit-elle. Comment ça va ?

Elle a pris une voix grave et préoccupée, ce qui m'agace au plus haut point.

– Tu crois que ça va comment ? je marmonne.

– Je pense que tu dois être bouleversée.

– Waouh ! Tu es géniale. Je suppose que c'est ta perspicacité qui te vaut ces super bourses d'études.

– Ne m'engueule pas, rétorque-t-elle. Je voulais juste te dire que c'est probablement mieux comme ça.

Je lève les yeux au ciel.

– Merci, Maya. C'est exactement ce que j'avais besoin d'entendre.

– Non, je suis sérieuse, Dev. Il est grand temps que tu te retrouves seule pendant un moment. Tu es bien trop jeune pour t'engager aussi sérieusement avec un garçon.

– Merci du conseil, dis-je en levant une nouvelle fois les yeux au ciel.

Bon. Pas de souci, Maya. Dans quelques minutes, ce sera comme si je n'étais jamais sortie avec Bryan. Grâce à mon plan exceptionnel.

Je réfléchis. Je ne suis pas sûre de comprendre comment

ça marche, en fait. Si celle que j'étais en seconde ne va pas à la boum, elle n'aura jamais de lien avec Bryan, et ils ne commenceront pas à sortir ensemble. Mais est-ce que ça veut dire qu'elle ne sortira pas avec Bryan la semaine prochaine ? Ou celle d'après ? Elle pourrait finir par sortir avec lui. Et de toute façon, si elle ne sort pas avec Bryan, est-ce que ça veut dire que moi, je ne serai pas sortie avec lui ? Je considère la tache sur la moquette.

Oui. C'est ce que ça veut dire. Je crois.

– Il faut que tu explores tes possibilités, poursuit Maya.

– Je ne m'étais pas aperçue que tu étais experte en relations de couple.

– Je ne prétends pas que je le suis, je te dis simplement...

– Quoi ?

– Peu importe. Si tu as l'intention de me hurler dessus, peux-tu me repasser maman ?

– Je ne hurle pas, dis-je avec le plus grand calme.

Nous nous taisons toutes les deux. Quand est-ce que les choses sont devenues si bizarres entre nous, au fait ?

– Alors, tu es en train de faire tes valises ? je demande pour tenter de changer de sujet. Tu es contente de partir ?

– Je suis contente. Un peu inquiète en ce qui concerne la fac de droit, mais ravie de prendre le temps de voir du pays. Qu'est-ce que tu fais cet été ? Maintenant que tu n'es plus avec Bryan, tu veux venir avec moi faire l'Europe en sac à dos ?

Est-ce que je me fais des idées, ou bien sa voix perd-elle un peu de son assurance quand elle me pose la question ? Elle est peut-être un peu gênée... qui sait ?

Bien sûr que non. Elle n'est probablement même pas sérieuse.

– Ouais, tu parles. Comme si maman et papa allaient me laisser partir avec un sac à dos.

– Ils te laisseraient partir avec moi. Peut-être pas pour tout l'été, mais pendant quelques semaines. Tu pourrais me rejoindre en Italie. Histoire de voir comment est la vraie Florence.

Imaginez, Maya et moi... On sillonnerait l'Europe en train, on se coucherait tard dans des auberges de jeunesse, on inventerait des chansons qu'on chanterait à tue-tête dans des pays inconnus... Mais bon, elle finirait probablement par me faire la morale la moitié du temps. Parce que je flirterais avec trop de garçons, ou que je n'aurais pas trop envie de visiter les musées.

– Je ne sais pas. J'avais prévu... (De sortir avec Bryan. De bosser un peu chez Bella.) De travailler.

– Est-ce que tu fais des économies pour prendre une chambre sur le campus ?

– On pensait... (Je m'arrête au milieu de ma phrase. Bryan et moi avions parlé de l'éventualité de prendre un appartement hors du campus.) Peut-être, dis-je.

– Tu adorerais les chambres de la cité universitaire, commente-t-elle. Si tu savais comme je me suis marrée pendant ma première année de fac !

– Mmh, mais je ne sais pas trop comment est la cité universitaire à Stulen.

– Tu peux toujours demander un transfert. Si tu fais un peu plus d'efforts pour les examens, maintenant que Bryan n'est plus dans le secteur.

– Je te remercie, maman, dis-je. (Non pas d'ailleurs que maman me casse les pieds à propos du niveau de mes examens. Pas du tout. Juste Maya. Je ferme les yeux.) Écoute, il faut que j'y aille.

Je n'ai pas envie de passer encore une heure à m'entendre sermonner sur la façon dont je suis en train de gâcher mon avenir. Surtout que je me débrouille toute seule à ce sujet. Avec mon plan génial.

– Bon, OK. Mais essaye de ne pas trop te polariser sur le fait que Bryan t'a larguée.

– D'accord, c'est promis, dis-je.

Car, si mon Moi de seconde ne va pas à la boum chez Celia, c'est moi qui vais le larguer la première.

Chapitre 6

Vendredi 9 septembre
Classe de seconde

– On sourit ! ordonne Joëlle en tendant l'appareil photo à bout de bras tout en se resserrant avec Tash, Karin et moi pour que nous tenions toutes les quatre dans le viseur. C'est bon, on y va ! dit-elle après le déclenchement du flash.

Elle avance d'un pas décidé vers la porte d'entrée de la gigantesque maison de Celia.

– Attends ! crie Karin en me saisissant le bras. Mon maquillage est correct ?

– Parfait, lui dis-je. Et le mien ?

– Trop génial. Le rouge à lèvres de ma mère te va super bien.

Je lui fais un grand sourire forcé.

– Est-ce que ça fait ressortir mon appareil ?

– Non, pas du tout. Au contraire. Mon haleine est comment ? exhale-t-elle à proximité de mon nez.

– Mentholée. Et la mienne ?

Je souffle.

– Comme un frais matin d'automne.

– Vous êtes toujours comme ça avant d'aller à une boum, les filles ? demande Tash en ajustant ses lunettes.

Elle est habillée exactement comme elle était aujourd'hui à l'école : un jean et un pull noir.

– Yep ! répond-on en chœur en s'accrochant au bras l'une de l'autre.

Joëlle se redresse, prend une attitude déterminée dans sa minirobe rouge, et appuie sur la sonnette. Personnellement, je n'aime pas trop le rouge sur moi. Ça me rappelle la dernière fois où je me suis coupé les doigts avec le trancheur à fromage. Berk. Très peu pour moi. Mais Joëlle, ça lui va fort bien.

– Tu veux faire un test d'haleine ? propose Karin à Tash pendant que nous attendons devant la porte, serrées les unes contre les autres.

– Ça ira, répond-elle.

Comme personne ne vient ouvrir, Joëlle tourne la poignée. La porte s'ouvre sur une entrée de marbre pleine d'étudiants du lycée Ouest, dont certains – rares – que je reconnais. Harry Travis, Kellerman et Sean Puttin sont ensemble près de l'escalier. Les yeux de Harry sont encore plus bleus que d'habitude et son teint plus vermeil. Vraiment mignon, pas de doute. Sean relève son col. Il est très BCBG. On dirait toujours qu'il s'apprête à jouer au tennis. Et Kellerman est probablement le seul garçon en pantalon de survêt et non en jean.

Je scrute l'ensemble de la pièce, histoire de voir si Bryan est là.

– Joëlle, Tash, salut, dit Celia en ondulant vers nous dans un jean taille basse et un top noir sans bretelles. Joëlle, on dirait que tu viens pour une réception de Noël. Adorable. Et Tash ! Je suis trop contente que tu sois venue. Mes parents rangent l'alcool au-dessus du frigo et personne ici n'est assez grand pour l'atteindre.

– Salut, Celia, dit sèchement Tash. Tu connais Karin et Devi ?

Son front se plisse.

– Debbie ?

– Devi, dis-je.

– C'est un prénom, ça ?

– C'est le diminutif de Devorah, j'explique en ayant l'impression d'avoir le feu aux joues.

– Adorable, dit-elle, virevoltante et scintillante. (Littéralement. Elle a des paillettes sur les épaules. Elle se tourne ensuite vers Karin.) Tu as des cheveux magnifiques. Je parie qu'ils seraient extraordinaires si tu les défrisais au séchoir.

– Ah, euh... merci... répond Karin, désorientée.

Celia nous envoie un baiser et disparaît dans le living-room.

– J'ai les cheveux trop frisés ? me chuchote Karin, les sourcils froncés.

– Ne fais pas attention, dit Tash en refermant la porte derrière nous.

L'éclairage est tamisé, la sono au maximum, et je suis pratiquement sûre qu'il fait quarante degrés là-dedans. Je quitte mon gilet et le fourre dans mon sac. J'espère qu'avec tout l'énervement de cet après-midi, je n'ai pas oublié de mettre du déodorant.

Je n'étais même pas sûre de pouvoir venir à cette boum après le canular téléphonique que j'avais reçu.

Quelle espèce de peau de vache faut-il être pour appeler

une autre fille et lui dire de rester chez elle et de ranger son placard plutôt que d'aller à une fête ?

Maya m'a convaincue d'y aller quand même.

– C'est probablement quelqu'un qui n'était pas invité et qui ne veut pas être la seule à rester chez elle, a insisté Maya pendant notre conversation. N'en tiens pas compte. Vas-y. Et arrête de répondre au téléphone.

Donc, me voilà. J'écoute toujours ce que me dit Maya.

C'est elle l'intellectuelle, et moi la plus jolie. Elle tient de mon père, moi de ma mère. Non que je sois jolie selon le standard du lycée Ouest. Uniquement celui du collège.

Maya déteste que je lui dise qu'elle est la plus intelligente. « Tu l'es tout autant que moi, répond-elle toujours. Il faut juste que tu te polarises un peu plus sur l'école et un peu moins sur les garçons. »

Ça me manque de ne plus l'avoir dans la chambre voisine, pour me donner des conseils. Pendant notre brève conversation avant de venir à la boum, j'avais mal au ventre rien que d'entendre sa voix.

– Quand est-ce que tu reviens en week-end ?

– Déjà ? Mais je viens d'arriver.

– Mais tu me manques ! Tu penses bien que ce n'est pas papa ni maman qui vont changer les paroles des chansons et les chanter à tue-tête avec moi dans la cour !

– Alors, viens me voir ! Pourquoi ne viendrais-tu pas pour le week-end de Christophe Colomb ? En principe, des boums dingues sont prévues sur tout le campus, c'est paraît-il génial. Il y aura plein de garçons tous plus mignons les uns que les autres, ajoute-t-elle en riant.

– Oui ! je braille.

– OK. On va regarder pour les billets, avait-elle promis avant de dire qu'elle devait aller se préparer pour une boum sur le campus.

J'espère qu'elle va y rencontrer un garçon. L'an dernier, en regardant son journal en douce – elle n'aurait pas dû le laisser sous son matelas si elle ne voulait pas que je le lise – j'ai découvert qu'elle n'avait jamais embrassé un garçon sur les lèvres.

Alors que j'en avais déjà embrassé deux.

Peut-être Maya se trouvera-t-elle un garçon à la fête.

Je suis Tash dans le living-room.

Peut-être que j'en trouverai un ce soir, moi.

Je suis sur le canapé de Celia, bien tranquillement, je rigole, peut-être même que je glousse, je suis sur le point de me déposer dans la bouche une tortilla chips enduite de sauce salsa quand j'entends :

– Salut, Sands !

Bryan Sanderson, cheveux en pétard, le joueur de baseball passionné mais plutôt moyen, celui qui a un sourire génial, est sur le seuil du living-room. Il porte un jean délavé et un tee-shirt bleu clair en superposition sur un autre, gris à manches longues.

Au moment où mon estomac fait un petit saut périlleux, ma chips se libère en quelque sorte de mon emprise, me file entre les jambes et atterrit sur le canapé d'angle du living-room de Celia.

Le canapé de daim blanc.

Flop. Ômondieu ! Pourquoi quelqu'un qui possède un canapé de daim blanc sert-il de la sauce salsa à ses invités ?

Si j'avais un canapé de daim blanc, je ne servirais que des aliments blancs, comme de la crème aux oignons, ou du chou-fleur, ou du lait. Mieux encore, des guimauves. Miniatures, de préférence. Vous ne croyez pas que servir de la salsa, c'est chercher la catastrophe ? Et pourquoi un canapé serait-il blanc, de toute façon ? Et si jamais on a de la boue sur son jean ? Ou un stylo ouvert dans la poche ? Qu'est-ce qui se passe ?

Non, non. Je ne dois pas accabler la victime – en l'occurrence le canapé – pour mon incapacité à manger et à repérer en même temps un garçon qui me plaît.

Qu'est-ce que je fais, moi ? Qu'est-ce que je fais ?

Je serre les jambes tout en les maintenant au-dessus du canapé, pour éviter d'étaler la tache – et je réfléchis à l'action que je vais entreprendre. Me lever d'un bond et essayer de nettoyer le canapé ? Faire celle qui n'a rien fait, rien vu ? Aller tout avouer à Celia ?

Respirons profondément. Reeespiiirooons. Tout d'abord, il me faut évaluer les dégâts. J'ai peut-être tout imaginé. Peut-être qu'en fait j'ai mangé la chips, mais comme la salsa était très peu épicée, je ne l'ai pas remarquée. Oui !

J'entrouvre les jambes pour jeter un coup d'œil. Non ! La chips est toujours là, plantée dans le coussin du canapé comme un petit drapeau. Comme si de rien n'était, je passe la main pour la déloger, en priant qu'il ne reste pas trop de vilaine salsa. Alors ?

Il y a une tache rouge en forme de fortune cookie sur le canapé.

Zut.

Je jette un coup d'œil pour voir si quelqu'un a remarqué la catastrophe.

– C'est ridicule, non ? dit Joëlle, en agitant les bras.

Karin rigole, avec des hochements de tête et Tash est tranquillement en train de grignoter une cacahuète.

Pourquoi est-ce que je n'ai pas pris une cacahuète ?

Aucune d'elles ne fait attention à moi. Aucune du million de personnes présentes ne semble m'avoir remarquée non plus. Peut-être que mon appareil dentaire me donne des super-pouvoirs et me rend invisible ?

– Karin... je chuchote, mais elle ne semble pas m'entendre.

Génial. Vraiment génial. Ce n'est pas du tout comme ça que je voulais attirer son attention.

Mais Bryan Sanderson... le mignon et sportif Bryan Sanderson... est justement en train de me regarder. Il regarde droit dans ma direction et fait la grimace. Nous n'avons même pas encore été présentés et j'ai déjà réussi à le dégoûter.

– Je t'ai vue, articule-t-il silencieusement.

Je suis presque sûre d'avoir les joues de la couleur de la salsa, mais j'articule en retour :

– Qu'est-ce que je fais ?

Il lève l'index droit.

– Attends-moi là, chuchote-t-il, et il se dirige vers la cuisine par la porte latérale.

Je suis sûre que ce canapé a dû coûter cher. La maison tout entière est décorée de chromes, avec des sols de marbre et des lustres scintillants. Les King n'ont sûrement pas trouvé ce canapé au Wal-Mart, je peux vous le dire. Je parierais qu'il est importé de San Francisco, ou de France, ou d'Afrique, ou de je ne sais où.

Et si jamais la tache ne part pas ? Est-ce qu'il faudra que je rembourse le canapé ? Ou plus exactement, étant donné que je n'ai pas un sou, est-ce que mes parents vont devoir le payer ? Est-ce qu'il me faudra bosser pendant vingt ans pour venir à bout du remboursement ? Avec quelles qualifications ?

Est-ce que Bryan va revenir ? J'espère. Non seulement parce qu'il semblait avoir l'intention de m'aider, mais parce qu'il est *trop mignon.*

Je l'attends, pétrifiée sur place, terrifiée à l'idée de bouger et d'aggraver les dégâts. Il revient quelques instants plus tard, brandissant une bouteille d'eau comme un trophée. Il sourit et me dit :

– Pousse-toi de là.

Le seul point positif de la situation ? Étant donné que la salsa n'a jamais franchi mes lèvres, je suis cent pour cent certaine qu'il n'y en a pas une seule bribe de collée dans mon appareil.

Je me lève avec précaution, me glisse sur la gauche avant de me rasseoir en faisant très attention de ne pas atterrir sur la tache. Bryan se pose à ma droite. Il sent bon le propre et le shampooing, comme le savon qui est censé ne pas avoir de parfum, mais qui en a toujours.

– Tu es prête ? me demande-t-il sans bouger les lèvres, comme s'il était ventriloque.

– Qu'est-ce que tu as trouvé ?

– De l'eau pétillante parfumée à l'orange. Et dans ma manche, une serviette trempée dans le vinaigre.

Pourquoi cet adorable garçon aux cheveux en pétard m'aide-t-il ? Il ne sait même pas qui je suis.

– De l'eau pétillante parfumée à l'orange ?

Il hausse les épaules d'un air d'excuse.

– Je n'ai pas trouvé d'eau de Seltz.

– Mais pourquoi à l'orange ? Ils n'en ont plus à la pastèque ?

Il éclate de rire.

Oui ! Je l'ai fait rire !

– Ce n'est pas le moment de rire, dis-je.

Et je me mets à glousser. Encore. Ma tendance à glousser quand je suis avec un garçon qui me plaît est encore pire que quand je fais l'idiote avec ma sœur.

– Tu es prête ? demande-t-il à nouveau.

– Quel est ton plan, exactement ?

– Je ne fais jamais de plan. Je me contente d'agir, Devi, dit-il d'un ton taquin.

Il sait comment je m'appelle ?

– Tu sais comment je m'appelle ?

Cette dernière phrase n'était pas censée être prononcée à haute voix.

– J'ai essayé de deviner. J'allais dire Katie, mais tu as plus une tête de Devi. De Devi Banks.

Je lui donne une petite claque – en manière de plaisanterie, et avec un peu de chance, de séduction, sur le bras. Son bras musclé. Tiens, bonjour, bras musclé. Il faut que j'arrête de regarder fixement ce bras musclé. Et aussi que j'enlève ma main de ce bras musclé.

– Voilà ce qui va se passer, dit-il. Je vais mouiller la salissure…

– Chut ! Pas de mots en *s*.

Il rit à nouveau. Je glousse de plus belle.

– Je vais mouiller la *coloration* avec l'eau gazeuse, et ensuite j'ajouterai du sel dessus.

– Encore un mot en *s*, dis-je en chuchotant.

– Tu peux le laisser passer ?

– Encore !

– Je vais essayer d'être plus sournois... dit-il, les yeux pétillants de malice.

– Cesse de changer de sujet et revenons à ce que tu veux me faire faire.

– Très bien. Une fois que le sel sera sec, tu n'auras plus qu'à l'enlever, en même temps que la tache.

Je regarde la salissure – euh, la *coloration* – d'un air dubitatif.

– Tu es sûr que ça va marcher ?

– Non. Mais je l'ai vu faire à la télé.

– Si tu l'as vu à la télé, alors ce doit être vrai.

Il rit. Encore.

Je glousse. Encore.

– Bon. Comment est-ce qu'on va faire ça sans que personne ne le remarque ? Tu veux que je fasse évacuer la pièce ? Que je crie au feu ?

– Pourquoi ne pas essayer d'être un peu plus subtil ? Oups. Encore un mot en *s*. Je ne suis pas très bon à ce truc.

– Je te pardonne. Encore une fois.

– Tu es trop bonne.

Oh ! Mon estomac fait un nouveau saut périlleux, mais cette fois c'est agréable.

Il dévisse le bouchon de la bouteille et porte le goulot à ses lèvres.

Je demande :

– Tu as soif ?

Il a de jolies lèvres. Parfaites pour embrasser.

– Effectivement, dit-il. Celia sert des bretzels dehors et ils sont super-salés. Tu vois ? C'est la raison pour laquelle je bois de l'eau gazeuse parfumée à la pastèque.

– À l'orange, je corrige.

Si elle avait servi des bretzels ici, au lieu de salsa, tout ça ne serait pas arrivé. Bien joué, Celia. Cela dit, je n'aurais pas eu ce petit nettoyage complice avec Bryan. Bien joué, Celia !

– Bon, dit-il. Il faut que tu t'assoies face à moi, pour que tes genoux bouchent la vue.

M'asseoir face à lui ? La situation s'améliore de seconde en seconde.

– Voilà.

– Alors, est-ce que quelqu'un regarde ?

Je scrute la foule de visages indifférents.

– Non, c'est bon.

– On y va.

Il passe la bouteille en vitesse sur la tache pour la mouiller. Puis il ouvre la serviette en papier et verse le sel qu'elle contient sur l'endroit mouillé.

– Quand ce sera sec, on n'a plus qu'à essuyer le sel, et la sal... je veux dire la *coloration* devrait être partie.

– Promis ?

Je ne peux pas m'empêcher de sourire, mais j'essaie de

le faire sans montrer les dents. Comme je déteste ce maudit appareil !

– Je ne fais jamais de promesses que je ne suis pas sûr de pouvoir tenir. Mais il y a de l'espoir.

– Sands ! hurle une voix étouffée. Viens voir !

Jérôme Cohen, de l'autre côté de la porte vitrée qui ouvre sur la terrasse, l'appelle avec de grands signes.

N'y va pas. N'y va pas !

Il hausse les sourcils, comme pour dire : *Tu as la situation en main, ou faut-il que je reste ?*

– Vas-y, lui dis-je. Merci beaucoup de ton aide.

– Ça va prendre un petit moment avant de sécher. Quand ce sera sec, tu n'auras qu'à essuyer le sel et ça devrait être détaché. Pas de souci.

– Merci. Vraiment.

Comment est-il ? Trop génial. Incroyablement génial. Excessivement génial. Le plus génial du monde.

Il se lève, s'étire en levant les bras au-dessus de la tête et me fait un de ses super-sourires. Deux fossettes, le grand jeu.

– À bientôt, Devi.

J'adore qu'il connaisse mon nom. Je lui souris en retour, me rappelle que j'ai un appareil, referme les lèvres en toute hâte. Puis je souris encore. Après tout, tant pis.

Pendant que je le regarde partir, mon portable se met à sonner. Je vérifie le numéro d'appel et je vois que c'est encore le mien. *Lâche-moi !* Qu'est-ce qu'elle veut, m'engueuler parce que je suis venue à la boum ? Encore une chance qu'elle n'ait pas vu la tartine de salsa sur le canapé. Ou peut-être qu'elle l'a vue ? J'éteins le téléphone. Je me fous de ce que la foldingue a à me dire, je n'ai pas l'intention de lui laisser gâcher ma belle soirée romantique... et un peu tachée.

Bryan avait raison. La tache s'enlève avec le sel. Je voudrais le remercier, mais pendant tout le reste de la soirée, je ne le vois nulle part.

Hmm. Je me demande si sa technique fonctionne aussi pour les taches de vernis à ongles.

Bien confortablement installée à l'arrière de la voiture de M. Caldwell qui me ramène à la maison, je rallume mon téléphone. Huit nouveaux messages.

« Salut, c'est moi. Je voulais juste savoir ce qui se passait. Rappelle-moi. »

Le frisson dans le cou me reprend.

Le deuxième est un appel en absence.

Le troisième aussi.

Le quatrième :

« En fait, je ne sais pas si tu peux me rappeler. Tu peux me rappeler ? Je te rappellerai plus tard. »

Cinquième :

« Pourquoi ne réponds-tu pas ? Où es-tu ? Nous avions un plan. J'espère que tu n'es pas à la boum. Peut-être que tu es dans les toilettes. La prochaine fois que tu es dans les toilettes, prends ton téléphone. Essaie de me rappeler. Sinon, je te rappellerai. Dans dix minutes, disons... »

Sixième :

« C'est moi ! Il faut absolument que je te parle. C'est urgent ! »

– Combien de messages as-tu ? demande Joëlle, qui se retourne pour me parler.

– Huit.

– Hou là ! J'espère que ce n'est pas tes parents.

À ce stade, je regrette que ce ne soit pas eux. J'efface le reste des messages sans les écouter.

– Merci ! dis-je à M. Caldwell quand il s'arrête devant chez moi.

Alors que je grimpe les marches du perron, mon portable sonne. Encore mon numéro.

Ça suffit ! Il faut que ça cesse. Immédiatement. J'appuie sur OK.

– Où étais-tu ? demande-t-elle.

– Une minute, dis-je.

Comme M. Caldwell attend toujours, j'ouvre la porte d'entrée, je fais un signe de la main, j'entre et laisse la voiture s'éloigner avant de revenir sur le perron. J'aboie, furieuse :

– Quoi ?

– Tu es allée à la boum, c'est ça ? dit aigrement la foldingue furax – et peut-être cruelle – qui me harcèle avec son canular téléphonique.

Je m'appuie contre la porte d'entrée.

– Pourquoi est-ce que tu n'arrêtes pas de m'appeler ?

– Pourquoi est-ce que tu es allée à cette boum alors que je t'avais dit de ne pas y aller ? Ça va pas, non ?

– Comment sais-tu que je suis allée à la boum ? Tu y étais, c'est ça ? Est-ce que tu étais à Carter au collège ?

– Je t'ai dit de ne pas y aller, mais tu n'as rien écouté. Il faut que tu m'écoutes, est-ce que tu comprends ? Je sais ce qu'il faut que tu fasses, pour ton bien !

Je me redresse, et des frissons me parcourent la colonne vertébrale. Je ne sais pas quoi faire. Appeler la police ? Allô, inspecteur ? Il y a une fille qui m'a interdit d'aller chez Celia et en plus elle m'engueule au téléphone !

Elle pousse un gros soupir.

– Je suppose que c'est inutile de s'énerver maintenant. Ce qui est fait est fait. Il est onze heures et demie ici, la même heure que chez toi, ce qui veut dire qu'il est sur le point de t'appeler. Quand il va te demander de sortir avec lui, il faut que tu refuses.

– De quoi parles-tu ? (De ma main libre, je me frictionne les tempes. Elle est en train de me filer une migraine carabinée.) Est-ce que tu peux arrêter de m'appeler ?

– Non, je suis obligée ! J'ai un plan pour nous sauver !

Je secoue la tête.

– Qu'est-ce qui ne va pas ? Qui êtes-vous ?

– Tu ne m'écoutes donc pas ? Je suis toi, dans l'avenir !

Je perds mon sang-froid.

– C'est impossible ! Tu n'es pas moi dans l'avenir ! C'est impossible, tu entends !

– Si. Et il va t'appeler. Dès que tu seras rentrée de la boum, il t'appellera pour te demander de sortir avec lui. D'abord il va te demander si la tache de salsa est bien partie, et ensuite te proposer d'aller au ciné avec toi demain soir. Et, après le film, vous irez au bowling. C'est un passionné du bowling. Tu peux me faire confiance.

Elle est folle et doit absolument être enfermée immédiatement.

– Personne ne m'appelle. Il n'y a que toi.

– Bryan va t'appeler. D'une seconde à l'autre !

– Bryan Sanderson ? Il ne va pas m'appeler. Il ne connaît même pas mon numéro.

Mais attendez...

– Comment es-tu au courant pour la tache de salsa ? Tash ? C'est toi ?

Tash semble toujours tout remarquer, même quand on dirait qu'elle ne fait pas attention.

– Mais non ! Ce n'est pas Tash ! C'est moi ! Il a eu ton numéro par Joëlle.

– C'est ridicule !

– Devi. Bryan va t'appeler. Fais-moi confiance. Tu viens de rentrer, tu es dans ta chambre et Bryan est sur le point de t'appeler. Je le sais.

– Je ne suis pas dans ma chambre ! Je suis devant la maison, sur le perron ! Alors, hein !

Bip.

– C'est lui ! hurle-t-elle. Tu vois bien !

C'est ridicule. Bryan Sanderson ne m'appelle pas.

– Je veux que tu me lâches. Une bonne fois pour toutes. Salut.

Je clique sur la deuxième ligne.

– Allô ?

– Devi ? Salut, c'est Bryan. Le garçon du... – il éclate de rire – du canapé.

Ômondieu. C'est Bryan. C'est Bryan ? Mon cœur s'emballe à un rythme inhumain et peut-être dangereux.

– Salut.

– C'est pas trop tard ?

– Non, euh... c'est pas trop tard.

Bryan Sanderson m'appelle ! Comment est-ce que la foldingue le savait ?

– Alors, ça s'est passé comment avec la salsa ? demande-t-il.

– Ça a marché. Impeccable. Merci.

Mon cœur fait des sauts périlleux. Elle le savait. Comment pouvait-elle le savoir ?

– Bon. C'est cool. Merci. Les copains qui me remmenaient sont partis tôt mais j'ai demandé ton téléphone à Joëlle. Cette fille connaît tout le monde, on dirait ?

Je suis trop abasourdie pour dire quoi que ce soit. Je pousse un grognement. Très jeune fille bien élevée.

– Alors, écoute, est-ce que tu es dans le coin demain soir ? Tu veux voir le film qui vient de sortir, *101 possibilités* ? Il paraît que c'est bien.

Un film. Il veut qu'on aille au ciné. Demain.

– D'accord, dis-je, ahurie à la fois qu'elle l'ait su et qu'il m'invite. Bryan ! M'invite ! À sortir ! Avec lui ! Demain soir !

Bip.

– Super, dit-il. Vers huit heures, disons ? Où est-ce que tu habites ?

Bip.

C'est elle. Évidemment, c'est encore elle.

– Dans la rue Sheraton.

Évidemment, j'ai envie de comprendre comment elle savait, mais j'ai aussi envie de continuer à parler avec Bryan !

Bip.

– Je sais où c'est. À côté du parc Hedgemonds, c'est ça ?

Le téléphone cesse de sonner, ce qui veut dire qu'elle est en train de me laisser un message.

– Yep. Je suis à deux minutes à pied du parc.

– Ils ont des balançoires géniales, dans ce parc, dit-il.

Je glousse.

– Tu es connaisseur ?

– J'aimerais le croire.

Bip.

Ômondieu, elle va m'appeler jusqu'à ce que je réponde. Et de toute façon, j'ai trop envie d'apprendre comment elle savait qu'il allait m'appeler. Peut-être qu'il le lui a dit ? Peut-être qu'elle est jalouse ?

– Bryan, je suis désolée, mais il faut absolument que je prenne cette communication. Je peux t'appeler demain matin ?

– Bien sûr. Appelle-moi, dit-il. Bonne nuit.

– Bonne nuit, dis-je, en essayant de prendre un ton dégagé, avant de cliquer sur l'autre ligne.

– Bryan te plaît ou quoi ? Est-ce que c'est pour ça que tu ne me lâches pas ?

Oui, ça doit être ça. Quelqu'un m'a vue au base-ball cet après-midi, a remarqué les regards que je jetais à Bryan, a deviné qu'il me plaisait, et maintenant elle veut nous empêcher de sortir ensemble.

– Non, Bryan ne me plaît pas. Je veux dire, il me plaisait, c'est vrai, mais... c'est fini. Il ne nous plaît plus. Il a gâché notre vie. Mais ce n'est pas la question. (Elle lâche un soupir.) Est-ce que tu as accepté de sortir avec lui ?

Comme si j'allais refuser ! Je réponds, indignée :

– Ça ne te regarde pas !

– Au contraire, si ! gémit-elle. Tu es moi. Je suis toi. Nous sommes la même personne. Tu n'as pas encore compris ?

– Ça ne se peut pas !

Si Bryan ne lui plaît pas, pourquoi est-ce qu'elle m'appelle ? Qui est-elle, à la fin ? Un moustique cherche à me piquer et je le chasse de la main.

– Tu peux attendre une seconde ? J'ai envie de rentrer chez moi. Ou tu peux me rappeler ? Ou est-ce que je peux te rappeler ?

Si la foldingue me donne son numéro, je peux peut-être bloquer ses appels.

– Je ne crois pas que ça marcherait. Je vais attendre.

Je déverrouille la porte, me débarrasse de mes chaussures dans l'entrée et rentre à pas de loup. Je m'arrête en voyant de la lumière dans la cuisine.

– Il y a quelqu'un ?

– C'est moi, dit papa, en passant la tête dans la porte. Je mangeais un morceau.

Il est encore en costume-cravate et tient une assiette de poulet au citron. Il a les yeux fatigués, comme quelqu'un qui vient de passer vingt-quatre heures devant un ordinateur. Ses cheveux commencent à grisonner. Son boulot le tue à petit feu. Il a d'immenses poches sous les yeux et son costume a l'air deux fois trop grand. Quelques assiettées de poulet au citron ne lui feraient pas de mal.

– Tu travaillais tard ?

– Ouais, dit-il avec un soupir.

– Maman dort ?

Il opine.

– Je finis juste ça et je vais me coucher. Il faut que je sois au bureau à huit heures.

– Bonne nuit, dis-je en serrant mon portable contre ma chaise.

J'espère qu'elle n'a rien entendu de tout ça. La foldingue n'a pas besoin de connaître tous les détails de ma vie. En refermant la porte de ma chambre, je reprends le téléphone :

– Vas-y.

– Papa a l'air tellement crevé, dit-elle tristement.

Alors là, ça suffit.

– Ce n'est pas papa, dis-je. C'est mon père. Le mien.

– C'est mon père aussi. Je suis toi. Tu ne fais donc pas attention à ce que je dis ? Je peux te le prouver.

– Non, merci, dis-je en avalant ma salive.

– Je sais tout de toi. Ton code bancaire est le 2210, le jour de l'anniversaire de ta mère.

C'est exact. Mais elle a pu trouver l'anniversaire de ma mère. La seule chose que ma mère cache, c'est l'année. Je suis sûre que je ne suis pas la seule fille dont le code bancaire correspond à l'anniversaire de sa mère, non ?

– Le mot de passe de ton ordinateur est Ivy0508, c'est-à-dire une combinaison entre le prénom que tu aurais voulu que tes parents te donnent au lieu de celui de la défunte grand-mère de ton père, et le jour où tu aurais dû naître, sauf que maman a commencé à avoir des contractions deux semaines trop tôt parce qu'elle avait mangé deux bols de soupe pékinoise très épicée.

J'ai la chair de poule sur tout le corps.

– Tu adores grignoter les céréales Froot Loops à même la boîte. Tu aimes bien manger la pizza à l'envers pour ne pas te brûler le palais. Tu préfères le cheddar très piquant, le blanc, mais tu réussis toujours à te couper le pouce avec le trancheur à fromage. Tu as très peur des chiens. Et des couteaux à steak. Tu t'accroupis quand tu vas aux toilettes à l'école, parce que tu as la trouille d'attraper des microbes, et des fois, tu fais pipi par terre par accident.

– Ça m'est arrivé qu'une fois !

Deux. Bon, quatre fois, maximum.

– Cinq fois, en fait, dit-elle.

– OK, cinq fois.

– La raison pour laquelle tu n'es pas allée à la boum des vacances à la fin de la troisième, ça n'était pas parce que tu avais trente-neuf de fièvre, comme tu l'as dit à ton ex-copain Jarred – qui était mignon mais pas très fin – mais parce que tu t'étais brûlé la lèvre supérieure avec du décolorant, et que tu avais une belle moustache rouge. Maya t'avait prise en pitié et était restée avec toi à la maison pour regarder des films. Tu n'as même pas dit la vérité à Karin. À propos de Karin, tu te souviens quand tu es sortie avec Anthony Flare alors que tu savais qu'il lui plaisait ? Eh oui, tu le savais. Même si elle ne te l'avait jamais dit, si elle ne l'a jamais avoué à personne, tu es sa meilleure copine. Et tu l'as fait quand même.

Mes mains tremblent. Personne. Je dis bien, *personne*, ne savait que je savais. Je ne suis même pas sûre que je l'avais personnellement admis.

– Alors, est-ce que tu me crois, maintenant ? demande-t-elle.

– Je...

Ma tête va peut-être exploser. Comment est-ce que ça serait possible ? Non. Ça ne se peut pas, c'est tout.

– Oh, attends ! J'en connais une encore pire ! Quand tu avais six ans – quand nous avions six ans – nous avons grimpé sur la commode et elle nous est tombée dessus, et papa est sorti en courant des toilettes en entendant le bruit, et son pantalon était baissé et on a tout vu !

– Fff Fff...

Je gémis à ce souvenir.

Elle rigole :

– Hi-hi-hi-hi.

Ce gloussement est inimitable.

Sainte tache de salsa ! Elle est vraiment moi.

Chapitre 7

Vendredi 23 mai
Terminale

Enfin. J'ai réussi à la joindre. À me joindre. Bon sang, c'est à ne pas s'y retrouver.

– Je n'arrive pas à le croire, dit-elle, la voix tremblante.

– Je sais !

– Mais... mais... comment ça s'est passé ?

Alors je m'allonge sur mon lit et je lui raconte comment j'ai laissé tomber mon portable dans la fontaine.

– Ce n'est pas que je ne te crois pas, dit-elle quand j'ai fini mon histoire. Mais j'aimerais bien voir quelque chose de concret. Une espèce de preuve, en fait.

Je regarde la tache brune qui commence à s'estomper sur la moquette.

– La preuve est dans le vernis à ongles. Et j'ai essayé d'en tenir compte, je te rappelle. Je t'ai dit de ne pas aller à la boum.

– Bon, mais il faut que je sois sûre que c'est réel avant de commencer à compromettre ma vie. Peut-être que je pourrais faire quelque chose et tu me dirais ce que j'ai fait. Parce que tu le verrais. Ou en tout cas tu le verrais si tu es vraiment moi dans le futur.

– Par exemple ?

Elle rigole.

– Si je te le disais ce ne serait plus une surprise.

Je ne sais pas trop si j'aime les surprises.

– Il faut qu'on s'assure qu'on est sur la même longueur d'ondes.

– Par exemple si je me coupe les cheveux, dit-elle. Ou si je me fais mettre un piercing sur le nombril.

– Alors là, non, dis-je vivement. Tu te souviens le désastre de la frange ? Et de toute façon, les cheveux vont repousser, en trois ans et demi. Et je préférerais ne pas attraper d'hépatite.

– Et si je grave quelque chose sur le mur ? demande-t-elle.

Ça, c'est une idée.

– Vas-y. Mais utilise simplement un marqueur. Il ne faudrait pas que tu te coupes un doigt. Et fais-le à un endroit où maman ne pourra pas le voir.

– C'est-à-dire ?

J'examine la chambre pour trouver l'endroit idéal. Bureau, miroir, placard... – Derrière la commode ?

– Ça pourrait aller, dit-elle.

– Mais ne la fais pas tomber en la tirant, pas besoin que papa arrive tout nu en courant.

Nous gloussons toutes les deux.

– OK, dit-elle. J'ai déplacé la commode. Et je suis en train d'écrire quelque chose. Tu le vois ? Tu le vois ?

– Attends, je n'y suis pas encore.

Je saute du lit, me précipite vers le mur et tire la commode. J'espère que c'est là. Il faut que ça y soit. Est-ce que ça y est ? Je regarde le mur de haut en bas. Je ne vois rien. Pourquoi est-ce que je ne vois rien ? Attends ! Je le vois ! Sur le mur, il y a une inscription : *Mettre Bureau Ici !* J'ai le cerveau qui fait des bulles, comme si j'avais bu trop de soda.

– Mettre Bureau Ici ! Je le vois ! Je le vois ! Elle est trop cool ! Je suis trop cool !

– C'est pas possible ! hurle-t-elle. C'est pas possible !

Je saute dans tous les sens.

– Mais si ! C'est bien là ! Je le vois !

– Alors, tout ce que je vais faire dans ma vie, ça va... changer *la tienne* ? demande-t-elle. Ce qui, euh... est en fait *ma vie*, mais pas encore tout à fait ?

– Oui !

Les possibilités sont infinies.

– Attends une seconde, dit-elle. Tu te rappelles avoir écrit sur le mur ?

Voyons. Je ferme les yeux et me creuse la cervelle. J'essaie de me revoir, le marqueur à la main, en train d'écrire sur le mur. Mais rien du tout. Nada. Que dalle. Je me demande ce que ça signifie ?

– Non, dis-je, mais visiblement, je l'ai fait. C'est juste devant mon nez.

– Mais tu te rappelles quand tu étais moi ? Je veux dire, est-ce que tu te souviens que tu as parlé à celle que tu étais, en plus vieille ?

– Non, je me rappelle mon année de seconde, mais je ne t'ai jamais parlé. En tout cas je ne me souviens pas de t'avoir parlé.

Je me frictionne les tempes. Ce qui veut dire que ma

réalité change, mais que mes souvenirs ne changent pas. Je réfléchis.

– Ça me paralyse le cerveau.

– Je sais ! Moi, c'est pareil !

Je lui ordonne :

– Écris autre chose.

– D'accord. Qu'est-ce que je dois marquer ?

– Fais-moi encore la surprise.

Je fixe le mur.

– Oups, dit-elle.

– Qu'est-ce qui se passe ?

– Je me suis écrit sur le pouce, gémit-elle. Avec le marqueur permanent.

Je lève la main. Pas de trace.

– Pas vraiment permanent.

– Bon. OK, attends...

Tout d'abord, à côté de l'inscription *Mettre Bureau Ici*, il n'y a rien, mais soudain je vois : *C'est trop bizarre.*

– C'est trop bizarre. Ça y est, je le vois !

– Ah bon ? Comment peux-tu le voir ? Je n'ai écrit que *C'est trop*. Je ne suis pas encore arrivée au *bizarre.*

– C'est vrai ? dis-je. Alors pour le coup, c'est *vraiment* bizarre.

– Je me demande pourquoi, dit-elle.

Sa voix est dubitative, pour la première fois depuis qu'elle a accepté ce... cette... enfin cette situation pour le moins étrange de communication dans le temps. Je ne veux pas qu'elle commence à douter de moi. Je n'ai pas envie qu'elle remette tout en question.

– Peut-être que mon présent change si tu prends une

nouvelle direction dans le passé. Tu étais sûre que tu allais écrire *C'est trop bizarre*, alors ça s'est écrit tout seul.

– Mais si je change d'avis et que j'écris autre chose ? Qu'est-ce que tu vas voir ?

– Eh bien... tu n'as qu'à essayer.

– Tu me dis dès que tu vois quelque chose, dit-elle.

Je fixe le mur, et l'inscription change. Elle ne tremble pas, ne se métamorphose pas graduellement. Elle change simplement, comme on change de chaîne à la télé. *Est trop bizarre* devient soudain *est trop cool. C'est trop cool.*

– Je le vois ! Je le vois !

– Déjà ? Mais je n'ai encore écrit que le C. Attends un peu. Et maintenant qu'est-ce que tu vois ?

Cool se change en *Chat.*

– *C'est trop chat* ? dis-je en riant. Et qu'est-ce que ça veut dire ?

– Je n'en sais rien ! Mais j'avais déjà écrit le C, alors, il fallait que je l'utilise.

– Mais maintenant, *C'est trop chat* est écrit sur le mur de notre chambre. Pour l'éternité.

– Euh ? C'est vrai ? Jusqu'à ce que je change, tu veux dire ?

Waouh ! C'est peut-être trop de pouvoir à donner à celle que j'étais en seconde. Je secoue la tête.

– À partir de maintenant, tu n'es pas autorisée à faire quoi que ce soit avant de m'en parler.

Elle rigole.

– OK, d'accord.

Mais... je ne plaisantais pas.

– Bon, alors je te crois maintenant, dit-elle, le souffle

court. Et je veux tout savoir. Comment va papa ? Et maman ? Et Maya ? Et Karin ?

Je m'assois sur la moquette et j'étends les jambes.

– Pour Karin, j'ai oublié.

– Comment ça, tu as oublié ? Ce n'est plus notre meilleure amie ?

– Pas vraiment, non...

Je m'allonge sur le dos et je regarde le plafond.

– Qu'est-ce qui s'est passé ? Elle va bien ?

– Elle va bien... dis-je en hâte. Enfin... en fait, j'ai entendu dire qu'elle a un gros problème avec la nourriture.

– Quoi ? Mais c'est affreux ! Alors qu'elle est en superforme ! Elle va passer les tests pour entrer dans l'équipe de gym, et tout...

– Ouais... eh bien, apparemment l'entraîneur est un malade mental et il dit à toutes les filles de l'équipe qu'elles ne doivent pas peser plus de quarante kilos.

– Tu ne pouvais pas l'aider ? Lui dire que l'entraîneur était dingue ?

Eh bien... non.

– Nous n'étions plus amies quand ça s'est passé.

– Mais pourquoi n'êtes-vous plus amies ? demande-t-elle, effondrée.

– C'est une longue histoire.

J'ajoute presque : tu vas voir ça. Parfois les choses changent. Que tu le veuilles ou non.

– Je n'arrive pas à y croire, dit-elle. C'est trop triste. Et Joëlle, et Tash ? Ce sont toujours mes amies ?

– Pas exactement, reconnais-je.

Je passe les doigts sur la moquette, dans tous les sens.

– Alors, c'est qui, mes amies ? demande-t-elle, ne sachant visiblement plus trop où elle en est. Est-ce que je sors avec un garçon ? Ômondieu, est-ce que c'est Bryan ?

Mon estomac se tord.

– Tu n'as pas envie de savoir ce qui se passe dans le monde, et tout ça ?

– Si, bien sûr, s'exclame-t-elle. Est-ce qu'il y a des robots qui parlent ? Est-ce qu'on a réussi à aller sur Mars ?

Ah. Ce serait bien cool.

– Euh... Non. En fait, je n'ai que trois ans et demi d'avance sur toi. Il n'y a pas vraiment beaucoup de choses qui ont changé. On a encore le même président. On a encore le réchauffement climatique. Tes seins ont grossi.

– C'est vrai ?

– Oui. 85C. En plus, tu as une très jolie peau.

– Plus de boutons ?

– Seulement quand tu as tes règles. Le T écarlate a disparu.

Je glousse.

– C'est quoi, le T écarlate ?

– Oh, arrête ! C'est le nom qu'on a trouvé ! Pour la ligne de boutons rouges sur ton nez et ton front.

– Je ne sais pas de quoi tu parles. Je veux dire, je connais les boutons, malheureusement, mais pas le nom.

– Peut-être que j'ai encore pas trouvé le nom.

– Ça me plaît, dit-elle. Je crois que je l'utiliserai.

– Tout ce qui est à moi est à toi, dis-je généreusement.

– Et mon appareil dentaire, au fait ? demande-t-elle. Il y a bien un moment où je n'en ai plus ?

– Début de l'année de première.

– Encore une année entière avec ce truc-là ! J'ai horreur de ça, gémit-elle.

– Je sais, mais ça vaut la peine, lui promets-je. (Un coup d'œil à mon miroir et je souris à mes dents parfaitement alignées.) Tu peux me croire. Oh ! Au fait, ne le mets surtout pas dans une serviette en papier à la cafétéria, l'année prochaine, d'accord ?

– Dans une serviette ? Tout le monde sait qu'on ne doit pas faire ça.

Très bien, mademoiselle Je-sais-tout.

– Ne le fais pas, c'est tout.

– D'accord.

J'insiste.

– Mais tu le feras. Sauf si tu y penses.

– Bon, j'y penserai.

– Tu n'as pas une mémoire extraordinaire, dis-je. Tu devrais peut-être faire une liste. Dans un carnet. Sinon, tu vas finir par écrire des trucs sur des bouts de papier et on les retrouvera cinq ans plus tard.

Ça va être fantastique. La liste que je faisais cet après-midi ? Des choses que je changerais si je pouvais parler à celle que j'étais avant ? Maintenant je peux le faire, littéralement ! Dommage que j'aie raté le coche pour la coupe de la frange et les guimauves brûlées, quand même.

– Bonne idée, dit-elle. Je crois que j'ai un carnet dont je ne me sers pas, quelque part.

– Regarde sur ton étagère, lui dis-je. C'est là que tu les ranges.

– Oui, je sais, dit-elle en rigolant.

J'attends qu'elle me dise si elle est prête pendant qu'elle farfouille.

– Ça y est, je l'ai. Première page. Année de seconde : Ne pas mettre appareil dentaire dans serviette en papier.

– Bien. Je crois que je l'ai perdu une autre fois aussi. Mais je ne me rappelle plus où. Ne t'inquiète pas, ça me reviendra. Où vas-tu ranger le carnet quand tu ne t'en serviras pas ? Il ne faut pas que quelqu'un d'autre le voie.

– Dans le tiroir du bureau ?

J'ouvre le tiroir de mon bureau et je vois un carnet vert à spirale. À la première page, je lis la seule chose qui y soit écrite pour l'instant : *Année de seconde : Ne pas mettre appareil dentaire dans serviette en papier.*

– Super. À présent que nous avons résolu le problème numéro un de mon avenir – la perte de mon appareil dentaire – tu peux m'en dire un peu plus sur le reste ? Pourquoi je ne suis plus copine avec Karin, Tash et Joëlle, par exemple ?

Je me frictionne les tempes.

– Tu ne l'es plus, c'est tout.

– Alors, c'est qui mes copines ?

– Tu n'as pas vraiment de copines.

– Qu'est-ce que ça veut dire ? Comment est-ce que je peux ne plus avoir d'amies ?

– Tu... Karin n'est pas la seule à avoir des problèmes.

– Moi aussi ? demande-t-elle, paniquée. J'ai des problèmes ? De quel genre ? Qu'est-ce qui m'arrive ? Il faut que tu me dises !

Je ne suis pas certaine de ce que je dois révéler. C'est moi qui suis responsable, dans l'histoire. Je ne veux pas briser je ne sais quelle loi du voyage dans le temps en vendant la mèche. Et je n'ai pas envie de tout gâcher. J'ai déjà de la veine d'avoir une seconde chance. Je n'en aurai pas une troisième.

– Il faut que tu me le dises ! Ômondieu ! Est-ce que je suis morte ? Est-ce que je meurs ?

Je lève les yeux au ciel.

– Mais non, idiote, tu ne meurs pas.

– Quand on est dans une maison de verre, on ne jette pas de pierres ! Si je suis idiote, c'est que tu l'es, toi aussi. Promets-moi juste que je ne suis pas morte.

Je me claque le front.

– Je suis en train de te parler, non ?

– Tu n'es pas un ange ? Et si tu me parlais de la tombe ? (Elle a un hoquet de frayeur.) J'ai une maladie incurable ?

– Tu ne tombes pas malade, non. Tu n'as aucun problème. À part que tu es chiante.

– Et Maya ? Et maman ? Et... ?

– Tout le monde va bien. (J'entrouvre ma porte et jette un coup d'œil dans le couloir. Je vois la lueur de la télé qui provient de la chambre de mes parents et du bureau.) Maman est en train de regarder une émission culinaire, comme d'habitude. La télé est constamment allumée quand elle n'est pas au Centre Intrapprenti.

– C'est quoi le Centre Intrapprenti ?

– La boîte où elle bosse.

– Maman travaille ? C'est vrai ? Super ! Pourquoi est-ce qu'elle a décidé de retravailler ?

– Oh, euh... (Flûte. Je lui dis la vérité ?) C'est parce que papa...

– Quoi, papa ? Oh, non, est-ce que papa va bien ? Dis-moi qu'il va bien !

– Il faut que tu te calmes, dis-je. Je ne peux pas te dire des trucs si tu dois péter les plombs dès qu'il y a des problèmes.

– Dès qu'il y a des problèmes ? Combien de problèmes y a-t-il ?

Je ne devrais probablement pas tout lui dire. Je n'ai pas envie de l'accabler.

– Papa va bien. Tout le monde va bien, dis-je.

Et c'est vrai, en fait. Tout le monde va bien. Tout le monde sauf moi. Je cligne des yeux plusieurs fois.

– C'est quoi, les problèmes, alors ?

Je me rassois sur mon lit. La rupture. La rupture qui te brise le cœur. C'est ça que je veux lui épargner. Je veux l'envelopper dans le manteau douillet du déni pour la protéger.

– C'est seulement que tu tombes amoureuse de celui qu'il ne faut pas, dis-je prudemment.

– Qui ça ?

– Bryan.

– Oh. *Oh.*

– Oui. Écris ça, tiens.

– Qu'est-ce que j'écris ?

– Tu écris : *Ne pas sortir avec Bryan Sanderson.*

Retour à mon plan. Bien fait pour toi, Bryan. Tu as un plan dont je ne fais pas partie, et maintenant j'en ai un dont *tu* ne fais pas partie. Et peut-être que cette fois mon Moi de seconde va m'écouter.

– Mais qu'est-ce que Bryan a de si mauvais ?

– Tout ! J'insiste. Fais-moi confiance.

– Mais j'aime bien Bryan. Il est vraiment… sympa.

– Devi...

– Mais il est sympa !

– Pas si sympa que ça, je grogne.

– Mais comment ça marche ce truc, de toute façon ? Si je ne sors pas avec Bryan, ça veut dire que toi, tu ne sors pas avec Bryan ?

– Oui. Nous sommes la même personne.

– Peut-être que je pourrais sortir avec lui maintenant et rompre quand même, ou un truc comme ça, avant qu'on commence à avoir des problèmes ? dit-elle, pleine d'espoir.

– Non. (Je me redresse.) Il faut que tu annules tout.

Elle soupire.

– On peut peut-être y réfléchir, d'accord ?

– Pas besoin de réfléchir. Il faut agir. Il est trop tard pour l'appeler maintenant, de toute façon. Tu pourras l'appeler demain matin.

– Très bien. On en reparlera demain matin.

– Non. Tu le FERAS demain matin. (Je serre les poings.) Il le faut absolument. C'est la chose primordiale que tu dois faire. Tu comprends ?

– D'accord, dit-elle docilement.

Ouais. J'ai déjà entendu ça.

– Tu me le promets ?

– Je te le promets, soupire-t-elle. Je le ferai.

Chapitre 8

Samedi 10 septembre
Classe de seconde

Naturellement, je fais des rêves bizarres cette nuit-là. Je me réveille à dix heures et demie et je jette un coup d'œil au mur pour vérifier qu'en fait, toute cette histoire n'a pas été qu'un rêve.

Non. *Mettre Bureau Ici* et *C'est trop chat* sont encore fraîchement inscrits sur mon mur. Ce qui signifie que je suis censée appeler Bryan pour tout annuler. Mon doux Bryan. Mon adorable Bryan.

Tout en entrant dans ma baignoire jaune vif – maman a choisi la couleur parce que ça lui rappelait celle de la tarte au citron meringuée – je ne peux m'empêcher de me demander si je dois vraiment tout annuler. Ça paraît tellement dingue. Quand tu as des possibilités avec un garçon qui te plaît au plus haut point, est-ce que tu arrêtes tout ? Bien sûr que non. Pourtant, quand ton Futur Moi te dit que c'est pour ton bien, tu devrais probablement l'écouter. Et je lui ai promis. Techniquement parlant, j'ai aussi promis à Bryan d'aller au ciné avec lui. Mais bon, je suppose que les promesses qu'on fait à son Futur Moi surpassent celles qu'on a faites à un garçon à qui on n'a parlé que deux fois.

OK, OK, je vais tout annuler. Dès que j'aurai mangé un morceau.

Je regarde si la mallette de papa est là. Non, il est parti travailler. Un samedi. Je prends une poignée des mini-muffins au citron que vient de faire maman – elle adore le citron, je n'y peux rien – et je sors les manger sur la table de la terrasse. Je vais annuler ma sortie avec Bryan. Sûr. Dès que j'aurai fini de manger.

Quand j'ai terminé, je reviens à ma chambre. Où en étais-je ? Oui, il faut que j'annule. Je devrais. Mais... Je n'en ai pas vraiment envie. Bryan me plaît trop.

À la place, j'appelle Maya pour savoir comment était sa soirée d'hier. Elle ne répond pas. Je laisse un message.

Dès que j'ai raccroché, mon portable sonne. Malheureusement, ce n'est pas Maya.

– Allllllô ? roucoule mon Futur Moi. Alors, tu l'as fait ?

Je m'allonge sur mon lit.

– Je ne peux pas sortir avec lui une fois ? Juste une fois ?

– Non, s'écrie-t-elle. Absolument pas. Il faut que tu annules immédiatement.

– Mais il est si sympa. Et mignon, en plus. Et très doué dans l'art d'enlever les taches.

– Tu vas sortir avec quelqu'un de plus sympa. Et de plus mignon.

– Qui ça ?

– Je n'en sais rien encore, évidemment.

– Je ne comprends pas ce qu'il y a de si catastrophique, dis-je en rouspétant. Qu'est-ce que Bryan Sanderson a de si horrible ?

Elle soupire.

– Ça ne marche pas, c'est tout. Tu comprends ?

Je bourre le matelas de coups de poing.

– Mais enfin, qu'est-ce que ça veut dire ? On ne se marie pas, quand même ?

– Évidemment, tu ne te maries pas ! Je n'ai que dix-huit ans, je te rappelle.

– Alors, quel est le problème ? Juste parce qu'on va finir par rompre, on ne peut pas sortir ensemble ce soir ? Ça me paraît complètement idiot. Combien de temps on va rester ensemble, de toute façon ?

– Pendant tout le lycée. Tu gaspilles toute ton expérience de lycée avec lui. Crois-moi, il vaut bien mieux tuer ça dans l'œuf. Pourquoi est-ce que tu prendrais la peine de sortir avec lui alors que tu sais qu'il va te faire du mal ? Est-ce que tu serais maso, par hasard ?

– Bien sûr que non, dis-je. Mais qu'est-ce qu'il fait de si horrible ?

– Des tas de choses, dit-elle, la voix étouffée de sanglots.

– Par exemple ?

– Des trucs !

– Mais quels trucs ? J'ai besoin de connaître les détails avant de changer le cours de ma vie.

– Il rompt avec nous, ça ne te suffit pas ? crie-t-elle.

Bon.

– C'est tout ?

– Non ! C'est aussi à cause de lui que tu n'es plus amie avec Karin, ni avec Tash et Joëlle.

– C'est vrai ? Il t'a interdit d'être amie avec elles ?

– En quelque sorte... Tu passes tout ton temps avec lui et finalement ça détruit tout le reste.

– Eh bien, c'était stupide de notre part, reconnais-je. Et pas vraiment sa faute.

– Il n'y a pas que ça, dit-elle en s'éclaircissant la gorge. Il nous trompe.

Le cœur me manque.

– C'est vrai ?

– Oui.

– Qu'est-ce qui se passe ?

– Quelle différence ça peut faire ? Ça se passe, c'est tout. Et plus d'une fois.

– Oh.

– Ouais, siffle-t-elle avec dépit. Je te l'avais dit. Il est nul.

Je me tords les cheveux pour faire un chignon. Je ne peux pas croire qu'il me ferait une chose pareille. Pas à moi. Non pas que je le connaisse si bien que ça, c'est vrai. Je n'ai eu qu'une seule conversation avec ce mec. Mais quand même. Je n'aurais jamais cru qu'un garçon sympa qui sait enlever les taches de salsa puisse être un tel salaud.

– Je le ferai. D'accord, je vais l'appeler. Qu'est-ce que je dois lui dire exactement ?

– Dis-lui que tu peux faire mieux que de sortir avec un salaud comme lui et que tu espères qu'il va pourrir en enfer.

– Je ne peux pas lui dire ça !

– Il le mérite. (Elle s'éclaircit à nouveau la voix.) Dis-lui que ça ne te dit rien. Tout de suite. Je te rappelle dans cinq minutes.

Bon, d'accord. Je suis sur le point de chercher son numéro dans mes appels quand mon portable sonne.

J'appuie sur la touche entrée.

– Ça ne fait pas cinq minutes, dis-je. Donne-moi une seconde.

– Pour quoi faire ? demande Karin.

– Hé, salut !

– Salut. J'ai entendu dire qu'un certain individu avait demandé ton numéro, chantonne-t-elle. Dis-moi tout ! Est-ce qu'il t'a appelée ? Est-ce qu'il t'a demandé de sortir avec lui ?

– Oui ! Absolument ! Je lui plais ! Comment tu le savais ?

– Il a appelé Joëlle quand on était encore dans la voiture. Je t'ai laissé un message deux secondes plus tard. Je croyais que tu allais me rappeler dès qu'il t'aurait téléphoné.

– Excuse-moi, dis-je. Je n'ai pas entendu. Et après son appel, j'étais trop… – *trop occupée à dessiner sur mon mur pour distraire Future Moi* – fatiguée.

– Alors, ça te fait quoi ? glousse-t-elle.

– Je suis trop contente, dis-je. Sauf que je ne peux pas accepter. Sniff.

– Quoi ? Mais pourquoi ?

– Parce que…

Parce que Future Moi ne veut pas me laisser sortir avec lui ? Voilà qui paraît probablement limite dingue.

– C'est juste que…

Je ne veux pas sortir avec un mec nul qui va me tromper ?

– … Je ne crois pas que je sois à la hauteur pour ce soir. Je ne me sens pas très bien.

– Oh, non ! Qu'est-ce qui ne va pas ?

– Je me sens vraiment mal. Je crois que c'est la grippe.

– Oui, c'est sûr. Il ne faudrait pas que tu lui éternues dessus toute la soirée. Quelle horreur.

– C'est sûr.

– Je suppose que ça veut dire que tu ne peux pas venir faire des courses avec moi demain ?

– Oh, euh... (Sniiif...) Non, je suppose.

– Bon, il vaut sans doute mieux que tu te reposes, dit-elle.

En raccrochant, je me demande pourquoi je viens de mentir à Karin. Est-ce de cette façon que les liens entre amies commencent à se distendre ? Par un mensonge ? Est-ce pour cette raison que nous ne sommes plus amies ? Mais je n'avais pas le choix, il faut dire.

Je respire profondément. Maintenant, Bryan. Je n'ai pas envie de l'appeler. Peut-être que je pourrais juste lui envoyer un texto ? Oui ! Comme ça, je n'aurais pas besoin de lui parler.

Coucou Bryan ! Je suis désolée. Ce ne sera pas possible ce soir. Je suis malade. ☹ Je regrette. À bientôt à l'école ! ☺ Devi.

Voilà, c'est fait.

J'essaie d'appeler mon numéro pour voir si le truc magique marche dans les deux sens, mais j'obtiens directement ma boîte vocale. Ma boîte vocale avec le message de seconde.

Bon, rien à faire, je suppose.

Je laisse mon portable sur mon bureau et descends à la cuisine chercher un jus de fruit. Mon faux rhume nécessite de boire de la véritable vitamine C. Ou c'est peut-être juste que je me sens triste. Bryan ne m'a pas encore trompée. Je le connais à peine. Et désormais, je ne le connaîtrai jamais.

Chapitre 9

Samedi 24 mai
Terminale

– Alors, qu'est-ce qui se passe pour le bal de fin d'année ? demande maman, du canapé où elle est assise.

Mon dos se raidit tandis que j'ouvre le placard.

– Je n'y vais pas.

Elle met *Le Meilleur des chefs* en pause et se retourne pour me regarder.

– Pas du tout ?

– Pas du tout.

Au lieu de lui faire face, je prends un verre sur l'étagère.

– Mais... et ta robe ? demande-t-elle.

Une jolie robe courte de bal, rouge, est suspendue dans mon armoire. Bryan m'adorait en rouge. Il trouvait que ça me donnait l'air sexy.

– Je ne sais pas. Peut-être que je vais la rendre.

– Tu ne peux pas rendre des robes prévues pour des occasions spéciales, dit-elle. Est-ce que Bryan y va, lui ?

– Il n'a pas intérêt. Il voulait qu'on y aille en copains, mais il peut toujours y compter ! Il ne croit pas qu'il va me mettre le cœur en mille morceaux et ensuite sabler le champagne avec moi, non ? Pas question. Il n'a qu'à rester chez lui et s'embêter. Comme moi.

Elle fait une petite grimace triste, puis tend les bras vers moi pour me réconforter.

– Ça ira, maman, ne t'inquiète pas.

Si mon Moi de seconde fait ce qu'elle a à faire, du moins.

– C'est dans quinze jours, de toute façon. Tu ne pourrais pas y aller avec quelqu'un d'autre ? Ou avec une copine ?

Si seulement j'avais quelqu'un avec qui y aller. Mais si j'avais effectivement d'autres copines, je serais avec elles en ce moment. Au lieu de rester avec ma mère.

– C'est pas grave.

Je tourne le robinet.

Et c'est alors que ça arrive.

Le bracelet d'or que j'ai au bras disparaît. Il est à mon poignet, et la seconde d'après il... n'y est plus.

Je hurle :

– Mon bracelet !

– Quel bracelet ? demande maman.

– Celui que Bryan m'a donné !

Est-ce qu'il serait simplement tombé dans le trou de l'évier ? J'éteins le robinet pour essayer de voir si je peux le repérer.

– Bryan comment ? demande-t-elle.

– Bryan-Bryan, dis-je en mettant les doigts dans le siphon.

Maman s'approche de moi.

– Qui est Bryan ? Je l'ai déjà vu ?

Ma main s'immobilise. Hein ? Maman ne sait pas qui est Bryan ?

Attendez. Le bracelet qu'il m'a offert a disparu. Ma mère semble avoir oublié qu'il existe. Est-ce que ça signifie ce que je crois ? Je regarde ma mère.

– Tu ne sais vraiment pas qui est Bryan ?

Elle fronce les sourcils.

– Pas que je me souvienne. C'est un de tes copains ?

Oh. Mon. Dieu. Mon Moi de seconde l'a fait. Elle a annulé son projet de sortie avec Bryan. Ils ne sortent pas ensemble ce soir. Ils ne sortent jamais ensemble. Nous ne sortons jamais ensemble. Il n'y a pas de bracelet. Ma mère ignore qui est Bryan.

– Tu ne l'as vraiment jamais rencontré ?

– Ça ne me rappelle rien, dit-elle, le front plissé.

Sacrée distorsion temporelle !

– Il faut que je passe un coup de fil, dis-je en me précipitant dans ma chambre pour appeler mon Moi de seconde.

– Tu l'as fait ! lui dis-je dès qu'elle décroche. Tu es géniale ! Mon bracelet a disparu ! Et maman n'a aucun souvenir de Bryan. Aucun. C'est fou, non ? Moi, je me souviens de lui, mais elle n'a aucune idée de qui il est !

Je virevolte sur place, comme une toupie. Je ne m'arrête qu'en voyant la photo. Ou ce qui était auparavant la photo d'Halloween, remplacée par un gros plan de Karin, Joëlle, Tash et moi – avec mon appareil dentaire – rigolant comme des bossues. Nous sommes dans une entrée. Le bras de Joëlle est tendu, comme si c'était elle qui prenait la photo.

– Et la dernière photo de Bryan a disparu aussi ! Je crois que c'est une photo de vous quatre hier soir chez Celia. Ça a marché ! Tu t'es débarrassée de lui !

– Alors c'est bon ? demande-t-elle doucement.

J'examine la photo pour vérifier.

– Oui, bien joué ! Je suis fière de toi ! De nous. On a réussi ! On s'est débarrassées de Bryan pour l'éternité.

– Ça me paraît un peu long, non ?

Disparu, Bryan. *Plus de Bryan*. Je frissonne. Qui suis-je sans Bryan ?

– Oh, non ! dis-je en voyant le mur en face de mon lit.

Le mur nu. Bras nu et mur nu.

– Qu'est-ce qu'il y a ? demande-t-elle, un soupçon d'espoir dans la voix. Il est encore là ?

– Non, ce n'est pas ça, dis-je. C'est ma télé. Elle a disparu, elle aussi.

– Quelle télé ? Celle qui est dans le living-room ?

– Non, la télé de ma chambre.

– Depuis quand on a la télé dans notre chambre ?

– Ne t'occupe pas. (J'écarte les étranges pincements au cœur provoqués par la disparition de Bryan.) C'est pas grave. Ce qui compte, c'est qu'on soit débarrassées de Bryan. (Je jette un autre coup d'œil à la photo.) Un petit conseil à noter dans le carnet ? À l'avenir, tu ne devrais pas mettre ce rouge à lèvres avec ton appareil dentaire. L'effet est plutôt ridicule. En fait, tu ne devrais sans doute pas mettre de rouge du tout. Je me concentrerais sur l'eye-liner, si j'étais toi. Ce que je suis.

– Je trouvais que ça m'allait bien, couine-t-elle.

– Eh bien, non. Désolée, Moi de seconde.

– Ne m'appelle pas Moi de seconde. Ça m'embrouille. Appelle-moi Devi.

– Ah non, ça m'embrouillerait, pour le coup, lui dis-je.

C'est moi, Devi. Pourquoi est-ce que je ne t'appellerais pas Devorah, et comme ça, je serais Devi.

– Pas question, dit-elle. Je n'ai pas envie de m'appeler Devorah. C'est comme ça que papa et maman m'appellent quand ils sont furax.

– Alors, je serai Senior et toi tu peux être...

– Junior ?

– J'allais dire Bleue.

– Bleue, répète-t-elle. Oui, j'aime bien. Mais je n'aime pas Senior, en fait.

– Seniorita ?

– Non.

– Aînée ?

Elle rigole.

– Non.

– Génie ? dis-je en souriant ? Oh, je sais ! Je m'appellerai Ivy.

– Moi aussi je veux m'appeler Ivy ! dit-elle, jalouse. J'adore ce prénom.

– Moi aussi. Mais on ne peut pas s'appeler Ivy toutes les deux. C'est justement la question. Et je l'ai dit la première.

En principe, je dois tout avoir en premier. Et je sais tout en premier. Je sais tout ce qui va lui arriver pendant les quatre prochaines années.

Je sais ce qui va arriver à *tout le monde* pendant les quatre prochaines années.

Oh. Mon. Dieu. Si je peux empêcher que Bryan et moi, on sorte ensemble, je peux empêcher d'autres catastrophes de se produire. Je peux tout arranger pour tout le monde.

J'ai besoin de réfléchir. De faire un peu de brainstorming. Il faut que j'établisse une liste.

– Bleue, je te rappelle, lui dis-je.

Dès que j'ai raccroché, j'ouvre un nouveau dossier sur mon ordi, le cœur battant. Je peux dire à Bleue toutes les catastrophes qui se sont passées depuis que j'étais en seconde et elle va pouvoir les prévenir. Elle peut tout arranger. Pour tout le monde. Je suis la super-héroïne des temps modernes, qui accourt pour sauver la situation. Je suis Future Girl ! Il ne me manque plus qu'une cape.

Je tapote mon clavier. Voyons, quelles sont toutes les catastrophes survenues depuis trois ans et demi ? Il faut que je commence par les choses importantes. Les guerres, les famines et les tornades, par exemple. Ensuite, je passerai aux accidents plus spécifiques. Comme quand l'an dernier, le petit frère de Janice Michael a mangé un reste de cacahuète, ce qui a provoqué une réaction allergique qui l'a plongé dans le coma. Ou alors l'été dernier, quand Kyle Borster, un gars qui était dans la classe au-dessus, a pris le volant alors qu'il était soûl et a percuté un autobus, envoyant trois personnes à l'hôpital. Ou quand Karin a laissé sur son dessus-de-lit son fer à friser branché et a failli mettre le feu à la maison.

Ou quand mon père s'est fait licencier et que du coup, on n'avait plus d'assurance maladie. Maya a été obligée de trouver du travail pour payer ses études parce que sa bourse ne suffisait pas, et j'ai dû prendre un job d'été chez Bella, et il a fallu que maman aille bosser chez Intrapprenti.

La liste va être longue.

Je passe le reste de la journée penchée sur mon ordinateur.

Incroyable le nombre de trucs merdiques qui sont arrivés depuis trois ans et demi. Je continue à taper jusqu'à ce que mon estomac se mette à gargouiller. Je m'étire en tendant les bras devant moi.

Un scintillement attire mon regard.

Hein ? Je saisis mon poignet et regarde fixement. Le bracelet en or est de retour. Qu'est-ce que ça veut dire ?

Je repousse mon fauteuil et m'empare du cadre avec les photos. Plus trace de vilain rouge à lèvres sur mon appareil dentaire. Ce qui ne serait pas un drame, sauf que Tash, Karin et Joëlle ont également disparu. Bryan et moi sommes de retour, en déguisement d'Halloween, toutes canines dehors devant l'objectif.

Chapitre 10

Samedi 10 septembre
Classe de seconde

Par l'œilleton, je vois Bryan en maillot vert sur un jean délavé, debout devant ma porte, tenant à la main un récipient de... soupe !

Mon cœur fait un bond. Ômondieu. Il est venu. Me voir. Avec de la soupe. Est-ce que ce n'est pas adorable ? Qu'est-ce que je dois faire ? Je sais que Senior Moi – euh, pardon, Ivy, voudrait que je le renvoie mais... comment puis-je renvoyer un garçon qui m'apporte de la soupe parce que je suis malade ? Un garçon super-mignon qui m'apporte de la soupe.

J'ouvre la porte.

– Bonjour.

– Bonjour, dit-il, les joues rougissantes. Comment ça va ?

D'accord. Je tousse. Deux fois.

– Ça va. Entre !

Il me suit à l'intérieur et s'assoit à côté de moi sur le canapé.

– Je t'ai apporté du bouillon de poulet, dit-il en soulevant le récipient en plastique. C'est pas cool, je sais, mais il faut absolument que tu sois en forme le week-end prochain.

– C'est trop gentil, dis-je.

Impossible d'être plus mignon. Je veux dire, vraiment impossible. Il me tend le récipient. Je ne sais pas trop quoi en faire, alors je le prends et le pose sur un magazine sur la petite table.

– Alors on peut faire un truc le week-end prochain ? Aller au ciné peut-être ?

Oui ! Non, je veux dire.

– Oui ! dis-je.

Oui, bien sûr. Je ne peux pas refuser à Bryan. Je ne peux pas, c'est tout. Je ne veux pas. Il me fait son grand sourire à fossettes.

– Génial.

Mon portable sonne dans ma chambre. Je fais comme si de rien n'était.

– Alors, comment se passe ton week-end ?

– Rien de particulier. J'ai joué au base-ball cet après-midi.

Le portable recommence à sonner. Encore. Et encore. Non, je ne peux pas entendre ça. Quand il s'arrête enfin, mes épaules se relâchent.

C'est alors que j'entends :

– Allô, c'est le portable de Devi.

Ômondieu. Ma mère vient de répondre à ma place. Ma mère. Vient de répondre. Je hurle :

– Maman, non !

Mais naturellement, c'est trop tard. Qu'est-ce qui va se passer ? Est-ce qu'elle a reconnu ma voix ?

– Devi, dit ma mère en descendant l'escalier, mon portable à la main, l'air perplexe. C'est quelqu'un qui s'appelle… Ivy ? Ou Ivan, peut-être ? Je n'ai pas su si c'était un garçon ou une fille. Mais elle, ou il, a dit que c'était urgent. Et a demandé si un copain était venu te voir, mais je lui ai dit que non. Oh... (Elle s'arrête derrière le canapé en voyant Bryan.) Je ne savais pas que tu avais de la visite.

Je m'empare du téléphone et le cache derrière mon dos.

– Maman, je te présente Bryan, un copain.

Bryan se lève et tend la main.

– Enchanté de faire votre connaissance, Mrs Banks.

Maman sourit et lui serre la main.

– Je peux vous proposer quelque chose à boire, ou à manger ? Je viens de faire des brownies aux pommes.

– Ça doit être délicieux, avec plaisir.

Maman disparaît dans la cuisine et je reprends le téléphone pour me le coller à l'oreille.

– Tu peux rappeler plus tard ? dis-je. Je suis occupée pour le moment.

– Sans blague ! râle-t-elle, furieuse. Le bracelet a réapparu sur mon poignet, et la photo est de retour dans le cadre. Tu as tout foutu en l'air !

– Mais je... je...

– Dis à Bryan d'aller se faire voir !

– Mais je n'en ai pas envie !

J'ai envie qu'il reste. J'ai envie de sortir avec lui. J'ai envie d'aller au ciné avec lui !

– Dis-lui que c'est un salaud ! me crie-t-elle dans l'oreille.

Je me retourne afin qu'il ne voie que mon dos.

– Il m'a apporté du bouillon de poule, dis-je en chuchotant.

– Tu n'as qu'à le lui renverser sur la tête ! hurle-t-elle.

J'appuie de toutes mes forces sur le téléphone pour qu'il n'entende rien et je murmure.

– Je ne veux pas faire ça.

– Bleue, dit-elle, la voix tremblante. Il faut absolument que tu m'écoutes. Ne gâche pas trois ans et demi de ta vie avec lui. Tu as tant d'autres choses bien plus importantes à faire. Ne le laisse pas foutre ta vie en l'air.

– Mais...

– Il va te briser le cœur, continue Ivy, la voix pressante. Tu dois me faire confiance.

J'ai les yeux qui me brûlent. Je ne veux pas le mettre dehors, mais qu'est-ce que je peux faire ? Comment ne pas faire confiance à mon Futur Moi ?

– Booon... dis-je à contrecœur avant de raccrocher et de poser le téléphone sur la table.

Je me tourne vers Bryan.

– Je suis désolée, Bryan. (Et ensuite ? Je respire à fond.) Je ne suis pas réellement malade.

Il fronce les sourcils.

– Ah bon ?

– Non. C'est seulement parce que... *(Mon Futur Moi m'interdit de sortir avec toi ? Non...)* Je sors avec quelqu'un.

C'est ça ! Je sors avec quelqu'un. Il ne peut pas discuter, et en plus, c'est moins vexant pour lui.

Il s'écarte.

– Je ne savais pas.

Mon cœur chavire. Je sais que je ne devrais pas attacher d'importance à ce qu'il pense ou ressent, mais je ne peux m'en empêcher. J'ai envie qu'il me sourie ! Le sourire à fossettes me manque trop !

– J'aurais dû te le dire. Tu m'as surprise quand tu m'as demandé de sortir et... bon, enfin... je suis désolée.

Le portable recommence à sonner. Je l'ignore.

Il penche la tête sur le côté.

– Est-ce que ça veut dire que tu n'as pas envie de la soupe ? Elle n'est pas faite maison, d'accord, mais elle est quand même très bonne.

– Je suis contente que tu ne l'aies pas faite toi-même, lui dis-je. J'aurais encore plus mauvaise conscience.

Il éclate de rire.

– Je te jure que je l'ai achetée toute faite.

– Ouf ! dis-je en souriant. Excuse-moi, je regrette vraiment.

– Je comprends. Pas de problème.

Bryan se lève et se dirige vers l'entrée. Maman passe la tête par la porte de la cuisine.

– Tu t'en vas déjà ? Tu ne veux pas un brownie aux pommes ?

– Tu devrais les goûter, dis-je.

C'est le moins que je puisse faire.

– En échange de la soupe ? dit-il.

– Absolument. Ils sont faits maison, lui dis-je. C'est la recette secrète de ma mère.

– Avec plaisir, merci. En fait, je m'en vais. Je ne faisais que passer.

Il se tourne vers moi en se mordillant la lèvre.

– Alors, on se verra au lycée ?

– Yep. À lundi.

– Où est-ce que tu vas comme ça ? demande ma mère.

– Je vais juste au ciné, dit-il.

Mon estomac dégringole en chute libre. Avec qui va-t-il au ciné ? Est-ce qu'il commence déjà à me tromper ?

– Je vais t'en mettre quelques-uns dans un sachet pour la route, dit ma mère en disparaissant dans la cuisine.

– Il va peut-être falloir que je partage avec les copains, ajoute-t-il.

Ah, bon. Des copains. Mais quelle importance après tout ?

Maman revient avec un sac en papier bourré de biscuits, qu'elle lui tend avec un clin d'œil.

– Bon appétit !

– Merci. Je vais me régaler. Et bon appétit pour la soupe, me dit-il.

– Bonsoir, dis-je en avalant la boule de la grosseur d'un brownie qui me bloque la gorge.

J'ai à peine refermé la porte derrière lui que mon portable se met à sonner.

– Il est parti, OK ? dis-je vertement.

– Je sais ! La photo et le bracelet aussi. Tu lui as renversé la soupe sur la tête ?

– Non. Maman lui a donné des brownies.

Je range le récipient de soupe dans le frigo.

– Pas ses super brownies aux pommes ! J'adorais ses brownies aux pommes. Elle n'en fait plus jamais, à présent. Elle ne lui en a pas donné, quand même ! Quel gâchis, je n'y crois pas ! Tu pourras en manger un pour moi ?

– Tu veux regarder un film ? propose maman.

– Oui, lui dis-je.

Puis je bâille. Un bâillement bien sonore. Cette journée m'a épuisée.

– Ivy, ça ne te dérange pas si je raccroche, maintenant

que la question Bryan est réglée ? Je suis crevée et je ne peux pas vraiment regarder un film en même temps que je parle.

– D'accord, d'accord, détends-toi. Tu l'as mérité. Oh, et Bleue, à l'avenir... (Elle rit.) Ton avenir, je veux dire, ne laisse pas traîner ton portable. J'ai été obligée de déguiser ma voix quand maman a répondu, sinon elle se serait doutée de quelque chose, c'est certain.

– D'accord. Excuse-moi.

– Et ne parle pas de moi à maman. N'en parle à personne.

– Pourquoi pas ? dis-je.

Je l'ai déjà presque dit à Maya. Même si elle ne m'a pas crue.

– Je crois que c'est mieux de le garder TS pour l'instant, d'accord ? Regarde comme ça t'a perturbée. Ce que j'avais souhaité, c'était te parler, à toi. Pas à tous ceux du passé. Je ne voudrais pas risquer de faire des dégâts.

– Attends, c'est quoi, TS ?

– Tu parles sérieusement ?

– C'est une nouvelle expression ?

– Ça veut dire Top Secret.

– Oh, cool.

T écarlate. TS... je peux commencer un dictionnaire du futur.

– N'en parle à personne, c'est tout, dit-elle. Moi non plus. Ce sera notre secret.

– OK. (Je change d'oreille.) Alors, qu'est-ce qui va se passer maintenant ?

– Que veux-tu dire ?

– Est-ce que je vais encore... te parler ?

Elle éclate de rire.

– Oui, évidemment ! Demain. Il faut qu'on s'assure que Bryan reste où il est. C'est un peu comme un cafard, qui revient tout le temps.

Mon cœur bat un peu plus vite. Alors, ma vie va être organisée autour de l'expulsion de Bryan ? Je rigole. Bien sûr, je veux continuer à lui parler. Elle est mon Futur Moi. Je suis la fille la plus vernie de la Terre. Non ?

– Je t'appellerai dans l'après-midi, dit-elle. J'ai un tas de trucs à te faire faire. Tu vas sauver le monde. Alors tâche de bien dormir cette nuit... Il va falloir être en forme.

– Fabuleux ! dis-je.

– Mange un dernier brownie, d'accord ?

– Tu vas me faire prendre dix kilos.

– Fais-moi confiance, je te le ferai savoir si je prends dix kilos.

Je raccroche en riant.

Je suis contente qu'elle soit contente. C'est vrai, je le jure. Elle doit savoir ce qui vaut mieux pour moi. Forcément. C'est vrai, non ?

Alors, pourquoi est-ce que j'ai l'impression d'avoir... si froid ? J'étends une couverture tricotée sur mes genoux, que je remonte contre ma poitrine. Rien n'y fait.

Je sais ce qui va me réchauffer. Je repousse la couverture. Un bol de soupe.

Chapitre 11

Lundi 26 mai
Terminale

Quel beau lundi matin.

En sortant de chez moi, je respire profondément. Comme c'est bon ! Le soleil brille. On entend gazouiller les oiseaux. L'ex qui a gâché ma vie n'est plus mon ex. Je vais être la fille que j'ai toujours rêvé d'être. Avec le prénom que j'ai toujours voulu. Les possibilités sont infinies.

D'accord, je suis obligée d'aller à la fac à pied au lieu que ce soit Bryan qui passe me prendre en voiture. Et peut-être que je vais devoir m'asseoir toute seule à la cafétéria. Et j'ai quelques boutons d'origine inexpliquée sur le menton. Mais qu'importe. Je m'y ferai.

La photo d'Halloween et le bracelet en or ne sont pas revenus de la journée, hier. C'était un dimanche merveilleux, sans Bryan. J'en ai passé l'essentiel à communiquer à Bleue la liste des choses qu'elle doit faire pour rendre Florence – et le monde – meilleurs. Juste soixante-treize choses. Je commence prudemment.

– Mais comment est-ce que je pourrais empêcher Kyle Borster de se soûler avant de prendre sa voiture ? m'a-t-elle demandé.

– Tu n'as qu'à cacher ses clés ! Ou lui dire qu'il va le regretter quand ses trois copains seront au CHU après avoir percuté un bus.

– Mais pourquoi voudrais-tu qu'il m'écoute ? a-t-elle demandé, dépassée.

– Tu trouveras bien quelque chose, lui ai-je dit. Tu as deux ans pour préparer un plan.

Elle a pas mal de temps pour la plupart des questions, en fait. Nous réussirons à imaginer des solutions toutes les deux.

Après plusieurs essais, on a aussi trouvé comment Bleue pouvait entrer en contact avec moi, puisque apparemment, elle ne peut pas m'appeler.

– Envoie-toi un texto, lui ai-je dit. Tu l'envoies, et ensuite tu l'enregistres.

– OK, attends. Je l'envoie !

Quelques secondes plus tard, elle criait :

– Il est dans ma boîte !

– Enregistre-le ! ai-je hurlé.

Hmm. Le seul message que j'avais sur mon téléphone était celui que je m'envoyais. C'est ça l'étrangeté du voyage dans le temps ? Ou suis-je ma seule amie ?

Tu es trop géniale.

Ma foi, oui, je crois bien. Je me suis aperçue que je pouvais également répondre à ses messages et lui en envoyer.

Tut ! Tut ! Tut !

Je m'arrête net. Bryan ?

C'est une Honda Civic gris métallisé. Joëlle et Karin sont

sur le siège avant. Qu'est-ce qu'elles font là ? Est-ce qu'elles passent prendre une voisine ?

Tut ! Tut ! Tut !

Je jette un coup d'œil dans la rue pour voir s'il y a quelqu'un d'autre. À part un ancêtre qui tond sa pelouse, je suis la seule dans le coin. On dirait bien que c'est à moi qu'elles font signe.

Joëlle descend sa vitre.

– Hé ! Il faut qu'on se grouille. On doit encore passer prendre Tash et je n'ai pas bu mon jus de Kogourt !

Pourquoi viennent-elles me chercher alors que je leur parle à peine depuis trois ans et demi ? Et c'est quoi, exactement, un jus de Kogourt ?

– Allez, monte, limace, dit Karin.

Oh. Mon. Dieu. Est-ce que ça veut dire ce que je crois ? Je me précipite vers la voiture, j'ouvre la portière arrière et monte.

– Salut, dis-je en m'efforçant de garder une voix calme.

Si je ne suis jamais sortie avec Bryan, alors je n'ai jamais cessé d'être amie avec Karin, Tash et Joëlle. Pour une bonne nouvelle, c'est une bonne nouvelle. J'ai envie de les serrer toutes les deux dans mes bras mais je me retiens. Karin se tourne vers moi en souriant :

– Salut !

J'essaie de ne pas frémir trop visiblement. Même si j'aperçois Karin tous les jours au lycée, je ne l'ai jamais vue de près depuis qu'elle a tant maigri. Elle a des bras comme des brindilles. Le visage creux. Quand nous étions plus jeunes, je ne trouvais pas que son nez était trop gros, mais dans son nouveau visage, il a doublé de taille. Comme c'est triste.

– Qu'est-ce qui est arrivé à ton téléphone ? demande-t-elle. Je t'ai appelée environ deux mille fois samedi et hier. Il n'y a même pas de boîte vocale.

– Oh. Il est... dans un état grave.

J'espère que ma mère ne cherchera pas à me joindre. Elle pourrait m'obliger à en acheter un neuf.

– Est-ce que tu es bien remise du week-end ? demande-t-elle.

Peut-être ont-elles entendu parler de la rupture et essaient d'être sympas.

– Je suppose que ce crétin a dit à tout le monde qu'il m'avait larguée, dis-je en balbutiant.

Joëlle me regarde dans le rétroviseur.

– Ce crétin ? demande-t-elle. Quel crétin ?

– Le crétin. Bryan.

Attendez. Stop. Qu'est-ce que je raconte ? Si la photo et le bracelet ont disparu, je ne suis jamais sortie avec lui, et je suis dans la voiture de Joëlle, donc je n'ai probablement jamais rompu avec lui non plus. La totalité de notre relation – y compris le final – n'existe désormais littéralement que dans mon imagination. Il faut que j'y pense.

Elles me dévisagent, l'air de n'y rien comprendre.

– De quoi parle-t-elle ? demande Joëlle.

– Je n'en ai aucune idée, dit Karin. Est-ce que tu parles de Bryan Sanderson ?

– Euh... peu importe, dis-je en hâte.

– Tu es tombée sur la tête ou quoi ? demande Joëlle en riant. Quand est-ce que tu es sortie avec l'ex de Karin ?

– Le quoi de Karin ?

Je suis éberluée. Karin est sortie avec Bryan Sanderson ? Mon Bryan ? Je vous demande pardon ?

– J'aurais du mal à l'appeler ex, dit Karin en riant. On a dû être ensemble quelque chose comme deux mois, à tout casser.

J'essaie de ne pas avoir l'air trop affligé. Respirons. Respirons. Donc, ils sont sortis brièvement ensemble. Quelle importance. C'est fini. Pour nous deux.

– Tu as dû t'amuser vendredi soir encore plus que je ne le croyais, dit Joëlle. Je sais que tu as craqué pour Harry, mais j'ignorais pour Bryan...

– Je n'ai pas craqué pour Harry !

Je reste bouche bée. Harry qui ? Harry... Travis ?

– Attendez. Je suis sortie avec Harry Travis ?

Elles éclatent de rire en chœur.

– Tu étais paf ou quoi ? demande Karin. Je ne pensais pas que tu avais bu. Je ne t'aurais jamais laissé sortir avec un garçon si j'avais su que tu étais bourrée.

Je suis sortie avec Harry Travis vendredi ? Je ne m'en souviens pas. Je n'étais pas chez moi vendredi soir, en attendant de parler à Bleue ? C'est du moins ce que je croyais. À moins que, à présent que tout a changé...

Mais quand même. Je n'arrive pas à croire que j'ai embrassé un autre garçon juste après ma rupture avec Bryan ! Même si Harry Travis est super-sexy. Ou du moins, il l'était la dernière fois que je l'ai vu – quand je me suis cachée pour qu'il ne me voie pas, vendredi, dans la galerie marchande. Et de toute façon, je ne venais pas de rompre avec Bryan. En fait, la fille qui a rompu avec Bryan n'est pas la même que celle qui est sortie avec Harry. Pour autant que je sache, celle qui est sortie avec Harry était peut-être amoureuse de lui depuis trois ans et demi, si ça se trouve.

Comment savoir ce que Bleue a fait depuis l'année de seconde si tout ce dont je me souviens, ce sont mes souvenirs d'origine ?

Je finis par dire :

– Je n'étais pas bourrée. Je voulais juste plaisanter ! Ah ah ah ! Juste pour rire ! Je me rappelle parfaitement que je suis sortie avec Harry. (Ouais. Tu parles.) Mais je ne suis jamais sortie avec Bryan. Absolument jamais.

– Tu peux, si tu veux, me dit Karin. Honnêtement, je m'en fiche. Tu sais qu'on n'est sortis ensemble que trois ou quatre fois.

Je ravale la nausée qui m'obstrue la gorge.

– Est-ce que tu lui as parlé depuis ? me demande Joëlle.

– À Bryan ?

– Non, à Harry.

Euh.

– Je ne crois pas.

Est-ce bien sûr ? Je pourrais vérifier mon journal d'appels si mon téléphone fonctionnait correctement. Enfin, s'il fonctionnait correctement, je n'aurais probablement pas d'appels de Harry Travis.

– Je m'étais toujours demandé ce que ça ferait d'embrasser Harry.

Joëlle émet un petit claquement de langue.

– C'est pas comme si c'était la première fois.

De mieux en mieux.

– C'était pas la première fois ?

– Attends ! s'écrie Karin. Tu ne te souviens pas d'Halloween ?

Je me *souviens* d'avoir emmené les cousins de Bryan récolter des bonbons de porte en porte. Je me *souviens* qu'ils ont vomi sur le siège arrière de la nouvelle Jetta bleue de Bryan – autre cadeau de son père pour se faire pardonner de vivre dans un autre pays.

– Bien sûr que si. Raconte-moi quand même comment ça s'est passé, j'ai envie d'entendre ta version des faits.

Karin éclate de rire.

– Ma version de la façon dont Harry et toi avez filé dans la chambre des parents de Celia King pendant sa boum d'Halloween ?

Cette fille donne beaucoup de fêtes. Ses parents ne sont jamais là, ou quoi ? J'espère que cette fois, je ne me suis pas assise sur son canapé.

– D'accord, dis-je.

Ainsi, tout le monde a de nouveaux souvenirs. Souvenirs de mon Moi amélioré et remis à jour. Je pose la tête en arrière sur le siège. J'ai embrassé Harry Travis. Deux fois. Deux fois à ma connaissance, du moins.

– Les filles, j'ai absolument besoin que vous veniez chez moi cette semaine, dit Joëlle en s'arrêtant devant chez Tash. J'ai fini ma robe du bal de promo et j'aimerais savoir ce que vous en pensez. À présent, la seule chose qui manque, c'est que Jérôme m'invite, et je serai parée. Est-ce que je vous ai dit à quel point son spectacle d'hier soir était génial ? Je vous jure, il sera célèbre un de ces jours.

Je sors avec de nouveaux garçons. Je ne suis jamais sortie avec Bryan. Je suis invitée à un défilé de mode chez Joëlle après l'école. Karin est encore ma meilleure amie.

On arrive devant la porte de Tash.

Tash.

Tash nous fait un signe de la main, pas surprise le moins du monde de me voir.

– Bonjour les miss, dit-elle en ouvrant la porte.

Elle porte le même uniforme que je lui vois depuis quatre ans. Jean et polo noir. Elle se glisse à côté de moi et me tapote le genou.

– Alors comme ça, Harry et toi, vous ne pouvez pas vous lâcher, hein ?

Karin éclate de rire.

– Elle ne s'en souvient pas.

– Elle a besoin d'une dose de plus de germe de blé dans son lait à la banane, dit Joëlle en appuyant sur l'accélérateur.

– Vive le jus de Kogourt ! dis-je avec enthousiasme pour essayer d'oublier les visions de Bryan avec Karin.

Il faut que je me concentre sur le positif. Nouvelle boisson. Nouvelles amours. Nouvelles anciennes copines.

Chapitre 12

Lundi 12 septembre
Classe de seconde

Aujourd'hui, Bryan décide de déjeuner au lycée. Je l'observe discrètement alors qu'avec Jérôme Cohen, ils sortent pour s'installer sur un des nouveaux bancs de bois. Apparemment, pendant l'été, l'aire extérieure a été rénovée.

– Alors, tu vas sortir avec lui le week-end prochain ? demande Joëlle en s'asseyant. Il est adorable.

– Non. Je crois que ce n'est pas le garçon qui me convient, dis-je avec plus de certitude que je n'en ressens.

– Chacun son truc, dit-elle en mordant dans un bâtonnet de poulet. Ce qui veut dire que vous ne nous tiendrez pas compagnie, à Jérôme et moi ? Si Jérôme me remarque un jour ?

– Je suis sûre que Jérôme va te remarquer même si tu es toute seule. Je ne crois pas qu'on puisse ne pas voir ton ensemble incroyablement génial.

Aujourd'hui, elle porte des cuissardes et une robe bleu marine à bretelles.

– Je meurs de faim, dit Karin en mordant dans son sandwich au thon. Je me suis levée tôt pour m'entraîner au salto avant.

– Où est-ce que les épreuves de sélection ont lieu ? demande Tash.

– Au gymnase, répond-elle entre deux bouchées.

Je la regarde avaler. Je la vois se régaler avec son sandwich. Je pense au numéro neuf de la liste d'Ivy.

Si elle n'était pas dans l'équipe de gym, Karin n'aurait pas de problèmes d'anorexie. Voici l'opportunité idéale pour la tirer de là.

– Tu es sûre que tu veux entrer dans l'équipe de gym ? dis-je tout de go.

Elles me dévisagent toutes les trois. Karin avale une grande gorgée de jus de fruit.

– Oui. Pourquoi est-ce que je ne devrais pas ?

Parce que ça va te rendre malade.

– J'ai entendu parler d'une fille qui a été prise dans l'équipe et est devenue complètement anorexique, parce que l'entraîneur lui mettait une pression atroce.

Karin écarquille les yeux.

– Ah bon ? Qui ça ?

Ah.

– Une copine de... Maya. C'est ce qu'elle m'a dit. Ouais. Je l'ai appelée hier soir et elle m'a demandé de tes nouvelles et elle pense que ce n'est pas une super-idée d'entrer dans l'équipe de gymnastique. Non. Pas du tout, même.

Les épaules de Karin s'affaissent.

– Je n'avais aucune idée de ça. Est-ce qu'on peut l'appeler ? J'aimerais bien lui demander plus de détails.

– On pourrait, sauf qu'elle est super-occupée aujourd'hui. Toute la semaine en fait. Elle a une quantité incroyable de travail, c'est dingue. Elle m'a dit qu'elle irait à la bibliothèque pour travailler et qu'elle éteindrait son portable.

Je hausse les épaules. Si jamais elle m'appelle maintenant, je vais être dans de sales draps. Mais je lui ai parlé hier soir, donc normalement, elle ne devrait pas téléphoner.

Karin se tourne vers Joëlle.

– Qu'est-ce que je dois faire ?

– J'ai entendu dire que l'entraîneur a un caractère de cochon, reconnaît Joëlle. Et que toutes les filles de l'équipe sont anorexiques. Je ne voulais rien te dire parce que tu avais l'air bien décidée à passer les sélections, mais c'est ce qu'on entend dire.

Karin soupire.

– Je n'imagine pas ne pas faire de sport cette année. J'ai déjà raté le foot la semaine dernière. Je crois qu'il y a du tennis au printemps...

– Tu ne devrais peut-être pas trop t'affoler, dit Tash. Pourquoi ne pas aller aux sélections et juger par toi-même ? Ce n'est pas parce que tu passes les épreuves de sélection que tu es forcée d'entrer dans l'équipe.

Karin pose le menton dans sa paume.

– Peut-être même que je ne réussirai pas.

Non, non, non.

– Tu réussiras, dis-je. C'est ça le problème. Attends ! Si tu entrais dans l'équipe de majorettes ?

Joëlle manque de s'étrangler avec son jus de fruit.

– Tu veux que Karin devienne majorette ?

– C'est un sport, dis-je, de plus en plus convaincue.

Les majorettes que j'ai vues dans le lycée jusqu'à présent ont l'air d'avoir un poids étonnamment normal.

– Et elle adore ça. Combien de fois on a regardé *Le tout pour le tout* ? Et *Le tout pour le tout,* version 2 ? Et *Le tout pour le tout,* version 3 ? Elle serait extraordinaire, j'en suis sûre. Elle est super-souple, elle sait danser, et ça serait marrant. Pourquoi pas ?

Joëlle croise les bras.

– Elle est trop intelligente pour être majorette.

– Je ne suis pas assez jolie pour être majorette, ajoute Karin.

Je secoue la tête.

– Tu es bien trop jolie, tu veux dire. Tu es canon. Et dire que toutes les majorettes sont des idiotes, c'est comme de dire que tous les gens géniaux sont des intellos débiles. Regardez Tash !

– Je suis un peu intello débile, dit Tash avec un demi-sourire.

– C'est complètement faux ! Et de toute façon, ma sœur avait des tas de copines qui étaient majorettes. Elle adorait les majorettes !

Bon. Je ne l'ai jamais entendue parler de majorettes pendant ses quatre années de lycée, mais elles n'en sauront rien.

– Et quand on est majorette, on a plein d'occasions de rencontrer des garçons. Allons. Tu ne risques rien à essayer.

– À part la honte totale, dit Karin.

– Mais tu seras une majorette géniale, je lui promets. On viendra toutes te soutenir pour les sélections !

– Tu seras une majorette géniale, c'est sûr, ajoute Tash.

Karin se tourne vers Joëlle.

– Qu'est-ce que tu en dis ?

Joëlle plisse les yeux.

– Si tu nous laisses tomber pour tes copains de l'équipe de supporters, je t'en voudrai à mort.

Karin écarquille les yeux.

– Jamais je ne laisserai tomber mes amies !

– Alors, vas-y, dit Joëlle.

– Vas-y, dis-je en écho.

Karin sourit.

– C'est bon, j'essaie.

Ivy va être fière de moi. Je viens de sauver Karin. J'en suis certaine.

Chapitre 13

Lundi 26 mai
Terminale

– On se retrouve à notre table habituelle à la cafétéria, me crie Karin avant d'entrer en cours.

Bon ! On dirait que je ne déjeunerai pas toute seule, finalement.

Pendant presque tout le cours de français, je rêvasse à ma nouvelle vie. Jusqu'à aujourd'hui, je passais généralement l'heure du déjeuner au restaurant *Subway* d'à côté où Bryan et moi nous asseyions près de la fenêtre du fond. Bryan commandait un supplément de mayonnaise, et moi de moutarde, qui finissait habituellement sur mon tee-shirt. Et sur le sien. Ou bien nous prenions sa voiture pour aller au drive-in du *MacDo* pour prendre deux Happy Meals et partager une portion de frites. Avec supplément de ketchup. Ou bien si ma mère avait préparé un bon dîner la veille, ce qui était rare désormais, j'en apportais pour nous deux et nous mangions dehors sur le banc de bois. Notre banc. Il y avait même gravé nos noms pendant l'année de terminale. BTS + DAB. Il incluait toujours l'initiale de nos deuxièmes prénoms. Nous étions toujours seuls.

À un moment, Bryan a eu une angine qui a duré une

semaine, pendant l'année de seconde. J'ai déjeuné avec Karin, Joëlle et Tash le lundi et le mardi, mais dès le mercredi la gêne était palpable et j'ai fini par manger toute seule dans la bibliothèque.

J'étais trop lamentable.

On l'était tous les deux. Il est resté copain avec Jérôme et continuait à jouer au base-ball, mais c'était avec moi qu'il passait les trois quarts de son temps.

L'été dernier, sa mère l'avait forcé à faire une croisière de dix jours en Amérique du Sud pour le cinquantième anniversaire de mariage de ses grands-parents, et tous les cousins, oncles et tantes de la famille étaient invités. Avec les maris, les femmes et les fiancés. Tous ceux qui étaient officiels. Tout le monde, sauf moi. Il a passé la totalité du voyage dans la salle des ordinateurs pour m'envoyer des mails. Après, la mère de Bryan a dit qu'elle ne recommencerait jamais. Elle a dit que la prochaine fois qu'ils partiraient en vacances en famille, soit ils m'emmenaient, soit ils le laissaient à la maison. La sonnerie retentit et je ferme brièvement les yeux. Je suppose que ça lui a passé, à présent. Je parie que dans la réalité nouvelle version, il s'est éclaté pendant cette croisière. Devi ? C'est qui déjà ?

Je tortille mon stylo entre mes doigts tandis que les cours s'éternisent. Heureusement que les cours n'ont plus d'importance à ce stade. L'université Stupide, autre nom de l'université Stulen, m'a déjà acceptée. Non que ce soit un exploit. Le pourcentage de dossiers acceptés est de cent pour cent. Ils prennent tous les candidats.

Bon. Mais je ne suis peut-être pas obligée d'aller à Stulen. Bleue m'a aidée à me débarrasser de Bryan et à reprendre contact avec mes amies. Elle pourra peut-être m'aider à entrer dans une fac d'un meilleur niveau.

À la sonnerie, je range mes livres et, en passant devant le comité qui vend des tickets pour le bal du Far West de vendredi prochain, je détourne les yeux le plus vite possible. Mais ensuite, je regarde en arrière. D'accord, je ne vais pas au bal de promo avec Bryan, mais... est-ce que par hasard j'y vais quand même ? Peut-être que j'y vais avec quelqu'un d'autre. Avec Harry, qui sait ? Ou peut-être que nous y allons entre filles ? Quatre amies en limousine ? Sans cavaliers. Qui a besoin d'un cavalier ? Comment le savoir sans avoir l'air de sortir de six mois d'amnésie ? Il faut que je trouve un ordinateur. Je pourrais vérifier mes vieux messages. Je dépose mes livres dans mon casier. Il doit y avoir des infos. Le bal est dans moins de dix jours !

Dès que j'entre dans la cafétéria, je cherche mes copines. Mes nouvelles anciennes meilleures amies. Mais à leur place, je tombe sur Harry Travis. Oh...

Il est exactement comme je le voyais dans mes souvenirs. Avant de découvrir que nous étions sortis ensemble. Cheveux bruns. Toujours sexy. Une barbe de trois jours. Il me fait un sourire éblouissant et me pose la main sur le bas du dos, d'un geste trop familier.

– Salut, bébé, dit-il.

Harry Travis me tripote le bas du dos ! En plein lycée ! Dans la cafétéria.

– Coucou, Harry.

Est-ce qu'il va essayer de m'embrasser ici ? Oh. Mon. Dieu. Il ne peut pas faire ça. Bryan pourrait le voir. Mais

Bryan n'en a rien à faire. Pas ce Bryan-là. L'ancien lui aurait mis une vraie raclée.

Mais quand même ! C'est bizarre ! Trop bizarre ! Pourquoi est-ce qu'il me tripote en plein milieu du couloir ? Il empiète sur mon espace personnel. Et, oh ! Je ne sais même pas ce que nous avons fait ensemble. On s'est seulement embrassés ? Ou plus ? En ce moment précis, sa main me caresse le dos. Comme si ce geste était horriblement familier. Qu'est-ce qu'il connaît d'autre ? Je crois que je vais vomir.

– Tu veux venir faire un tour ?

– Euh... non, je ne peux pas. Désolée, il faut que j'y aille.

J'échappe tant bien que mal à son étreinte en bredouillant des excuses et je traverse la cafétéria en diagonale pour ressortir dans la cour où je retrouve le banc de bois. Mon banc. Notre banc.

Je m'y laisse choir et j'ai l'impression d'y être en sécurité. Plus en sécurité que dans le hall. Mes doigts cherchent dans le bois si les initiales gravées par Bryan sont encore là, mais le banc est bien lisse. J'avale la boule qui m'obstrue la gorge. Est-ce que cette impression va finir par disparaître ? À quoi bon me débarrasser de toute mon histoire avec Bryan si j'ai encore la sensation d'avoir un bloc de ciment sur la poitrine ?

Bon, et maintenant ? Ah oui, il faut que j'appelle Bleue. Je lui ai dit que je l'appellerais à midi. Je fais mon numéro, mais il me redirige immédiatement sur ma boîte vocale. Qu'est-ce qui se passe ? Pourquoi ne répond-elle pas ? Zut. Son déjeuner doit être terminé. Je ne peux rien faire, en fait.

Je sors mon portable et j'écris :

Coucou. Désolée de t'avoir ratée.
Je t'appellerai après les cours. Bises.

Ça peut paraître bizarre de m'envoyer des bises, mais j'ai besoin d'affection. D'affection qui ne soit pas une invasion de mon espace personnel, genre Harry Travis.

J'entends soudain :

– Bonjour, Dev.

Mon cœur s'arrête. Bryan ?

Je lève les yeux. C'est Jérôme Cohen. Juste Jérôme Cohen. Il porte un tee-shirt vert, la couleur de son groupe, les Spanks. C'est lui le batteur. Quand Bryan et moi avons commencé à sortir ensemble – Jérôme était avec Joëlle – Bryan avait envisagé de jouer de la batterie, lui aussi, mais il n'est jamais allé au bout du projet. Trop occupé avec moi.

– On peut se mettre ici ? demande-t-il.

– C'est qui, on ? je lui demande vivement.

– Juste Sands et moi.

Il balance en cercles le sac qui contient son déjeuner, au rythme qu'il doit avoir en tête.

Je bondis du banc comme s'il avait pris feu.

– Je te laisse la place. J'ai... un tas de trucs à faire. Salut.

Je me rue à l'intérieur comme si je m'entraînais pour la sélection d'athlétisme. Je repère Joëlle et Tash à une table près de la fenêtre. Une table de choix, je dois le reconnaître. Bien joué, les filles. Je m'assois avec elles. J'irai chercher à manger dans deux minutes.

– Qu'est-ce qui s'est passé ? me demande Joëlle.

– Comment ça ?

– Avec Jérôme ! Je t'ai vue parler avec lui dehors. Est-ce qu'il t'a parlé de moi ?

Je fais non de la tête.

– Désolée.

Elle hausse les épaules.

– Tu aurais vraiment dû venir avec moi au spectacle d'hier soir. Il joue de la guitare de façon incroyable.

Hein ?

– Ce n'est pas lui le batteur ?

Elle me regarde d'un air bizarre.

– Nooon... C'est Bryan Sanderson, le batteur.

– Depuis quand ?

Je hurle de surprise.

– Depuis... toujours ? Je ne sais pas. Tu es allée voir leurs spectacles. Tu ne t'en souviens pas ? C'est là que Karin et lui ont commencé à sortir ensemble.

Je crois que je vais vomir.

– Où est Karin ? dis-je en essayant de retenir le jus de Kogourt ingurgité ce matin. Elle a bien dit qu'elle nous retrouvait ici, non ?

– Elle est à l'entraînement des majorettes le lundi à midi.

– Elle est majorette ? Depuis quand ?

Cette fois, elles me regardent toutes les deux d'un air bizarre.

– On est juste allées à tous ses matchs, dit Joëlle.

– Ah bon ? Je veux dire... oui, bien sûr ! C'était juste pour rire. Ha ha.

Mon cerveau tourne à toute vitesse. Karin n'était pas

majorette. Je l'aurais remarqué. Ce changement doit être lié à une action de Bleue. Forcément.

J'ai l'estomac qui gargouille et je commande une part de pizza – que je mange à l'envers, naturellement, en me demandant ce que Bleue a bien pu dire pour enclencher le mouvement. On est sur le point de terminer et de revenir à nos casiers quand je vois Karin qui bondit vers nous, boucles au vent.

– Coucou, gazouille-t-elle. Je voulais venir voir comment vous alliez avant la sonnerie, mes toutes belles.

Elle s'installe à côté de moi.

Je la dévisage. Elle a l'air... différente de ce matin. Qu'est-ce qui se passe ?

Elle sourit et me pique une poignée de frites.

Elle mange des frites ?

Mais qu'est-ce qu'elle a donc de différent ? Elle a changé de coiffure ou quoi ? Je la regarde une deuxième fois avec attention. Ses bras et ses jambes n'ont plus l'air aussi maigres. Ils sont plus en chair. Comme quand nous étions en seconde. Et ils sont bronzés. Très bronzés. Il fait soleil dehors, mais pas à ce point-là.

– Comment se fait-il que tu sois si... bronzée ?

– Je ne suis pas si bronzée que ça, dit-elle en secouant la tête. Je me disais justement qu'il faudrait que j'aille faire un tour à l'institut. Y en a pas une de vous qui veut venir avec moi après les cours ?

– Non, je ne pense pas que ce soit possible, dit Joëlle.

Tash et moi secouons la tête.

Mais il y a autre chose. Son visage est différent. Plus rond.

Ses joues plus pleines. Elle a visiblement l'air en meilleure santé, mais ce n'est pas ça.

Je laisse échapper un cri :

– Karin ! Ton nez !

Son nez est parfaitement droit. Parfaitement. Droit. Et mince. Où est passée la bosse ? Et l'épaisseur ?

Elle porte les mains à son visage, nerveusement.

– Il s'est passé quelque chose pendant l'entraînement ? Ne me dites pas ça !

– Il ne s'est rien passé, dit Joëlle. Il est très bien.

– C'est juste qu'il est si droit ! dis-je en hâte. Et si mince !

Elle enlève ses mains et se met à rire.

– Bon. Mais il faut dire que ça n'était pas donné.

Mon Dieu. Je pose les mains à plat sur la table pour me calmer.

– Karin, dis-moi, tu peux me rappeler quand tu t'es fait opérer ?

– Pour mon seizième anniversaire. Tu ne te souviens pas ? Tu m'as apporté un gâteau à l'hôpital.

– C'est vrai, dis-je. Sympa de ma part, non ?

– Le docteur Honig est vraiment un as, dit-elle. On a déjà pris rendez-vous pour la fin d'année. Mes parents me l'offrent comme cadeau de diplôme.

– Pour faire quoi ?

J'ai un mauvais pressentiment.

– Tu sais, dit-elle en baissant la voix. Mes seins.

Oh non ! Non !

– Il faut que j'aille prendre un truc dans mon casier, dis-je aux filles dans un hoquet avant de me ruer hors de la cafétéria.

Arrivée près de mon casier, je me laisse glisser par terre, sort mon portable et appuie sur envoi. Direction immédiate sur ma boîte vocale. Je raccroche et tape un texto à la place.

Bleue ! Punaise, qu'est-ce que tu as fabriqué ?

Chapitre 14

Lundi 12 septembre
Classe de seconde

Je suis assise dans les gradins au gymnase avec Joëlle et Tash pour assister aux sélections de Karin, quand mon téléphone se met à sonner. C'est mon numéro.

– Salut ! dis-je. Je viens d'allumer mon téléphone. Tu m'as oubliée à midi ?

– J'imagine que tu n'as pas...

Le reste de la phrase est couvert par les candidates à la sélection qui hurlent à gorge déployée :

« J'suis allé à la rivière ! J'ai commencé à me noyer ! J'ai pensé aux Dauphins de Florence ! Alors je n'pouvais plus couler ! »

Karin danse en levant les jambes dos à la rivière. Elle va être prise dans l'équipe, c'est certain. Je suis géniale.

– Tu peux répéter ? dis-je en hurlant à mon tour. Y a beaucoup de bruit ici.

– Je...

« Et un et deux et trois et quatre et cinq, les Dauphins de Florence ne rigolent pas, et six et sept et huit et neuf et dix, et on recommence depuis le début ! »

Je bouche l'oreille qui n'est pas collée au portable.

– Excuse-moi, je n'ai toujours pas entendu. Tu peux répéter ?

– Où es-tu ?

– Au gymnase pour les sélections des majorettes.

– Quoi ? Pourquoi ?

– En fait...

« J'suis allé à la rivière ! J'ai commencé à me noyer ! J'ai pensé aux Lions de Blue Hill et j'ai coulé immédiatement ! Et une et deux... »

– C'est ridicule ! hurle-t-elle. Va dans un endroit plus calme !

– Ne quitte pas, madame J'ordonne. Je reviens tout de suite, dis-je à Tash et Joëlle, tout en me faufilant pour m'extirper des gradins et sortir dans le hall. Alors, qu'est-ce qui se passe ? Où es-tu ?

– Je rentre à pied à la maison pour prendre un peu l'air, répond-elle sèchement. Moi, je ne suis pas en train de mettre la pagaille dans l'avenir !

Oh oh.

– De quoi tu parles ?

– Tu as vu mes messages ?

– Non. Attends une seconde.

J'écarte le téléphone de mon oreille pour chercher les messages. Il y en a deux. Le dernier est moins affectueux que le premier.

– Dis-moi ce que tu as fait à Karin. Et ce que c'est que cette histoire de majorettes.

– Je l'ai sauvée ! dis-je. Pourquoi ? Qu'est-ce qui s'est passé ? Elle s'est blessée pendant un défilé ? Elle ne s'est pas cassé une jambe, dis-moi ?

– Mais pourquoi es-tu aux sélections de majorettes ? demande-t-elle. Je ne comprends rien à ce qui s'est passé. Tu peux commencer par le début ?

Je change le téléphone d'oreille, je respire un bon coup et lui raconte ce qui s'est passé depuis le déjeuner.

– Eh bien, elle a réussi, dit Ivy quand j'ai fini. Elle est encore majorette.

Ça a marché ! Ça a marché ! Waouh !

– C'est super ! Est-ce qu'elle est toujours anorexique ?

– Non.

Ouais ! Je l'ai guérie ! Ivy a peut-être laissé tomber ses amies, mais moi, je suis une vraie copine. Une super-copine. Une copine exceptionnelle.

– Alors, quel est le problème ? Attends. Est-ce qu'elle nous laisse tomber ? Est-ce qu'elle ne s'occupe plus que de ses copines majorettes et ne sait même plus qu'on existe ?

– Non plus.

– Alors pourquoi as-tu l'air si furax ?

Elle soupire.

– Elle s'est fait refaire le nez.

C'est tout juste si je ne laisse pas tomber le téléphone.

– Oh.

– Oh, comme tu dis.

– Mais pourquoi ?

– Je ne sais pas. Je suppose que ça a quelque chose à voir avec l'équipe de majorettes, quand même.

– Mais elle n'a pas un gros nez, dis-je, encore incrédule.

– Elle l'a toujours cru.

– Mais c'est pas vrai !

– Trop tard maintenant !

– Je ne sais pas quoi dire. (Je me mordille la lèvre inférieure.) Mais peut-être que c'est pas trop tard. Je peux peut-être arranger ça. Et de toute façon... se faire refaire le nez, c'est moins grave que d'être anorexique, tu ne crois pas ?

– Probablement, dit Ivy. C'est relativement plus sain. Elle a l'air effectivement en meilleure santé, physiquement. Mais pas au niveau de la peau. On dirait du cuir.

Je me tais une seconde.

– Je ne vois pas du tout ce que tu veux dire.

– Elle est bronzée. Mais un faux bronzage. On dirait qu'elle passe sa vie dans une cabine UV.

– C'est toujours mieux que d'être anorexique, dis-je. Je lui ai quand même rendu service, non ?

– Je n'en suis pas sûre. Devine ce que ses parents vont lui offrir comme cadeau si elle a son diplôme ?

– Une voiture ?

Ça serait cool, non ? J'aurai peut-être une voiture moi aussi.

– Elle se fait refaire les seins.

– Quoi ?

– Elle se fait refaire les seins.

Je n'avais pas vu le coup arriver.

– Oups !

– Oui, comme tu dis. Oups de chez oups !

– Je te jure que je ne savais pas que ça allait se passer comme ça ! dis-je.

– Bien sûr que tu ne le savais pas. Et je comprends pourquoi tu ne voulais pas qu'elle passe les sélections pour l'équipe de gym. Tu veux sauver les gens, comme je te l'ai demandé. Mais je crois qu'on vient de prendre une bonne leçon de conduite dans le temps. En essayant d'arranger les choses, on peut tout gâcher.

– Sûr, dis-je. Alors, on fait quoi ?

– Il faut que tu l'empêches d'entrer dans l'équipe de majorettes.

J'entends encore les hurlements qui viennent de l'intérieur du bâtiment.

– Je crois que c'est trop tard. Et de toute façon, tu ne crois pas que la chirurgie esthétique, ça vaut mieux que l'anorexie ?

– Ouais... Les deux sont plutôt craignos. Tu ne devrais pas changer quoi que ce soit sans m'en parler d'abord.

– Mais, et le reste de la liste ? Les soixante-douze trucs qu'on doit encore arranger ?

– Je ne sais plus trop... Et si jamais tu ne faisais qu'aggraver les choses ? On va laisser la liste en attente pour l'instant. Et à partir de maintenant, il faut que tu t'en tiennes à ce que je te dirai. Pour tout.

Bon, elle l'a déjà dit, je crois. Trois fois. Je traîne les pieds. Ce n'est pas parce que c'est elle la plus vieille qu'elle doit tout diriger, quand même ?

– Mais...

– Il n'y a pas de mais. Karin va se faire refaire les seins et c'est ta faute, lance-t-elle sèchement.

– Enfin, elle ne s'est pas encore fait opérer. Tu peux peut-être la convaincre de ne pas le faire.

– Je pense que c'est ta responsabilité, tu ne crois pas ?

Je lève les yeux au ciel. Qu'est-ce qu'elle en sait ? Elle n'avait même pas d'amies il y a deux jours. On entend d'autres acclamations derrière la porte.

– Je crois que je devrais rentrer. Contrairement à toi, j'ai envie de soutenir mes copines.

– Oh, non ! (Je l'entends retenir brusquement son souffle.) Il faut que j'y aille. Voilà Bryan.

– Mais vous avez rompu, tous les deux... Je veux dire...

Elle a raccroché.

Et maintenant, je fais quoi ? Je ne peux pas laisser ma meilleure amie devenir accro à la chirurgie esthétique. Il faut absolument que j'arrange ça. J'ai besoin d'un plan.

Chapitre 15

Lundi 26 mai
Terminale

Je suis dans la rue Fleet, à mi-chemin entre le lycée et chez moi, et Bryan est devant moi à cinquante mètres, près d'un panneau stop. Il porte sa chemise verte. Celle que je préfère. Et il sourit. Je vois ses fossettes d'ici. Bryan. Mon Bryan.

Sauf qu'il tient la main de Celia King. Je m'arrête net. Mais qu'est-ce qu'il fait ? Pourquoi la touche-t-il ? On déteste Celia. C'est une pimbêche ! La seule chose qu'on aime bien chez elle, c'est qu'on se retrouvait dans sa villa. Sinon, on pense que c'est une fille qui donne des fêtes snobinardes, maquillée comme un carré d'as, et qui a l'art de transformer en insulte tous les compliments apparents qu'elle te fait.

Il se penche vers elle. Et l'embrasse.

Non. Non.

J'ai les jambes paralysées. Les bras aussi. Mon sang est de la glace liquide. Il n'a pas encore assez fait de dégâts ? Est-ce qu'il veut me faire avoir une crise cardiaque ? Il lève la main et la passe dans ses cheveux, au-dessus de la nuque, comme il le fait avec moi.

Comme il le faisait avec moi. Ou comme il ne le faisait plus avec moi, plus précisément. Je recule de deux pas, j'ai l'impression qu'il m'a donné un coup de pied dans l'estomac. Il faut absolument que je m'assoie. Que je rentre chez moi. Si je prends mes jambes à mon cou, est-ce que je peux rentrer chez moi ? Je vous en prie. On a vu des choses plus bizarres cette semaine.

J'essaie. Ça ne marche pas.

Il faut que je parte en courant. Que je rentre chez moi. Tout de suite. Je tourne au carrefour suivant, ce qui rallonge un peu pour rentrer, et je me mets à courir. J'ai les yeux brûlants de larmes, mais je ne pleurerai pas. L'image des deux en train de s'embrasser me déchire encore la rétine. Mais je ne pleurerai pas. Il faut que je rentre chez moi, c'est tout, et je ne pleurerai pas.

J'ai le cœur qui bat à éclater, mais je ne m'arrête de courir qu'en arrivant devant chez moi, dans ma maison, dans ma chambre, sur mon lit.

Je n'aurais jamais cru que je me sentirais si mal. Le voir avec une autre fille, l'imaginer avec une autre fille, c'est encore dix fois pire que quand il a rompu. Pire que tout.

J'ai un secret. J'ai menti à Bleue.

Bryan ne m'a jamais trompée.

Qu'est-ce que je pouvais dire d'autre ? Elle ne voulait pas m'écouter ! Elle serait sortie avec lui, c'est sûr. Il fallait bien que je lui dise quelque chose qu'elle pouvait facilement comprendre. Quelque chose de mal. C'est quand même mieux que d'avoir inventé un truc horrible, comme de dire qu'il était drogué, ou braqueur de banques, par exemple, non ?

Jamais je n'aurais dit ça. J'avoue pourtant que ça m'a traversé l'esprit.

Mais comment aurais-je pu expliquer ? On ne peut pas comprendre ce qu'on éprouve quand on vous arrache le cœur tant que ça ne vous est pas arrivé personnellement. Je ne pouvais pas lui dire la vérité. Elle n'aurait pas compris. Qu'il m'avait quittée non pas parce qu'il ne m'aimait pas – c'est ce qu'il dit – mais parce qu'il veut savoir qui il est sans moi. Parce que même après qu'on a décidé d'aller à Stulen ensemble, il a choisi de tenter un nouveau projet, différent, autre chose. Parce qu'il pensait qu'il était temps de changer. Parce que son père l'avait convaincu d'aller à la fac à Montréal, où il habite. Où les notes de fin d'année n'avaient pas la même importance. Parce qu'il a fait des projets dont je ne faisais pas partie. Parce qu'il m'abandonne. Sans rien.

« Qui sait ? m'a-t-il dit le soir de notre rupture. Il est peut-être écrit que nous nous retrouverons un jour. Mais pour l'instant, c'est ce que je dois faire. Ça n'a pas de rapport avec toi. Uniquement avec moi. »

C'était bien ça le problème, non ? Tout ce que je faisais était en rapport avec lui.

Je m'allonge sur le dos et tape du poing dans ma couette.

Quelqu'un qui vous aime vraiment ne vous quitte pas. Il vaut mieux que je me passe de lui.

Et désormais il a une nouvelle copine. Ou une copine de longue date. Évidemment, il sort avec une fille. Et pourquoi pas ? Ce n'est pas parce que je n'ai pas de photos de lui dans ma chambre que personne ne doit en avoir. Je me demande depuis combien de temps ils sont ensemble.

Sont-ils amoureux l'un de l'autre ? Est-ce qu'il éprouvait quelque chose pour elle quand il était avec moi ?

J'avais peut-être raison, après tout. Peut-être qu'il m'a trompée. Le salaud.

Je me demande ce que sont devenues toutes les photos que j'ai balancées. Est-ce qu'il a disparu de celles-là aussi ? Je fouille dans la corbeille à papier pour les sortir.

Sur toutes les photos, il n'y a que Karin, Tash, Joëlle et moi. Brandissant des baguettes et mangeant des sushis. Devant la salle de bal du lycée. Dans un sac de couchage, faisant mine d'envoyer des baisers au photographe.

Rigolo. Mais Bryan ?

Il a disparu. Totalement. Et la boule dans ma gorge ? Elle est toujours là.

Est-ce que les deux ne devraient pas disparaître simultanément ? Dans un nuage de fumée ?

Je jette un coup d'œil à mon poignet nu. À mon tableau d'affichage. Il y a des photos de moi avec les filles, des cartes d'anniversaire que je ne me rappelle pas avoir reçues, des collages de mots et de photos dont je ne comprends ni ne me souviens de l'importance. Une photo de la tête de Harry Travis sur un corps de caricature.

La carte que Bryan m'avait faite pour notre second anniversaire, disparue. Celle qu'il m'a donnée pour la Saint-Valentin, disparue. La lettre punaisée sur le tableau, qui confirmait mon inscription à l'université Stupide, disparue...

Attends. Je m'assois d'un bond. À la place du papier blanc me félicitant de mon inscription à Stulen, est affichée une feuille vert clair.

On y lit :

Félicitations ! Vous avez été acceptée à l'université Ballor.

Ah bon ?

Je bondis pour l'arracher du tableau. Oui. Elle confirme effectivement que je suis prise à Ballor. D'accord, Ballor est encore une université de seconde classe, mais d'un meilleur niveau que Stulen. Ils n'y acceptent pas n'importe qui.

Comment cela a pu se produire ?

Peut-être… parce que je n'ai pas passé tout mon temps à sortir avec Bryan, et plus de temps à travailler. Et en travaillant davantage, j'ai obtenu de meilleures notes et j'ai été prise à Ballor.

Maya avait raison.

Si je m'applique bien cette fois-ci, je n'aurai pas obligatoirement un médiocre niveau B moins. Je pourrais peut-être atteindre le A. Ou le A plus. Il n'y a pas de raison que Maya soit la seule fille Banks capable d'entrer dans une bonne université. Moi aussi, je peux le faire.

En ne sortant pas avec Bryan, je peux changer autre chose que l'histoire de mes amours. Et de mes amitiés. Je peux également changer mon orientation universitaire.

Avec Bleue à mes côtés, je peux aller où je veux. À l'université de Californie et de Los Angeles, pourquoi pas ? Si Maya peut le faire, pourquoi pas moi ? Rien ne me force à n'être que la « jolie » fille Banks. Je pourrais aussi être l'intelligente.

Des millions de possibilités s'ouvrent.

Je n'aurai même pas besoin de repasser mes examens. Il

suffit que je donne à Bleue les instructions nécessaires pour changer un certain nombre de choses, et ensuite je verrai la lettre sur mon mur.

Oui ! Cette fois-ci, je ne vais pas laisser un garçon m'empêcher de me bâtir une carrière. Pas question. Cette fois-ci, je ne vais pas laisser un garçon qui va ensuite me larguer me gâcher mon avenir. Cette fois-ci, je vais mettre toutes mes billes sur l'école, et je serai prise dans une grande université.

Cette fois-ci, j'ai un plan.

J'appelle immédiatement Bleue.

– Devine où tu vas aller ?

– Je peux faire pipi, d'abord ? Je viens de rentrer il n'y a pas trois secondes.

– Ce qui compte, c'est que tu sois rentrée. Parce que tu as du boulot. Tu vas aller à l'UCLA !

– Pour le week-end, tu veux dire ? Pour aller voir Maya ?

J'éclate de rire.

– Mais non, idiote ! Je veux dire plus tard. Dans quatre ans.

– C'est vrai ?

– Parfaitement ! Tu vas changer notre vie, tu vas l'améliorer. Avant moi, tu ne t'intéressais pas à l'école. Tu n'attachais pas d'importance à tes amies.

– Mais si...

– Tu ne leur attachais pas assez d'importance. Quand Bryan est arrivé, il t'a prise sous son aile. D'accord, au début, il t'a portée, mais ensuite il t'a laissé choir dans un gros tas de boue. Alors, moi, je suis là pour te diriger. Pour te dire où tu dois aller. Pour ton bien. Non seulement tu vas débarrasser ta vie de Bryan et garder tes amies, mais tu vas nous faire entrer dans une bonne université. Peut-être même l'UCLA.

Je la vois clairement. La Moi nouvelle. Je cours et je ris avec mes amies. J'entre dans une grande université, les cheveux volant dans le vent ensoleillé de Californie. Moi insouciante. Heureuse. Super-intelligente.

– Dans quelle fac je suis censée aller ? Je veux dire, dans laquelle tu vas entrer ?

– Précisément ! Hier, tu devais aller à Stulen.

– L'université Stupide, dit-elle, incrédule. C'est tout ce que tu as pu obtenir ? Une inscription à l'université Stupide ? Mais qu'est-ce que tu as fait, tu as raté l'année de première ?

– Non, je n'ai pas raté. Je n'ai pas essayé, c'est tout. Le lycée ne m'intéressait pas. Je ne voulais qu'une chose, être avec Bryan, et comme il s'en fichait lui aussi – ou en tout cas, il le prétendait – on se disait que comme ça on économiserait de l'argent et... bon, peu importe. C'est fini. En fait, aujourd'hui, je suis acceptée à Ballor.

– Et c'est une bonne fac ?

– Disons que c'est un demi-niveau au-dessus de Stulen. Mais tu vas nous faire entrer dans une meilleure université. Une excellente université. L'UCLA, peut-être. Maya peut le faire, pourquoi pas nous ?

Elle se tait un instant avant de se mettre à rire.

– Parce que c'est Maya qui a hérité de toute l'intelligence.

– Ne dis pas ça ! C'est terrible de dire ça. Tu es intelligente. Je suis intelligente. Et tout est possible, non ? Si je peux discuter avec mon Moi du passé, je peux sûrement réussir à entrer à l'UCLA !

– OK, ma grande intello, alors dis-moi comment on va faire pour entrer à l'UCLA, exactement ?

– Voyons... dis-je en réfléchissant. Maya avait un niveau A.

– Et tu crois que je peux y arriver, moi ? demande-t-elle. Je n'avais même pas ce niveau au collège !

– Ça va te demander beaucoup de travail. Mais tu peux le faire. C'est quoi, déjà, les matières que tu as choisies ?

– Anglais, maths, histoire américaine, sciences économiques, français, chimie et... j'oublie quelque chose. Ah, oui, gym.

– OK, bon. Réfléchissons. Ton problème, c'est l'anglais, parce que tu n'as pas toujours le temps de finir le livre. C'est là que ça se joue. Il faut lire le bouquin avant le cours. Comme ça, tu en tires plus de profit et tu peux faire des disserts brillantes.

– Évidemment que je peux. En ce moment, je lis *Jane Eyre*. Pourquoi est-ce que je ne le finirais pas ? J'aime bien lire.

– Ah bon ? Très bien. Mais tu aimes encore mieux sortir avec ton copain. Eh bien, ce soir, tu le finiras dès qu'on aura fini de parler, dis-je d'un ton sans réplique.

– Ce soir ? Mais on doit se retrouver chez Karin et...

– Pas de temps à perdre avec Karin, dis-je. Tu as du boulot !

– Mais...

– Il n'y a pas de mais, Bleue ! Tu veux y arriver ou non ? (Comme elle ne répond pas, je continue.) Ensuite, les maths. Bon, ça, c'est facile. Il suffit de faire attention. Et si tu ne comprends pas un concept, tu vas au cours de soutien. Si tu comprends ce qui se passe en cours, tu n'auras aucune difficulté pour les devoirs. Ensuite ?

– Histoire américaine.

– D'accord ! Pas de problème pour ça. Est-ce que Karin enregistrait tous ses cours à l'époque ?

– Oui. Tout le monde le fait.

– Elle le fait encore. Elle est dans le même cours d'histoire que moi cette année. On n'est d'ailleurs pas l'une à côté de l'autre. Je veux dire, on ne l'était pas quand je sortais avec Bryan... (Je m'éclaircis la voix.) Tout est arrangé maintenant. Tu as arrêté de travailler avec Karin quand tu as commencé à passer tout ton temps avec Bryan, mais ça ne sera plus le problème, donc tout ira bien. Et c'est la même chose qu'en maths, si tu maîtrises les concepts en cours, tu réussiras. Ne te contente pas de mémoriser les dates, en fait. Ensuite ?

– Sciences économiques.

– La seule chose que tu as à faire, c'est de lire les chapitres qu'il indique. Les questionnaires et les devoirs sont tirés directement du bouquin. Ensuite ?

– Chimie.

– Fastoche. Tash te donnera un coup de main. Elle va entrer en première année de médecine à Brown, tu sais.

– C'est vrai ? Oh, c'est trop génial ! Donne-moi des détails sur les autres ! Et Karin et Joëlle ? Où vont-elles ?

– D'après ce que j'ai entendu dire au lycée, Joëlle va au FIT, l'institut des technologies de la mode...

– C'est super ! Est-ce qu'elle a toujours des fringues aussi cool ?

– Oui. Et en plus elle fait la plupart de ses vêtements, maintenant.

– Waouh ! Et Karin ?

– Karin va à l'université de Buffalo. D'après ce que j'ai entendu dire. On n'en a pas reparlé, alors je suppose que ça n'a pas changé.

– Trop cool. C'est chouette pour elles.

Oui. C'est chouette pour elles. Elles avancent dans la vie. Tout le monde a progressé. Il est temps que je me bouge et que je les rattrape. Je vais me bouger jusqu'à l'UCLA, moi !

– Alors, où on en était ?

– Au français.

– Ouais... je marmonne. Ça, c'est plus dur. Personne ne parle français, sauf...

Sauf Bryan. Comme il a vécu à Montréal, il est bilingue. Il me parlait en français quand il voulait être gentil. Mais pas question d'aller demander à Bryan de t'aider. Pas cette fois. Jamais, en fait.

– Il faudra que tu te concentres, c'est tout. Et que tu fasses tes devoirs.

– Que je fasse mes devoirs. Entendu.

– Tu prends tout ça en note, bien sûr ?

– Où ça ?

– Dans ton carnet. N'oublie pas, surtout !

– D'accord.

J'ouvre mon tiroir et sors le carnet vert pour voir si elle écrit vraiment. Pas du tout.

– Menteuse !

– Attends une minute, soupire-t-elle. (Je l'entends fouiller pour le chercher. Les mots apparaissent sur la page.) C'est bon. Ensuite ?

– Gym. C'est qui déjà, le prof ? Zetner ?

– Oui.

– Pas trop dur. Tu n'as pas le niveau A, mais si je me souviens bien, tu ne te débrouilles pas trop mal. Ce n'est pas comme si tu avais des devoirs à faire.

– Alors qu'est-ce que je dois faire ? Rien ?

– Tu fais plus d'efforts, c'est tout. Si mes souvenirs sont exacts, tu ne t'appliques pas trop. Si tu fais un minimum d'efforts, je suis sûre que tu peux obtenir un A.

– Des efforts en gym. OK. Ensuite ?

– L'examen de fin de terminale. Maya a obtenu quatre-vingt-dix-huit pour cent.

– Ça paraît énorme. Tu as eu combien, toi ?

Je rougis.

– J'ai pas eu quatre-vingt-dix-huit.

– Alors, il faudrait que j'obtienne de bonnes évaluations dans chaque matière et un super-niveau. Fabuleux. Est-ce que je peux attendre d'être en première pour me faire du souci pour l'examen final ?

– Tu crois que les athlètes qui font les Jeux olympiques s'entraînent juste l'année d'avant la compétition ? Absolument pas. Il faut que tu commences à te préparer dès maintenant.

Pendant que je parle, mon père passe devant ma porte. Il est toujours en robe de chambre. Est-ce qu'il lui arrive de s'habiller ?

Il va falloir qu'elle fasse tout ce qu'elle peut pour obtenir un super-niveau aux évaluations finales, ce qui détermine l'attribution des bourses. Comme Maya, j'aurai absolument besoin d'une bourse si je veux aller dans une université de haut niveau. Mes parents ne peuvent en aucun cas se le permettre, c'est sûr.

– Et comment je fais, exactement ? me demande-t-elle en me ramenant au présent.

Ou au présent passé. Peu importe.

Euh...

– Ta faiblesse, c'était l'expression verbale, en fait. Tu sais, tous ces mots dingues. Comme coaguler, par exemple.

– Ça veut dire quoi ?

– Tu vois ce que je veux dire ? Peut-être que si on s'y met maintenant, tu vas devenir un génie du vocabulaire.

Si elle mémorise un mot par jour, elle pourrait avoir le lexique d'un professeur de littérature anglaise.

– Ouais ! C'est une super-idée !

– De quoi tu parles ? demande-t-elle anxieusement.

– Tu vas mémoriser un mot par jour pour le test d'évaluation final. Quand tu arriveras en terminale, tu connaîtras le dictionnaire par cœur.

– Et je commence quand ?

– Aujourd'hui, évidemment. Avec le mot coaguler.

– Qui veut dire quoi ?

– Une seconde, dis-je.

J'entre dans l'ancienne chambre de Maya. Sur son étagère, il y a environ vingt bouquins de préparation à l'examen. Je n'en ai jamais ouvert un seul.

– Selon mes notes des annales, ça veut dire : épaissir, cailler.

– Tu peux l'utiliser dans une phrase ?

– Le jus d'orange que j'ai laissé dans mon verre a coagulé sous forme de croûte.

– C'est dégoûtant.

– Oui, bon, mais je n'ai pas l'intention de le boire.

Je m'assois sur le lit de Maya et je feuillette le bouquin. Pourquoi n'ai-je pas pris la peine de travailler et d'apprendre mes leçons la première fois ? Je me souviens du jour de l'examen. La bouffée d'espoir que je puisse réussir brillamment sans préparation. Sans révision. Je surprendrais tout le monde. Je me surprendrais moi-même.

– Est-ce que tu as noté ? lui dis-je.

– Yep ! répond-elle.

Et je l'entends griffonner.

– Et maintenant, revenons à nos moutons. Et à notre entrée à l'UCLA. Il ne s'agit pas uniquement d'avoir des A dans toutes les matières.

– Ah bon ?

– Non, dis-je, dégoûtée. (Ma pauvre petite barque s'en va décidément à la dérive, complètement ignorante.) Tu vas avoir du boulot.

– Qu'est-ce qu'il faut que je fasse ?

– Des trucs. Il est indispensable de faire des trucs.

– Tu ne peux pas être un peu plus précise ?

– Si. Il te faut un CV bien rempli. Tu ne peux pas entrer dans une bonne université si tu n'as pas d'activités périscolaires.

– Karin, Joëlle et Tash, qu'est-ce qu'elles font ? En dernière année, je veux dire.

– Voyons. Karin était gymnaste, mais apparemment elle est désormais majorette et s'est fait refaire le nez...

– Je suis désolée, dit-elle, contrite. Mais ça vaut mieux que d'être anorexique. Et je vais trouver un plan pour arranger ça.

– Tu ne fais aucun plan sans me consulter, je te rappelle. Tash, elle, est membre d'un club scientifique.

– Est-ce qu'elles ont des copains ?

– Karin en a un. Il s'appelle Stevey et elle l'a rencontré à la galerie marchande. Il va au lycée Est. Il est très mignon. Je crois qu'il est capitaine de l'équipe de natation de son école, ou un truc comme ça. Mais je crois que Tash n'est jamais sortie avec un garçon.

– C'est vrai ? Aucun ? C'est trop triste. Elle est toujours aussi timide ?

– Oui. Elle ne parle jamais de garçons qui lui plaisent. Elle se consacre à ses études. C'est difficile d'entrer en fac de médecine, tu sais.

– Et Joëlle ? demande-t-elle.

– Elle est rédactrice en chef de l'annuaire de promo du lycée, lui dis-je.

– Oh, elle vient d'entrer au bureau cette semaine ! C'est passionnant. Et elle sort avec quelqu'un ?

– Elle a été avec Jérôme Cohen pendant quelques mois, en seconde, mais c'est tout ce que je sais.

– C'est vrai ? Je veux dire, elle est avec lui ? C'est trop cool. Elle en pince pour lui, tu sais.

– Oui, je me souviens, dis-je. Je crois qu'on les a aidés à sortir ensemble.

Au moment où les mots passent mes lèvres, je me demande si je devrais lui donner tant de détails sur l'avenir. Au cas où l'avenir se retrouverait comme le nez de Karin. En cours de modification.

– Oh, trop fun ! Comment vous avez fait ?

Bon, je crois que je peux lui dire. De toute façon, ça ne va pas se passer de la même manière, maintenant.

– Il a demandé à Bryan de me demander s'il lui plaisait. Qui sait ? Peut-être que sans Bryan et moi, ils ne seraient jamais sortis ensemble.

– Quoi ! Mais ça serait trop triste. Il lui plaît vraiment ! Je ne veux pas qu'elle n'ait pas la possibilité de sortir avec lui, juste parce que Bryan nous a trompées. C'est trop injuste !

Bon. D'accord.

– Ce n'est pas complètement sûr qu'ils ne sortent pas ensemble. Peut-être qu'il a demandé des détails à quelqu'un d'autre. Laisse-moi enquêter pour voir si les choses ont changé avant de nous faire du souci, OK ?

La prochaine fois, je ne dirai rien.

– Très bien, dit-elle.

– Et maintenant, revenons-en à toi. Il faut que tu aies des activités périscolaires.

– Quoi, par exemple ?

– Tu ne veux pas essayer les majorettes ?

– Ha ha. Très drôle.

– Et pourquoi pas ?

– Premièrement, les sélections sont passées, c'était aujourd'hui. C'est donc raté. Et deuxièmement, être supporter, je ne suis pas sûre que ça soit mon truc. Et je ne suis pas trop souple non plus.

Je tends les jambes en V et m'efforce de les écarter complètement.

– Tu sais faire le grand écart ?

– Euh... Non. Toi, tu sais ?

– Non, mais j'ai été capable de le faire. Tu es sûre que tu ne peux pas ? Essaie.

Elle grogne.

– Je ne crois vraiment pas...

– Mais essaie, c'est tout !

J'entends bouger, puis « Aïe ! ».

– Non, je n'y arrive pas, dit-elle.

– Mais avant, on pouvait.

– Oui, quand on avait six ans.

– Quand même ! dis-je. Qu'est-ce qui s'est passé ? À six ans, on était capables de le faire. Je parie que si on l'avait fait tous les jours quand on avait six ans, on y arriverait encore.

– Tu n'as qu'à appeler notre Moi de six ans, râle-t-elle.

Je me tais une seconde.

– Je le ferais si je le pouvais.

– Quelles autres activités peut-on faire ? demande-t-elle. Qui n'impliquent pas que je me tortille comme un bretzel.

– Est-ce qu'il y a un autre sport qui t'intéresse ?

– Est-ce qu'il y a un autre sport qui t'intéresse ? réplique-t-elle du tac au tac.

– Non. En fait, non.

Nous ne sommes pas très sportives.

– Et l'annuaire de promo ? Tu pourrais travailler avec Joëlle ?

– Je suppose que oui. Mais je crois que les inscriptions, c'était la semaine dernière.

– Fais-moi confiance, ils ne feront pas de difficultés pour que tu entres dans le comité. C'est l'annuaire de promo. Pas comme s'il y avait des sélections.

– Je crois que Joëlle a une réunion demain à midi avec la rédaction.

– Parfait ! Tu n'auras qu'à y aller aussi.

– Bon. Est-ce que ça suffit ?

– Pour aujourd'hui, oui. Vite. Coaguler ! Fais-moi une phrase avec, tout de suite !

Je l'entends pratiquement lever les yeux au ciel.

Elle s'éclaircit la gorge.

– J'ai le cerveau qui commence à coaguler.

Chapitre 16

Mardi 13 septembre
Classe de seconde

Quand la sonnerie de midi retentit, j'appelle Joëlle :

– Tu vas à la réunion du journal ?

– Oui, dit-elle avec un grand sourire. Pourquoi ? Tu veux venir ?

– J'y pensais, oui.

Traduction, Ivy me force à le faire.

Elle me force aussi à essayer d'entrer dans la troupe de théâtre pour la pièce annuelle, *La Belle et la Bête*, où on me prendra vraisemblablement pour jouer le rôle d'une chaise, car je n'ai aucun talent.

– Génial !

Elle serre sous son bras un classeur argenté intitulé *Annuaire de promo.*

– Qu'est-ce qui t'a fait changer d'avis ?

– Oh, tu sais... dis-je. Je me disais que, pour les dossiers d'inscriptions à la fac...

Elle éclate de rire.

– Sans blague ? Tu penses à ça maintenant ? Huit jours après la rentrée au lycée ?

J'imagine que ça doit paraître débile. Je hausse les épaules.

– Ça ne fait jamais de mal de faire des projets un peu à l'avance.

Elle me passe le bras autour des épaules.

– Je ne te savais pas si ambitieuse.

Moi non plus.

– C'est où, la réunion ?

– Au sous-sol, dit-elle.

J'ignorais qu'il y avait un sous-sol. À l'extrémité du hall, nous descendons l'escalier et là, entre le bureau du journal de l'école et le club de français, il y a la salle de rédaction de l'annuaire. C'est une pièce carrée en béton, qui contient quelques ordinateurs et un bureau de la taille d'une grande table de salle à manger. Il y a une dizaine de personnes, pour la plupart plus âgées, des premières et des terminales. Joëlle et moi entrons au fond de la salle.

– Alors, tu veux devenir rédactrice en chef de l'annuaire, peut-être ? demande-t-elle en écartant ses cheveux d'un grand geste.

– Quoi, moi ? Non, toi, tu vas être...

Je ne finis pas ma phrase. Elle ne sait pas encore qu'elle va devenir la rédactrice en chef de l'annuaire de promo, donc il ne faut probablement pas que je le lui dise.

– Qu'est-ce que je vais être ?

Je lui montre son dossier du doigt.

– Tu vas être la meilleure éditrice d'annuaire qui ait jamais existé.

– Ouais... dit-elle avec un sourire. Ça va sans dire.

– Tu me montreras ce que je dois faire ?

Ou peut-être que pour gagner du temps, je ferais mieux de demander à Future Moi ce que j'ai déjà fait. Ou pas fait.

– Joy va nous dire ça, dit-elle.

Joy, la petite blonde de terminale qui est assise au bureau du prof, m'accueille par un geste de la main.

– Bonjour ! Merci d'être venue !

– Mais non, dis-je. De rien.

– Les filles, je vous suggère de jeter un coup d'œil à ces anciens annuaires pour trouver des idées de mise en page. Et si l'une de vous a une idée pour récolter des fonds, faites-m'en part le plus vite possible. Nous sommes pauvres, et nous devons trouver des solutions de financement.

– Bonne idée, dis-je, et elle nous tend la pile d'annuaires des cinq dernières années.

On se plonge dedans illico. La plupart sont divisés par catégories d'orientation, puis quelques pages pour chaque niveau, puis environ quarante pages pour les terminales. Chaque étudiant diplômé a droit à un quart de page pour rédiger son témoignage. La plupart sont des citations comme *Carpe Diem* ou des paroles de la chanson *Lost in the Wind*, ainsi que des messages sibyllins adressés à des copains, comme « nuit aux chandelles X6 » ou « GH-Merci O Mauve ». Ou bien la déclaration faite cinq ans plus tôt par Erika Pallick à MX : « Premieramour. Toutemavie. » Ou de Lisa Viergo : « À Kayla la meilleure des meilleures amies. Merci de m'aimer et de me connaître mieux que moi-même. Je ne serais rien sans toi. »

Je me demande ce qui est arrivé à Erika et à MX. Est-ce qu'il est encore tout pour elle ? Est-ce qu'ils sont ensemble à la fac ? Est-ce que Lisa et Kayla sont encore amies ? Ou bien se sont-elles perdues de vue une fois à l'université ?

J'ai hâte d'écrire mon propre témoignage. Qui sait quels souvenirs je serai triste de laisser ?

Je n'ai qu'à demander à Ivy.

– Vous avez des idées ? demande Joy en s'accroupissant à côté de nous.

– Dommage qu'on ne puisse pas faire le suivi de certains de ces élèves. Voir ce qu'ils sont devenus, dis-je.

Joy penche la tête sur le côté.

– Il suffit de chercher dans Google, non ?

– Oui, admets-je. Mais j'aurais l'impression de les espionner ou de les harceler. Et ce serait sympa de l'imprimer.

Joëlle tapote l'un des volumes de l'an passé.

– Si on inclut une page intitulée QUE SONT-ILS DEVENUS ?, on pourrait vendre l'annuaire aux anciens élèves. En souvenir. Et peut-être même les amener à faire des dons.

– Exactement, dis-je. Par exemple, on imprime qu'Untel et Untel se sont mariés s'ils nous font un don de cinq cents dollars. Et en plus, on satisfait la curiosité des élèves actuels, comme moi.

– J'adore cette idée ! dit Joy en battant des mains. Vous deux, vous allez être mes vedettes, j'en suis sûre. Je vais vous chercher une liste des anciens élèves et vous pourrez commencer à envoyer des mails pour voir qui peut donner des informations. Ça vaut la peine de faire cette page, c'est absolument certain.

– Génial, dis-je en serrant le bras de Joëlle.

C'est trop passionnant, l'annuaire de promo.

Je feuillette les témoignages des terminales. J'ai hâte

d'écrire le mien. Qui sait ce – ou ceux – que je serai triste de quitter ? Je suppose que je pourrais toujours demander à Ivy. La cloche sonne, et je referme l'annuaire d'un coup sec. Mais ça romprait le charme, non ?

Chapitre 17

Mardi 27 mai
Terminale

– Salut, dis-je, me glissant sur la chaise vide à côté de Karin en entrant en cours d'histoire du monde.

– Salut, dit-elle, le front plissé. Qu'est-ce qui se passe ?

Je pose ma trousse sur la table.

– Pas grand-chose, et toi ?

– Rien de particulier... Tu as quelque chose à me dire ?

– Euh... non ? Je devrais ?

– Mais alors qu'est-ce que tu fais ici ?

– Pourquoi est-ce que je suis en cours d'histoire du monde ?

Elle entortille une de ses boucles autour de son index.

– Oui. Tu ne devrais pas être avec Draker en programme renforcé d'histoire ?

Hein ? Oh !

– Oui ! dis-je en me levant d'un bond et en reprenant mes livres. Évidemment, je devrais y être. Je voulais juste te demander... ce que tu faisais à la sortie ? Tu veux passer chez moi ?

– Bien sûr, dit-elle, avec un signe de la main. On se retrouve au déjeuner !

J'ai la tête qui tourne, je retourne en courant à mon casier. Bizarre comme personne ne semble perturbé par les bouleversements instantanés qui se produisent dans ma vie. Pour tous les autres, c'est un jour normal. Karin avait histoire avec son ancienne meilleure amie. Puis avec sa meilleure amie. Et ensuite sa meilleure amie est dans un autre cours. Tiens tiens tiens. Elle avait le nez tordu. Et maintenant il est droit. Tiens tiens tiens.

Je regarde fixement mon emploi du temps collé à l'intérieur de mon casier. Avant, je suivais les cours normaux. Maintenant, je suis les programmes renforcés dans toutes les matières. Tiens tiens tiens.

Évidemment, c'est perturbant. Mais... bravo ! Bleue. Heureusement que les examens d'évaluation finale ont eu lieu il y a quinze jours, sinon je serais dans de beaux draps. Mais les cours de fin d'année sont plus cool. En anglais renforcé, on a regardé *Roméo et Juliette.*

Je marche sur un nuage jusqu'à midi, et là, je tombe sur Celia et Bryan.

En train de s'embrasser. En plein milieu du hall. Dans les bras l'un de l'autre. Elle a les mains sur son dos.

– Berk, dis-je en détournant la tête.

J'espère que leur salive va coaguler et les étouffer. Je la préfère quand elle insulte les autres.

– Qu'est-ce qui t'arrive ? demande Karin.

– Je suis un peu écœurée.

– À cause des démonstrations d'affection de Celia et Bryan ? Moi aussi.

– Tu ne... flashes plus sur lui, dis-moi ?

Je ne suis pas sûre de pouvoir l'accepter.

– Nooon ! J'aime trop Stevey.

– Dieu merci. Enfin, je veux dire, tant mieux.

Je lui tapote l'épaule.

– Hum... Depuis combien de temps est-ce qu'ils sont à nouveau ensemble ? dis-je en désignant du menton le couple dégoûtant.

– Je ne sais pas... Depuis février, je dirais ?

Seulement trois mois. Bien fait, Celia. Ils ne connaissent pas ce que nous avons connu.

– Ça ne durera pas, de toute façon, ajoute Karin. Il est tellement volage.

Alors là, j'en reste interdite. Quoi ? C'est vrai ? Comment est-ce possible ? Je souris intérieurement. Est-ce que ça voudrait dire que la seule fille avec laquelle il a pu avoir une relation durable, presque quatre ans, c'est moi ?

Au moment où nous passons près d'eux, la main de Celia est descendue jusqu'à la ceinture de son jean. Ce qui efface rapidement mon sourire. Garce.

– Alors, parle-moi du bal de promo, dis-je.

En d'autres termes, est-ce que j'y vais avec un garçon ?

– Que veux-tu que je te dise ?

Il faut que j'avance avec précaution.

– Rappelle-moi quel est le programme ?

– La limousine doit d'abord venir me chercher avec Stevey, puis nous passons te prendre avec Harry, puis Tash, et enfin, Joëlle.

Harry et moi. Je vais au bal de promo avec Harry. C'est dément. Pas question qu'on s'embrasse. Je n'ai pas envie d'avoir le menton couvert de boutons sur ma photo de bal de fin d'année.

Nous prenons deux plateaux de raviolis (au moins, Karin mange !) et nous asseyons à notre table habituelle à côté de Tash, qui a déjà commencé sa salade au poulet.

– Alors, les miss, quoi de neuf ?

– Nous parlons juste du programme pour le bal de promo, lui dis-je.

– J'ai hâte d'y être, dit-elle, moqueuse, les yeux au ciel. Je n'arrive pas à croire que vous voulez absolument m'emmener, les filles.

Karin lui donne un coup de coude dans les côtes.

– Évidemment, qu'on t'emmène !

Je renchéris :

– Oui, on s'amusera bien. Karin, Stevey, toi et Joëlle, moi et... Harry.

Je reprends mon souffle.

– Je ne sais pas pourquoi tu ne veux pas que je te trouve un cavalier, dit Karin à Tash. Ça pourrait être marrant.

– Je ne veux pas être obligée de passer la soirée à parler de la pluie et du beau temps avec un gars choisi au hasard, dit Tash en secouant la tête.

– Mais le hasard peut être rigolo, dit Karin, en scrutant la pièce autour d'elle. Et quand ils sont mignons, c'est super sur la photo.

Espérons.

Karin pointe discrètement du menton en direction d'un garçon dans le coin.

– Qu'est-ce que tu dirais de Nick Dennings ? Tu as quelques cours renforcés avec lui, non ? Vous pourriez parler de vos expériences scientifiques. En plus, il pourrait probablement t'emmener dans une limousine grand modèle.

La mère de Nick Dennings a vendu l'année dernière son entreprise sur Internet, pour on ne sait combien de millions de dollars. En outre, son acné a disparu pendant l'été. Du jour au lendemain, il est passé de « nul » à « canon ».

Tash fait non de la tête.

– Il y va avec sa copine. Une fille de première.

– Tant pis, alors.

Karin continue à regarder.

– Et Jonah Stoller ?

– Son piercing à la langue me donne la chair de poule.

Moi aussi, je peux jouer à ce petit jeu.

– Et pourquoi pas... (Je vois Sean Puttin dans la file d'attente de la cafétéria.) Sean Puttin ! Il est plutôt mignon si on aime le style du Connecticut.

Karin laisse tomber sa fourchette dans ses raviolis.

– Tu rigoles ou quoi ?

– Pourquoi ? Quel est le problème ?

Tash me regarde avec une extrême attention et se met à rire.

– On dirait que tu es amnésique, ou un truc comme ça.

– Bon. Je suis amnésique. Ha ha.

Je me tortille sur ma chaise, mal à l'aise.

– C'est un con, dit Karin. On le déteste.

– Mais oui bien sûr, où avais-je la tête ? (Je ricane nerveusement.) Et pourquoi on le déteste, au fait ?

– À cause de ce qu'il a dit sur toi, explique Tash.

C'est à moi de poser ma fourchette.

– Qu'est-ce qu'il a dit sur moi ?

– Tu ne te rappelles vraiment pas ? demande Karine, stupéfaite.

– Mais si… si… c'est juste que…

Il faut absolument que je trouve une explication pour mes graves trous de mémoire. Vite.

– C'est qu'en fait… j'ai eu un accident de voiture.

– Quoi ? hurlent-elles à l'unisson.

– Quand ça ? me demande Karin, en me passant le bras autour des épaules, le visage marqué par l'inquiétude.

– Le week-end. Tout va bien, mais j'ai eu un choc à la tête. Et le médecin a dit que je pouvais avoir quelques problèmes de mémoire. Pendant quelques jours.

– Pourquoi tu ne nous l'as pas dit ? demande Karin.

– Je ne voulais pas vous inquiéter, dis-je, le regard fixé sur mes mains.

Je n'arrive pas à croire qu'elles puissent gober une histoire pareille. Mais je suppose que ça paraît quand même plus plausible qu'un voyage dans le temps.

– Mais bon, de toute façon, ça va aller. Il faudra juste que vous soyez indulgentes et que vous m'aidiez à boucher les trous pendant un certain temps, c'est tout. Pour Sean Puttin, par exemple. Qu'est-ce qui s'est passé, alors ?

Tash hausse les épaules.

– Peut-être que ça vaut mieux de ne pas se rappeler certaines choses.

– Il y a des trucs que je préférerais oublier, personnellement, dit Karin. Est-ce que je vous ai dit que j'ai surpris mon père et ma mère en pleine action la semaine dernière ?

– Oui, dit Tash. De multiples fois. Et maintenant je ne peux pas l'oublier non plus.

– Je vous en prie, dites-le-moi, dis-je, suppliante.

Karin hésite.

– C'était à propos de ta façon d'embrasser.

– Qu'est-ce qu'elle a, ma façon d'embrasser ?

Bryan n'avait pas de problème avec ma façon d'embrasser. En tout cas, il n'en a jamais parlé.

Elle hésite encore.

– Il a dit que tu embrassais comme un poisson.

Je reste bouche bée.

– Qu'est-ce qu'il a dit ? Mais comment est-ce qu'il peut savoir comment j'embrasse, d'abord ?

Karin et Tash échangent un regard sous-entendant que Devi est une extraterrestre.

– Parce que tu l'as embrassé. L'année dernière. Est-ce que tu as oublié ça aussi ?

Oui. Apparemment, je l'ai oublié. Et comment est-ce qu'un poisson embrasse, au fait ? Les poissons n'embrassent pas. Sean Puttin est un imbécile. Je n'embrasse pas comme un poisson. À moins que ce ne soit la raison pour laquelle Bryan a rompu avec moi. Parce que j'embrasse comme un poisson !

Je lève les yeux. Karin et Tash sont en train de me dévisager toutes les deux.

J'imagine que je devrais dire quelque chose.

– Bon, eh bien oublions Sean, alors. On ne veut pas de lui dans notre limousine, effectivement.

J'envoie vite fait un texto à Bleue :

N'embrasse jamais Sean Puttin. Et méfie-toi de la barbe de Harry. Elle laisse des traces. Bises. Ivy.

– Oublions que j'ai besoin d'un cavalier, dit Tash en revenant à sa salade au poulet. Joëlle n'en a pas, alors pourquoi est-ce qu'il m'en faudrait un ?

Joëlle n'avait pas mentionné qu'elle attendait que Jérôme lui demande de l'accompagner l'autre jour ? Et ne suis-je pas censée découvrir ce qui s'est passé avec Jérôme Cohen, au fait ?

– Aucune chance que Jérôme Cohen l'invite ? dis-je, en espérant qu'elles ne vont pas encore me regarder comme si j'étais débile mentale.

Elles me regardent comme si j'étais débile mentale.

Tash grogne d'un ton furieux :

– Si Joëlle parle encore une fois de Jérôme Cohen, il est possible que je ne puisse pas me retenir de l'étrangler.

Karin acquiesce.

– Il faut vraiment qu'elle s'en remette et tourne la page.

Ah ! Donc, ils sont bien sortis ensemble.

– Il y a si longtemps qu'ils sont sortis ensemble... Quand on était en seconde, non ?

J'espère que c'est encore vrai.

– Oui, râle Tash. Il y a un bon million d'années.

– Et elle est toujours aussi mordue ? dis-je.

Je crois que je commence à comprendre.

Tash lève les yeux au ciel.

– Tu crois ?

– Elle aurait dû accepter la proposition de Kellerman, dit Karin. Il aurait fait un bon cavalier pour le bal de promo. À condition de mettre autre chose que ses éternels pantalons de survêt. Vous croyez qu'il a au moins un jean ?

– Non, elle préfère rester disponible, au cas où Jérôme

l'inviterait. Probabilité zéro ! (Tash secoue la tête.) Je parie qu'il n'y va même pas. Les intellos branchés dans le genre de Jérôme ne vont pas au bal de promo.

Je regarde autour de moi.

– Mais où est Joëlle, au fait ?

Tash mange une autre bouchée de salade.

– À la rédaction de l'annuaire de promo, je crois. Mais dis-moi, tu ne devrais pas y être, toi aussi ?

– Ah bon ? Je devrais ?

Karin éclate de rire.

– Tu n'es pas adjointe de rédaction, par hasard ?

Bien joué, Bleue ! Avec un clin d'œil aux filles, je me dirige vers la salle de rédaction de l'annuaire.

– Essaie-la pour moi ! dit Karin, étendue en travers de mon lit. De quelle couleur elle est, déjà ?

– Rouge, dis-je en ouvrant mon placard.

– C'est vrai ? Mais je croyais que tu détestais le rouge. Que ça te faisait penser à la couleur du sang ?

– C'est vrai, mais...

Bryan trouvait le rouge sexy. Tant pis. La robe que j'ai devant les yeux, suspendue dans mon placard, n'est pas rouge. Elle est gris argent, longue et drapée. Un peu comme celle de Cendrillon, mais en moins bouffant. Waouh ! Elle est magnifique.

– J'avais oublié. Elle est gris argent, dis-je avec un ricanement bizarre.

– Dis donc, tes problèmes de mémoire ne s'arrangent pas ! Mais j'adore ta robe. Elle vient de chez Izzy Simpson ?

Je jette un coup d'œil à l'étiquette.

– Raté. Je l'ai achetée chez Raffles.

– C'est une trouvaille.

Je laisse tomber mes vêtements en tas sur le sol et passe la robe neuve. Karin remonte la fermeture éclair du dos et je la gratifie d'une pirouette pour la faire virevolter.

– Waouh ! Tu es superbe. Vraiment.

J'admire mon reflet dans la glace. La robe est plutôt jolie, effectivement. Quelle idée avais-je eu d'en choisir une rouge ? Je devais être malade.

– Quelles chaussures as-tu achetées ? demande-t-elle.

Bonne question. Je fouille dans mon placard. Je vois des chaussures rouges. Mais pas de gris argent. Qu'est-ce qui s'est passé ? Ça ne va pas être terrible.

– Je crois qu'il faut que j'en achète une paire, dis-je.

– Il ne reste plus qu'une dizaine de jours. On devrait aller faire des courses cette semaine. Tu vas prendre des talons de dix centimètres ?

– Tu es folle ? Pour quoi faire ? Je serais incapable de marcher avec ça !

– Mais Tom mesure au moins un mètre quatre-vingt-dix, non ?

Hein ?

– Tom ? C'est qui Tom ?

Son front se plisse sous l'effet de l'inquiétude.

– Ton amnésie te reprend ? Tom Kradowski, ton cavalier pour le bal de promo ?

Mon quoi ? Que s'est-il passé ?

– D'accord. Tom... Kradowski.

Apparemment, Bleue a agi et j'ai changé de cavalier. Qu'est devenu Harry, au fait ? Harry est canon, quand même ! Je jette un nouveau coup d'œil dans le miroir et m'aperçois que je n'ai plus de boutons sur le menton. Est-ce que ça signifie que je ne suis pas sortie avec Harry vendredi ? Est-ce que la mise en garde contre la barbe a découragé Bleue ?

Mais je connais à peine Tom Kradowski ! Je ne sais même pas si je lui ai déjà adressé la parole. Sans doute que si, forcément. En tout cas pour lui demander de m'accompagner au bal ou pour accepter son invitation. Pour l'instant, la seule chose que je sais à son sujet, c'est qu'il est très grand. Quelque chose comme un mètre quatre-vingt-dix. Ce qui me fait un peu penser à une girafe. Bou ouh ! Je veux mon Harry canon !

– Je suppose qu'il va falloir que j'achète des talons plus hauts.

– Si tu ne portes pas des talons aiguilles, tu vas devoir passer toute la soirée le menton pointé vers le ciel.

Après m'être rhabillée, je m'assois à l'autre bout du lit pour jeter un coup d'œil à mon tableau d'affichage.

Félicitations, nous avons le plaisir d'accepter votre inscription à Hofstra.

Nouveau cavalier, nouvelle université... Sous peu, je serai comme neuve.

Chapitre 18

Mardi 13 septembre
Classe de seconde

– Encore en train de travailler ? me demande maman.

J'ai étalé mes livres sur la table de la cuisine.

– Ouiii... dis-je en étouffant un bâillement.

– Il est plus de dix heures. Tu ne devrais pas aller te coucher ?

Il est si tard que ça, et Ivy n'a pas encore appelé pour faire le point ?

– Je ne vais pas tarder, lui dis-je. Il me reste juste un chapitre à finir en sciences éco. On a une interro demain.

– Il y a des heures que tu y es, dit-elle. Je ne t'ai jamais vue travailler autant.

Pour la bonne raison que je n'ai jamais travaillé autant.

– Je sais qu'il peut y avoir beaucoup à faire au lycée, mais il ne faudrait pas que tu te surmènes, quand même, me dit-elle.

Alors que toutes les autres se retrouvaient à la galerie marchande après les cours, je suis rentrée à la maison pour bosser. Certes, je ne laisse pas tomber mes amies à cause de Bryan... je les abandonne pour travailler. Je n'en avais pas envie mais je l'ai fait quand même. Parce que c'est Ivy qui me l'a ordonné. Mais si elle ne veut pas prendre la peine de m'appeler, je crois que je ne vais pas l'écouter plus longtemps.

– Merci de m'avoir aidée à répéter ma chanson, pour les sélections du casting du spectacle, lui dis-je.

– De rien, je t'assure. J'aidais toujours Maya. Et tu vas te débrouiller magnifiquement demain.

Les mères sont les moins objectives des juges, non ? Je chante *Embrasse-la* du film *la Petite Sirène*. Étant donné que la pièce qu'on va jouer est *La Belle et la Bête,* je me suis dit que je pourrais rester dans la famille Disney pour les sélections.

Ivy finit par appeler une demi-heure plus tard.

– Où étais-tu passée ? dis-je d'un ton hargneux en refermant violemment mes bouquins. J'attendais que tu m'appelles.

– Karin est passée me voir, dit Ivy.

– Ah bon ? Je suis ravie que tu aies le temps de t'amuser avec tes copines pendant que je suis obligée de bosser.

– J'ai travaillé à l'heure du déjeuner, figure-toi. Réunion de rédaction de l'annuaire de promo.

Je me coince le portable entre l'oreille et l'épaule et monte l'escalier en transportant mon matériel.

– Tu es encore membre de la rédaction ! Génial ! C'est intéressant, non ? C'est beaucoup de boulot de choisir toutes les photos, la mise en page, mais c'est passionnant quand même.

– Je ne saurais te le dire. Je ne me souviens pas de l'avoir jamais fait ! On a fini les épreuves de notre page, alors pour fêter ça, on est allés manger une pizza avec les bénéfices des ventes. Tu n'imagines pas les sommes que peuvent donner les anciens élèves pour voir leur nom dans la page intitulée QUE SONT-ILS DEVENUS ?.

Je suis trop fâchée pour être contente de la réussite de mon idée de page.

– Alors si je comprends bien, tu prends du bon temps et tu bouffes des pizzas pendant que je me cogne tout le gros boulot. Et ensuite tu te marres avec tes copines pendant que je fais mes devoirs et que je répète *Embrasse-la* jusqu'à me prendre pour un disque rayé.

Elle éclate de rire.

– Je vois. Mais ça marche, tu sais ? On est inscrites à Hofstra et je suis rédactrice de l'annuaire de l'école.

Hein ?

– Ah bon ? Je croyais que c'était Joëlle, la rédactrice en chef. (Oh, non !) Ne me dis pas que je lui ai piqué sa place !

– Mais non ! Pas de panique ! On est corédactrices. Tu n'as rien usurpé.

Je pose mes bouquins en tas sur mon bureau.

– Insurpé ?

– Non, usurpé. C'est ton mot de vocabulaire de la journée, ma petite. Ça signifie s'emparer par la force, prendre possession de quelque chose sans en avoir le droit.

On dirait une marque de soupe.

– Bon, j'ai pigé. Usurper.

– Tu peux l'utiliser dans une phrase ?

Ivy est en train d'usurper tous mes plaisirs.

– Je me sentirais vraiment mauvaise si *j'usurpais* la place de Joëlle.

– Vraiment mal, dit-elle. Tu te sentirais vraiment mal. Je

crois. Je ne sais pas. Enfin, bon. Mais n'oublions pas l'importance de la dissertation dans les tests d'évaluation. Tu ne peux avoir l'air d'être illettrée. Et que veut dire coaguler ?

– Épaissir, dis-je automatiquement.

– Très bien. Tu fais du bon travail. Apparemment, tu as d'excellents résultats en cours.

– Effectivement, j'ai tout compris en cours de maths, dis-je. Et Karin a proposé que je passe la voir si je veux réécouter ses cours d'histoire américaine. Et Tash m'a dit qu'elle m'expliquerait le cours de chimie demain pendant l'heure du déjeuner.

– Bravo ! Il ne te manque plus que quelques activités et on va y arriver.

– Il me manque des activités ? Tu rigoles ?

– Je sais, je sais, je suis désolée. Tu dois être débordée, mais... C'est la meilleure solution pour nous. Je te le jure.

– Ivy, je ne sais pas si je peux en faire davantage. Entre l'annuaire du lycée, le temps qu'il m'a fallu pour mémoriser le texte du spectacle, et faire tous mes devoirs, je n'ai même pas eu une minute pour regarder la télé. Ômondieu ! J'ai raté la première de *TTYL* !

– Je peux te raconter ce qui se passe, dit-elle. Ils...

– Ne me gâche pas la surprise ! (Je crie en me bouchant les oreilles et je laisse tomber mon portable sur la moquette. Oups.) Je ne le ramasse que si tu promets de ne pas me dire ce qui se passe !

J'écarte les mains. J'entends sa promesse étouffée et je ramasse le téléphone.

– Ils meurent tous, dit-elle.

Aaaah !

– Je vais te tuer !

– Je rigole, je rigole. Évidemment, ils ne meurent pas. Ils ont un accident de voiture et sont frappés d'amnésie, mais ça ne dure pas.

Elle glousse.

– Un truc pareil, ça n'arriverait jamais dans *TTYL* ! C'est bien trop nunuche !

Elle continue à rire.

– C'est ce que tu crois. Mais je te fais marcher. Franchement, je ne regarde même plus la série, alors je n'ai pas la moindre idée de ce qui s'y passe.

Je pousse un soupir de soulagement.

– Très bien. On continue comme ça.

– Revenons à la réalité. Les universités apprécient les candidats qui sont équilibrés. Je pense que tu devrais prendre un sport.

Voilà qui ne me tente pas du tout.

– On ne pourrait pas en parler demain ? Je suis vraiment épuisée.

Je bâille. Bruyamment.

– Mais il n'est que dix heures et demie !

– C'est tard ! Y a école demain !

Elle éclate de rire.

– Tu es trop fossettes !

Je soupire et pose la tête au milieu de mon oreiller.

– Et ça veut dire quoi, au juste ?

– Oh, c'est juste une expression qu'on utilise... que j'utilise... pour dire mignonne. Ne fais pas attention.

– D'accord. (Je ferme les yeux. J'ai les paupières incroyablement lourdes.) Alors, je peux aller me coucher maintenant ? Tu n'as rien d'autre ?

– En fait, si. Je me disais que tu devrais t'engager dans le bénévolat.

– Tu veux dire comme notre liste pour sauver le monde ?

– Non, plutôt coller des enveloppes pour la Croix-Rouge, par exemple. Pour ajouter à ton CV. Pas forcément quelque chose de très important, hein ? Je pense toujours qu'il faut qu'on arrange tout ce qu'on a mis sur la liste, mais le coup de la chirurgie esthétique m'a un peu fichu la trouille. Je ne voudrais pas aggraver les choses, tu comprends ?

– Oui, je vois.

– Peut-être qu'on devrait d'abord s'occuper complètement de toi, d'ailleurs. Avant de nous attaquer aux gros problèmes, non ? C'est plus sûr de nous prendre comme cobayes jusqu'à ce qu'on ait bien mis tout à plat.

Je soupire.

– Tu as sans doute raison.

J'imagine que pour le sauvetage du monde, on peut attendre quelques jours. Ce n'est pas comme si on n'avait pas tout le temps devant nous. En fait, je me dis qu'on en a peut-être un peu trop.

– Dis donc, pourquoi tu dis « non » tout le temps, aussi ?

– Mais je ne dis pas non !

– Mais si ! Tu viens de dire : avant de nous attaquer aux gros problèmes, non ?

– Je ne sais pas de quoi tu parles, rouspète-t-elle, indignée.

Comme tu veux. Je bâille une fois de plus.

– Je peux aller me coucher maintenant ? C'est fini ?

– Non ! Est-ce que tu as eu mon texto, aujourd'hui ?

– À propos de la barbe de Harry ? Oui. Pourquoi est-ce qu'il se laisserait pousser la barbe ? Quelle horreur !

– Oublie ce que j'ai dit, OK. Et pour Sean Puttin ?

– De ne pas l'embrasser ? Oui, je l'ai eu.

Est-ce que j'avais prévu d'embrasser Sean Puttin ? Non, je ne crois pas. Bien qu'il soit plutôt mignon, c'est vrai.

– Très bien. Il raconte à tout le monde que tu embrasses comme un poisson.

Je me mordille la lèvre.

– Pourquoi ça ?

– Parce que c'est un crétin.

– Mais pourquoi est-ce que je l'embrasse si c'est un crétin ?

– J'en sais rien ! Je ne m'en souviens même pas. Mais si j'étais toi, ce qui est le cas, je commencerais par ne pas l'embrasser. Tu l'as noté dans le carnet ?

Je suis pratiquement sûre que ce n'est pas le genre de chose que je risque d'oublier, mais je sors du lit, rallume la lumière, cherche le carnet et l'ouvre. Puis j'écris : NE PAS EMBRASSER SEAN PUTTIN.

– C'est fait, dis-je.

Puis j'ajoute :

– Je n'embrasse pas comme un poisson, dis-moi ?

– Bien sûr que non ! rétorque-t-elle. Tu embrasses super bien.

– Tu le jures ? dis-je avec inquiétude.

– Évidemment. Je parie que c'est lui qui embrasse comme un poisson, et du coup, tu essaies de t'adapter.

– Je n'ai aucune idée de la façon dont j'embrasse, reconnais-je. Je n'ai jamais embrassé personne.

– C'est vrai ! Tu n'as encore jamais embrassé un garçon !

– Merci de me le rappeler.

– Mais non. C'est foss... c'est mignon.

Je serre mon oreiller contre mon cœur.

– Quand est-ce que j'ai mon premier baiser ? Un vrai, je veux dire. Pas comme avec Jarred et Anthony. Avec... la langue.

Elle éclate de rire.

– Tu es d'un sérieux adorable !

– Ne ris pas ! dis-je, les joues en feu. Dis-moi la vérité, c'est tout. C'est comment, mon premier *vrai* baiser ?

Je sais exactement comment je veux qu'il soit, mon premier baiser. Comment je l'imagine. Doux, tendre et romantique, avec quelqu'un qui me donne l'impression que je suis la fille la plus heureuse du monde.

– Oh... En fait, je n'en sais rien.

Qu'est-ce qu'elle raconte ?

– Comment ça, tu n'en sais rien ? Tu es mon Futur Moi !

– Bien sûr ! Je ne suis pas Maya.

Je rigole, mais en fait j'ai des remords. Maya me manque.

– Elle est à la fac maintenant, je suis sûre qu'elle a embrassé quelqu'un.

J'ai été tellement occupée avec Ivy ces derniers temps que je l'ai un peu oubliée. Son rôle a été *usurpé.*

– Comment est-ce que je pourrais le savoir ? Ce n'est pas le genre de chose dont on discute.

– Mais mon premier baiser, à moi ?

– Je me souviens ce qui m'est arrivé à moi, Bleue, dit-elle

doucement. Mais ce qui va t'arriver à toi est différent. Tu comprends ?

Ah.

– Ton premier baiser, c'était avec Bryan.

Évidemment.

Elle ne dit rien.

– Ivy ? Tu es encore là ?

– Oui. Et c'était avec lui.

– Alors, je suppose que tu ne peux pas savoir avec qui ce sera pour moi. Puisque ce sera différent.

– Ce sera différent pour toi, répète-t-elle, et sa voix semble mal assurée. Il faut que j'y aille.

– Bonne nuit, dis-je.

Mais elle a déjà raccroché.

Chapitre 19

Mardi 27 mai
Terminale

Même si elle ne s'en souviendra jamais, moi je ne peux pas l'oublier.

Le premier baiser.

Ce n'était pas après la soirée ciné qui s'était transformée en soirée bowling. Ni trois jours plus tard, le mardi – aujourd'hui pour Bleue – la première fois où on était allés déjeuner à *Subway*. C'était un vendredi soir. Le 16 septembre. Je l'avais invité à la maison. Après avoir essayé environ neuf tenues différentes pour être mignonne et décontractée à la fois, j'avais finalement choisi un jean et un pull en stretch à encolure en V qui mettait en valeur à la fois mes yeux et mes seins. Je m'étais mis du vernis rose pâle sur les ongles des mains et des pieds. Après une opération particulièrement longue impliquant application de gel et friction pour donner du volume à mes cheveux tout en les frisant légèrement, je les avais noués en queue-de-cheval pour avoir un look plus naturel. Je m'étais maquillée très discrètement, dans le même but, et brossé les dents environ sept fois, au cas où.

Papa travaillait, mais maman nous avait fait des cookies

au chocolat blanc et au beurre de cacahuète, avant de disparaître dans sa chambre. Bryan était assis à côté de moi sur le canapé. Naturellement, je n'arrivais pas à me concentrer sur la télé. Comment aurais-je pu alors que le garçon le plus mignon du monde était assis à mes côtés ? Quand le générique a commencé, il m'a demandé si je voulais aller faire un tour.

– Où ça ? ai-je questionné.

– Au parc Hedgemonds ? a-t-il proposé. On pourra noter leurs balançoires sur une échelle de un à dix.

J'ai enfilé mes sandales préférées, les noires. C'était une de ces soirées de septembre qui peuvent être parfaites à Florence. Tiède, claire, avec une légère brise et un ciel parsemé d'étoiles.

On s'est assis l'un à côté de l'autre sur les balançoires. On a commencé à pousser, d'avant en arrière. Il s'est mis à me défier, en poussant de plus en plus fort, de plus en plus haut. J'ai répondu de la même façon.

Une de mes sandales s'est envolée.

Il a éclaté de rire et a sauté pour la récupérer.

Il l'a ramassée et je me suis dit qu'il allait me faire le scénario de Cendrillon, mais il s'est contenté de rester à côté de ma balançoire jusqu'à ce que je ralentisse et que je m'arrête.

Naturellement, je savais ce qui allait suivre.

Il a posé ses mains sur les miennes et s'est penché pour m'embrasser.

Il avait des lèvres douces et légères, suaves, et tout a disparu, sauf le baiser et l'instant. Le baiser parfait dans la perfection de l'instant.

Tout ce que j'avais toujours désiré, imaginé. Ça m'arrivait. Ça m'est arrivé. Et à présent...

Si on embrasse un garçon et qu'il ne s'en souvient pas, est-ce qu'on peut dire que ça s'est vraiment passé ?

Si ça ne s'est pas vraiment passé, pourquoi le souvenir me fait-il si mal ?

Chapitre 20
Mercredi 14 septembre
Classe de seconde

Je suis en train de répéter mentalement mon texte de chanson quand je rentre en plein dans Bryan. Et je veux dire carrément. Il est dans le hall et moi je ne fais pas attention. Je le télescope. Mes livres s'éparpillent comme une volée de pigeons qu'on attaque.

– Il faudrait que tu sois déclarée zone de catastrophe nationale, dit-il en riant.

– Comme tu dis ! (Je sens que j'ai les joues en feu.) C'est ma faute. J'essayais de faire deux choses à la fois.

Il se penche pour m'aider à ramasser mes affaires.

– C'est-à-dire ? Marcher et respirer, par exemple ?

Je glousse.

– Non, gros malin. Marcher et répéter mon texte pour le spectacle.

Je ramasse mon interro de sciences éco. (M. Jacob nous les a rendues immédiatement et j'ai eu un A ! Je suis un génie en sciences éco.) Mais pas le temps de s'en réjouir pour le moment, pendant que l'adorable Bryan est en train de me parler !

– Oh, tu es une enfant de la balle, dit-il.

– Quand tu dis ça de cette façon, on dirait que c'est coquin, lui dis-je en gloussant de plus belle.

Ômondieu. Qu'est-ce que je fais là ? Je suis en train de flirter avec lui. C'est interdit. Je n'ai pas le droit de flirter avec Bryan. Même s'il est adorable. Même si je suis toute rouge d'émotion.

Son sourire révèle ses jolies fossettes.

– Tu me fais l'effet d'être plus gentille que coquine.

– C'est un compliment ou une insulte ? je demande.

– Un compliment.

J'entasse le dernier livre sur mon bras et le regarde droit dans les yeux. Zut ! Pourquoi est-il toujours aussi mignon ?

– Comment va ton copain ? interroge-t-il.

Je suis sur le point de demander « Mon quoi ? » quand je me souviens de mon mensonge.

– Oh, très bien.

– Il s'appelle comment, déjà ?

– Comment il s'appelle ? Heu... (Bonne question.) Il s'appelle... euh... Ivy... (Ah !) Ivan !

Il hoche la tête sérieusement, comme si je ne venais pas de me couvrir de ridicule.

– Dans quel lycée est-il ?

– Oh, il ne va pas au lycée à Florence. Il habite... pas très loin. À Buffalo.

– Et vous arrivez à vous voir souvent ?

– Non. Mais on se téléphone beaucoup. (Je brandis mon portable.) J'ai un forfait longue distance.

Il me fait encore un de ses sourires à fossettes. Adorable. Attends ! Est-ce que c'est de là que vient le mot « fossettes » qu'emploie Ivy ? Parce que celles de Bryan sont si mignonnes ?

– Bonne chance, dit-il.

Hein ?

– Avec mon copain ?

Il éclate de rire encore une fois.

– Non, pour ton audition.

Ah, d'accord.

– Merci. À plus.

Je lui fais un petit signe d'adieu avant de partir en hâte.

Le casier de Karin est en face du mien, en diagonale, et Joëlle et Tash sont déjà en train de nous attendre. Joëlle danse sur place.

– Alors les miss, qu'est-ce que vous faites maintenant ? Quelqu'un veut venir chez moi ?

– J'ai mon entraînement, dit Karin avec un grand sourire. Désolée !

Eh oui, Karin a réussi les tests de l'équipe des majorettes. La liste a été affichée à l'heure du déjeuner. Non que je sois étonnée, puisque je le savais déjà. J'ai envisagé d'essayer de la convaincre d'abandonner, mais je ne suis pas sûre des arguments que je devrais employer. Laisse tomber avant de devenir accro de la chirurgie esthétique ? Et si jamais elle retombait dans l'anorexie ? Ou devenait une obsédée du tatouage ? Ou commençait à se droguer ? Comme le disait Ivy, tenter de remédier à un problème peut entraîner des conséquences inattendues. Je décide d'aborder la question avec plus de subtilité.

– Je ne peux pas venir, moi non plus, dis-je à Joëlle. Je dois passer les auditions pour le spectacle.

Je me tourne ensuite vers Karin et j'ajoute :

– Avant que tu partes, je voulais juste te dire un truc. Tu es superbe, aujourd'hui.

– Merci, dit-elle en souriant.

– C'est vrai, dis-je. Et avec ce tee-shirt, tu as des seins magnifiques.

Elle rougit et réajuste son polo.

– Euh... merci...

Joëlle éclate de rire.

– Vous ne trouvez pas, les filles ? dis-je aux autres. J'aimerais bien avoir une poitrine comme la sienne.

Mon plan, c'est de lui construire couche par couche, pendant trois ans et demi, une confiance mammaire à toute épreuve.

Tash est aussi écarlate que Karin.

Joëlle se campe devant Karin, main sur la hanche.

– C'est vrai qu'elle a des super-nénés.

– Vous faites toutes les deux la même taille de bonnet que moi, dit Karin.

– Peut-être, dis-je. Mais les tiens ont une forme parfaite.

Joëlle feint l'indignation :

– Tu veux dire que les miens sont mal formés ?

– Mais non ! Toi aussi, tu as des seins parfaits, dis-je.

Il faut que je fasse attention. Je n'ai pas envie de la condamner à l'attraction du bistouri, elle aussi.

– Merci quand même, dit Joëlle.

– On pourrait peut-être revenir au spectacle, suggère Karin. Vous me perturbez, les filles.

– Oui, le spectacle, dit Joëlle. Je vous ai dit que j'allais aider à la conception et à la réalisation des costumes ? dit Joëlle. Peut-être que c'est moi qui ferai ton costume de Belle ?

J'éclate de rire.

– N'y compte pas trop. Je n'ai aucun talent. Je suis plus du genre à jouer les utilités et les porte-candélabres.

Joëlle arrête de danser et se tourne vers Tash.

– Pourquoi tu ne passes pas les auditions, toi ?

Tash en laisse presque tomber ses bouquins.

– Tu rigoles ?

– Non. Je suis sérieuse à cent pour cent.

Tash secoue la tête.

– Le théâtre, c'est pas trop mon genre.

– Moi non plus, tu sais, dis-je. Tu devrais essayer...

Dès que j'ai prononcé ces paroles, je les regrette. Il ne faut pas que j'encourage mes amies à se lancer au hasard dans des projets qui pourraient modifier le cours de leur vie. Qui sait sur quelles voies dangereuses le spectacle pourrait la conduire ? Enfin, bon. Elle ne va pas se présenter aux auditions. Je lui ai dit que je tentais ma chance quand nous étions à la bibliothèque pendant l'heure du déjeuner, et qu'elle m'aidait pour le cours de chimie, et elle n'a manifesté aucun intérêt.

Joëlle presse l'épaule de Tash.

– Tu n'as pas envie de faire une super-prépa de médecine ? C'est le genre de chose qui pourrait t'y aider, peut-être ?

Tu es déjà prise à Brown, ai-je envie de lui dire, mais je m'abstiens. Ça paraîtrait bizarre.

– Ça serait super pour toi, continue Joëlle. (Mais elle m'énerve !) Je suis sûre que ça t'aiderait à sortir de ta coquille. Allez, vas-y. Si Devi peut le faire, toi aussi.

Tash change son sac d'épaule. Je m'attends à ce qu'elle

dise : Pas question. Qu'elle dise que ça ne l'intéresse pas. Qu'elle dise : Merci, mais non. Elle hausse les épaules.

– D'accord.

Hein ?

– Formidable ! chantonne Joëlle en la félicitant d'une claque dans le dos.

Mais non ! Pas du tout ! Ivy va me tuer ! L'avenir de Tash est très bien comme ça. Il est même super. Elle est admise à Brown ! Elle fait des études de médecine ! Elle veut guérir le cancer ! Je ne peux pas la laisser tenter les auditions pour le spectacle de l'école, ce qui pourrait tout gâcher. Je gémis :

– Non, non, non...

Elles me dévisagent toutes avec stupéfaction.

Tash cligne des yeux.

– Tu ne veux pas que j'aille auditionner ?

– Non. Je veux dire, si. Euh... bien sûr que oui. Mais tu n'as pas de script. Tu sais, pour l'audition. Tu aurais dû me le dire à midi, si tu voulais te présenter... Tu aurais eu le temps de l'apprendre, mais maintenant...

Je secoue la tête d'un air de doute.

– Qu'est-ce qu'il faut que je fasse ? demande-t-elle.

– Il faut que tu puisses lire le script. Tu vois. Que tu joues un personnage. Les auditions commencent. Tu ne vas pas avoir le temps d'apprendre un rôle. Et en plus, tu dois préparer une chanson.

– Elle a une mémoire quasiment photographique, dit Joëlle. Et elle peut bien chanter *Joyeux anniversaire,* tout simplement ? C'est une chanson, non ?

Joyeux anniversaire ! Mais pourquoi je n'y ai pas pensé ? Je n'aurais pas été obligée de répéter ma chanson trente-six mille fois, et je n'aurais pas brisé tous les miroirs de la maison. Je l'interroge.

– Tu as l'intention de chanter ? Devant un public ?

Tash se replie sur elle-même.

– Je ne sais pas...

– Oh, ça suffit, dit Joëlle. Tu vas le faire. Chiche ! Devi sera avec toi. Et je viens pour te soutenir. Tu vas le faire, même si je dois t'y traîner de force. Devi, donne-moi ce script.

Qu'est-ce que je peux faire ? Je lui tends le papier en priant que je ne sois pas en train de mettre en péril l'avenir de l'humanité.

Chapitre 21

Mercredi 28 mai
Terminale

C'est juste après dîner que je le vois. Je pousse un cri perçant.

– Qu'est-ce qui se passe ? demande ma mère en ouvrant la porte. Tout va bien ?

Je montre du doigt la lettre affichée sur mon mur.

– J'ai été prise à Tufts ! C'est une des meilleures facs ! Elle est classée vingt-troisième de toutes les universités américaines ! Vingt-troisième !

Maman jette un coup d'œil au panneau d'affichage, puis elle me regarde.

– Je sais, chérie. Nous sommes très fiers de toi.

– Vous le savez ?

Évidemment qu'ils le savent. Mon acceptation ne date pas d'aujourd'hui.

Tout ça est tellement stupéfiant. J'ai mis Bleue sur la bonne voie et immédiatement : Tufts, nous voilà ! D'accord, il y a eu trois ans et demi de travail acharné pour y arriver, mais je n'en ai tout simplement aucun souvenir. J'appelle Bleue pour la féliciter dès que ma mère a quitté la pièce.

– Devine ce que tu as fait, lui dis-je gaiement.

Elle hésite.

– Euh... Je ne sais pas.

– Allez, devine...

– Ça n'a pas de rapport avec une certaine personne qui passe une audition pour le spectacle de l'école, j'espère ? Parce que l'idée ne venait pas de moi. C'est Joëlle qui a tout fait. Et ensuite je me suis dit que, bon, si ça ne venait pas de moi, ça n'était peut-être pas grave. Mais si ?

Hein ?

– De quoi tu parles ?

Silence. Puis :

– Et toi, de quoi tu parles ?

– De Tufts. Tu as été acceptée.

– Ah. Et c'est bien ?

– Tu rigoles ? C'est génial !

Elle rit.

– C'est pas grave, alors.

– Non, sûrement. Dis-moi de quoi tu parlais ?

J'ai le cœur qui bat la chamade. Pourquoi ne comprend-elle pas ? Est-ce si dur de s'en tenir au plan qu'on a fixé ? Que *j'ai* fixé.

– Qu'est-ce que tu as fait ? C'est à propos de Karin ? Tu lui as dit de changer d'activité ?

– Euh... en fait, j'ai effectivement dit quelque chose à Karin, mais rien de bien grave. Je te jure.

Elle me fiche vraiment la trouille.

– Qu'est-ce que tu lui as dit ? dis-je méchamment en me frottant la tempe gauche. Ce voyage dans le temps va finir par me faire vieillir prématurément.

– J'essaye de lui donner plus confiance en elle. Pour

qu'elle ne se lance pas dans la chirurgie esthétique. Alors je lui ai dit qu'elle avait une poitrine magnifique.

D'accord.

– Et elle a réagi comment ?

– Elle a trouvé ça un peu bizarre. Mais je crois que c'est une bonne idée. Parce que Karin a visiblement un problème de manque de confiance, non ? Qu'elle fasse n'importe quoi, de la gym, des majorettes, tout ce que tu veux, elle n'est jamais sûre d'elle sur le plan physique. Ce dont elle a vraiment besoin, c'est que ses copines l'aident à avoir confiance en elle.

Cette petite n'a pas tort.

– Rien de terrible.

– Je le sais, OK ?

Je soupire de soulagement.

– Alors, Joëlle a dit à Karin de passer les auditions pour le spectacle ?

– Non, c'est à Tash qu'elle l'a dit.

Hein ? Je ferme les yeux. Mon mal de tête s'aggrave.

– Tash ne voudrait jamais jouer dans le spectacle. Elle n'est pas du genre à monter sur une scène. C'est tout juste si elle peut parler en public.

– C'est ce que je pensais ! Mais elle s'est présentée aux auditions !

Je secoue la tête.

– Je n'y crois pas !

– Je sais, moi non plus, je n'y croyais pas.

Ça pourrait être grave. Très grave.

– Bon, et tu crois qu'elle a réussi ?

– Je ne sais pas. Elle n'était pas trop mauvaise. Je veux

dire, elle avait le trac, elle avait la voix qui tremblait, et elle n'a pas une présence terrible, mais la plupart des secondes n'étaient pas super, et on a besoin de chanteurs pour le chœur, non ? Tu crois que c'est grave ?

Mon Dieu. Et si jamais elle était prise ? Si jamais elle se révélait excellente ? Si jamais Tash décidait de changer de voie, pour de bon ?

– Et si elle se découvre soudain une vocation d'actrice et décide d'abandonner ses études pour partir à Hollywood ?

– Ça serait nul, dit-elle. Sauf si on lui donnait des grands rôles. Comme dans *TTYL*, par exemple. Ômondieu, tu peux te renseigner ? Ça serait trop cool !

– Pas cool du tout, dis-je. Elle a des projets ! Elle est censée entrer à Brown !

– Tu pourrais toujours aller à Los Angeles et la ramener à la maison.

– La seule façon pour moi d'aller à Los Angeles, c'est d'entrer à l'UCLA, et on n'en est pas encore là. C'est un vrai problème.

Je commence à suffoquer. J'ai du mal à respirer.

– C'est grave. Très grave. OK. Du calme, me dis-je. Je suis sûre que tout va bien. Il vaut mieux que je l'appelle pour vérifier, quand même.

– Bonne idée, gazouille-t-elle. Appelle-la sur le téléphone fixe et garde-moi en ligne.

Mes doigts ne peuvent s'empêcher de trembler tandis que je cherche son numéro dans mon carnet d'adresses et que j'appelle. J'ai le portable collé sur l'oreille droite, et le téléphone fixe sur l'oreille gauche. J'ai l'air complètement ridicule. Ça sonne. Encore. Puis la messagerie enchaîne. À la place de son ancien message – « Bonjour, c'est Tash, je ne peux pas vous répondre pour le moment » – une musique assourdissante explose dans mon oreille.

You are the dancing queen
Young and sweet
Only seventeen[1] *!*

Houston – ou, euh, Hollywood – je crois que nous avons un problème.

– Je te rappelle, dis-je à Bleue.

– Attends, mais...

Je raccroche, saisis mon sac à main, enfile mes chaussures à toute vitesse et dévale l'escalier.

– Maman, je peux t'emprunter la voiture ?

– Bien sûr, chérie, dit-elle.

Je l'embrasse sur la joue et sors en courant, me glisse derrière le volant et fonce vers la maison de Tash.

À un feu rouge, je laisse libre cours à mon imagination. Tash s'est découvert une passion pour le théâtre, a quitté le lycée pour aller à Hollywood. Ou Broadway. Elle n'ira pas à Brown, désormais. N'étudiera plus la médecine. Ne trouvera jamais de remède contre le cancer.

Tout ça semble un peu excessif, non ?

D'accord, elle a le refrain de *Mamma Mia !* sur son téléphone portable. Peut-être que tout simplement, elle

1. Extrait de la chanson *Dancing Queen*, interprétée par le groupe ABBA à partir de 1976 (paroles : Björn Ulvaeus, Benny Andersson, Stig Anderson).

aime les comédies musicales, dans cette nouvelle réalité. J'appuie à fond sur l'accélérateur quand le feu passe au vert.

Environ cinq minutes plus tard, je m'arrête dans l'entrée de sa maison, ferme la portière, grimpe l'escalier quatre à quatre et sonne. Une fois. Deux fois. Trois fois.

La belle-mère de Tash, une petite brunette, vient ouvrir.

– Bonjour, dis-je, hors d'haleine. Mrs Havens. Est-ce que Tash est là ? Il faut absolument que je lui parle.

Elle secoue la tête.

– Nous n'avons pas vu Tash depuis un moment.

Oh, mon Dieu, non ! Elle a quitté l'école. Elle est partie en ville pour se battre et devenir actrice. Oubliant tous ses rêves de guérison de cancer. Je le savais. Les poings serrés, je demande :

– Il y a longtemps qu'elle est partie ?

Je suis prête à étrangler Bleue.

– Depuis ce matin, dit Mrs Havens. Elle m'a dit qu'ils prévoyaient de dîner au lycée. Tu n'es pas dans les scènes qu'ils répètent aujourd'hui, toi ? Tu joues bien dans *Mamma Mia !*, non ?

Le spectacle. Le spectacle du lycée. *Mamma Mia !* C'est la comédie musicale qui a été choisie cette année pour le spectacle de l'école. D'accord. Je le savais. Et je joue dedans.

– Désolée de vous avoir dérangée.

– Tu ne veux pas l'attendre ?

– Non, non, il faut que je rentre. Dites-lui juste que je suis passée.

– Je n'y manquerai pas, dit-elle en refermant la porte derrière elle.

Je ris toute seule. Bon, c'est ce qui s'appelle réagir de façon excessive. Tash est toujours étudiante au lycée de Florence-Ouest. Il se trouve simplement qu'elle joue dans le spectacle. Dommage que je doive attendre jusqu'à demain pour savoir si elle entre ou non en prépa de médecine... Je fouille dans mon sac pour prendre mes clés de voiture. Je fouille à nouveau. Où sont passées ces clés ? Je jette un coup d'œil par la vitre et les vois sur le démarreur. Et maintenant, je fais quoi ?

J'appellerais bien mon père ou ma mère pour qu'ils viennent me chercher, mais nous n'avons que cette voiture. Et mon portable ne marche pas.

J'ouvre mon téléphone et j'appuie sur la touche envoi.

– Bleue, lui dis-je. Note tout de suite ceci en grosses lettres dans ton carnet, d'accord ?

– D'accord, dit-elle avec inquiétude. Vas-y.

– Quand tu iras chez Tash le mercredi 28 mai, en terminale, tu ne dois pas, je répète, tu ne dois pas...

– Je ne dois pas quoi ? demande-t-elle, la panique dans la voix. Qu'est-ce que j'ai fait ?

– Tu ne dois pas laisser les clés à l'intérieur de la voiture. Tu les mets dans ton sac.

Elle se met à rire.

– Compris.

Cette fois-ci, quand je fouille dans mon sac, je sens le contact rugueux des clés sous mes doigts.

Chapitre 22

Mercredi 14 septembre
Classe de seconde

– Je crois que tu devrais laisser tomber le théâtre et faire un sport à la place, me dit Ivy plus tard ce soir-là. Ça te dirait de commencer le foot ?

Non que je sois opposée à abandonner le spectacle, mais avec l'annuaire du lycée plus tout ce que j'ai à faire pour avoir des super-notes dans toutes les matières, j'ai l'impression que je vais être assez occupée sans avoir besoin de commencer un nouveau sport. Mais il faut que je lui obéisse, je suppose. Ce n'est pas comme si elle allait me dire éternellement ce que je dois faire. Uniquement jusqu'à ce qu'elle entre dans l'université de son choix. Je veux dire, j'imagine bien qu'on va continuer tout le temps à discuter comme ça. Pourquoi pas ? Mais elle ne va pas toujours être aussi autoritaire, non ? J'ouvre mon carnet à une page blanche, trouve un stylo sur la table du living-room et écris : FOOTBALL. Mais ensuite je me vois en train de courir après un ballon. De trébucher en me prenant les pieds dedans. Je ne suis pas sûre de pouvoir me concentrer suffisamment pour être capable de courir et de donner un coup de pied en même temps.

– Ça me paraît trop dur.

– Ne sois pas si mollassonne ! se moque-t-elle.

Je me retourne sur le canapé. Facile à dire.

– Excuse-moi, mais tu fais partie de combien d'équipes ?

– Là n'est pas la question.

– Je n'ai pas assez de coordination pour jouer au foot. Il me faut un sport où on n'a qu'une seule chose à faire à la fois. Qu'est-ce que tu dirais du base-ball ?

– Pas de base-ball, répond-elle d'une voix aiguë. Absolument pas question. Tu détestes le base-ball.

– C'est vrai ?

– Fais-moi confiance, c'est vrai. Et tu n'as jamais touché une batte de ta vie.

– Mais j'ai regardé un match l'autre jour et ça avait l'air assez marrant.

– Peut-être que tu aimes regarder quand il y a des joueurs que tu trouves mignons sur le terrain, dit-elle sèchement. Mais tu n'aimes pas ça. Point.

Qu'est-ce qu'elle a contre le base-ball ? Oh. Elle doit être anti tout ce qui touche Bryan de près ou de loin. Je suggère, pour tester ma théorie :

– Et le bowling ?

– Nooon !

Voilà. Il faut que je pratique un sport, mais pas question qu'il lui rappelle Bryan de quelque manière que ce soit. Je suppose que c'est pareil pour ce qui est d'embrasser. Non que ce soit un sport. Pour ce que j'en sais.

– Qu'est-ce que tu penses du golf ? demande-t-elle. Tu te rappelles que tu jouais au minigolf avec Maya ? Tu aimais bien. Oh, non !

– Qu'est-ce qu'il y a ?

– Il ne reste plus qu'une petite barre sur le portable. J'ai oublié de le recharger. Où est mon chargeur ? Le voilà. Problème résolu. Revenons-en à toi, Miss Golf.

– Il y a une équipe féminine de golf ?

– Non. Je ne crois pas. Attends ! dit-elle, la voix aiguë d'excitation. C'est toi qui vas créer l'équipe !

Je me cache le visage sous un plaid.

– Excuse-moi, mais comment est-ce que je pourrais faire ça ? Je sais à peine jouer, je me vois mal en train de créer une équipe ?

– Tu n'auras qu'à aller voir Zetner. Ça va te remonter en flèche ta note de gym. Il y a déjà une équipe de garçons, alors ça ne devrait pas être si difficile que ça.

– Mais je serai la seule dans l'équipe !

– Tu trouveras d'autres joueuses. Tu n'as qu'à mettre des affiches dans l'école. Tu pourrais même récolter des fonds pour financer l'équipe. Avec des ventes de gâteaux, des trucs comme ça. Maman te donnera un coup de main. Elle adore ça, ce sera une occasion de vous rapprocher.

– Je ne sais pas. J'ai l'impression que ça va être un boulot énorme.

– C'est sûr, dit-elle gaiement. Mais ça en vaut la peine. Réfléchis... dans ton CV, tu pourras dire non seulement tu étais la joueuse vedette de l'équipe de golf du lycée de Florence-Ouest, mais qu'en plus tu étais le membre fondateur.

– Je ne serai la vedette que parce que je serai l'unique joueuse. L'unique joueuse de mon équipe imaginaire. Et si jamais ça ne marche pas ?

– Je verrai bien, non ? Parles-en à Zetner, et si ça ne

donne pas de résultats, j'en tiendrai compte. Tu ne seras pas obligée de faire des efforts supplémentaires pour rien. D'accord ?

J'hésite. Ce serait plutôt cool de fonder une équipe, après tout. Je pourrais dessiner les uniformes. De jolies petites jupettes roses, par exemple !

– Très bien. Sauf que. Je n'ai toujours pas la moindre idée de la façon dont on joue au véritable golf.

– Tu frappes la balle pour la faire tomber dans un trou. Fastoche.

– Tu dois avoir raison, je suppose. Papa joue au golf, alors ça ne doit pas être trop dur.

– Tu as été adoptée ou quoi ? Il ne joue pas.

– Mais si. Il y a joué l'été dernier. Dans ce tournoi de comptables. Il a rapporté un tee-shirt et tout le matériel.

– Tu sais, Bleue, tu dois avoir raison. Il a effectivement joué. Une fois ou deux, c'est tout, mais il a déjà joué.

– Il ne joue plus ?

– Ça coûte trop cher. Et tu ne peux pas aller à des tournois d'entreprise après avoir été licencié.

Mon cœur fait un bond.

– Quoi ? Papa a été licencié ? Quand ça ?

Silence.

– Allô ! je hurle. Ivy, pourquoi tu ne me l'as pas dit ?

– Parce que tu ne peux rien y faire.

Mon cœur bat à tout rompre.

– C'est pour ça que maman travaille ?

– Oui.

– Ça s'est passé quand ?

– En première, admet-elle.

– Pauvre papa, dis-je.

– Je sais. C'est nul.

– Alors qu'est-ce qu'il fait maintenant ?

– Il travaille à son compte, dit-elle, de manière un peu trop vague.

Cette fois, mon cœur va éclater.

– Tu me racontes des histoires ! Il n'a toujours pas de boulot ?

– En quelque sorte, reconnaît-elle.

– Je peux te rappeler ?

Sans attendre la réponse, je raccroche. J'éteins mon téléphone pour qu'il ne se remette pas à sonner et je me précipite dans la chambre de mes parents.

Ils sont tous les deux sur le lit. Ma mère regarde la télé et mon père travaille.

– Coucou, dis-je.

– Tu n'es pas encore couchée ? demande ma mère.

Mon père est assis à côté d'elle, son ordinateur sur les genoux.

Je hoche la tête.

– Je voulais juste savoir ce que vous faisiez.

– On se repose, dit ma mère. Moi, en tout cas.

Mon père m'envoie un baiser sans lever les yeux de son écran, et mon cœur se serre. Il travaille si dur, et pour quoi ? Pour rien ?

– Papa, comment ça va, ton boulot ?

– Beaucoup de choses à faire, dit-il en se grattant le côté de la tête. Comme d'habitude.

– Est-ce que tu as déjà pensé à trouver un autre emploi ?

– Et pourquoi est-ce que je ferais ça ? demande-t-il.

– Parce que... parce que tu as l'air de travailler énormément.

– Il ne faut pas avoir peur de travailler, me dit-il.

– Elle n'en a pas peur, intervient ma mère en baissant le volume de la télé. Tu devrais la voir travailler à ses cours ces temps-ci. On dirait qu'elle n'est plus la même. On dirait... (Elle s'arrête juste avant de dire Maya.)... on dirait une superstar.

Je m'agenouille contre le matelas et je demande :

– Qu'est-ce que tu voulais faire quand tu étais petit ?

– Je voulais devenir joueur d'échecs professionnel, me dit-il en levant les yeux de l'écran.

Je ris.

– Et à part ça ?

– Être papa.

Je ris encore.

– Et à part ça ?

– Orthodontiste.

– C'est vrai ? C'est trop cool ! Tu pourrais peut-être prendre des cours du soir en orthodontie !

S'il s'y met maintenant, peut-être que quand il se fera licencier, il pourra trouver un autre boulot...

Maman éclate de rire.

– Je ne crois pas qu'on puisse devenir orthodontiste en prenant juste quelques cours du soir.

– J'espère bien que non, compte tenu du prix que coûte l'orthodontie pour les enfants, rouspète papa. Le docteur Martin a certainement tiré le bon numéro à la loterie, question emploi.

– Sauf qu'il doit passer toute la journée à regarder dans la bouche des gens, dit maman.

Papa opine.

– Tu as raison. Je crois que je vais rester où je suis. Et qu'est-ce que tu as à reprocher au métier de comptable, de toute façon ?

– Rien du tout, dis-je vivement. Absolument rien.

Je sors de leur chambre et m'assois dans l'escalier. J'ai besoin de réfléchir. Papa va perdre son emploi. On n'aura plus d'argent. Ou presque plus.

Voilà ce qu'il nous faut. De l'argent. Beaucoup d'argent. Si on est riches, alors ça n'aura pas d'importance si papa perd son emploi.

Mais où peut-on trouver beaucoup d'argent ?

Les mots de papa me reviennent.

Le bon numéro à la loterie. Question emploi. Je peux gagner au loto. Ivy me donnera les bons numéros et alors, tous nos problèmes seront résolus.

Chapitre 23
Jeudi 29 mai
Terminale

Le lendemain matin, dès que nous nous arrêtons devant chez Tash, je sais qu'il y a quelque chose de différent, bien que je ne puisse tout à fait mettre le doigt dessus.

Je scrute immédiatement sa poitrine et pousse un soupir de soulagement. Elle ne s'est pas fait refaire les seins. Il n'y a rien d'inhabituel dans sa tenue, elle porte son jean normal et son pull noir, la différence ne vient donc pas des vêtements. Mais on dirait qu'elle mesure trente centimètres de plus. Étant donné qu'il semble improbable qu'elle ait pu grandir pendant la nuit – et il est impossible de se faire implanter des pieds, non ? – je m'assure qu'elle ne porte pas de talons hauts. Non.

Premièrement, elle s'approche de la voiture d'un pas dansant. Tash. D'un pas dansant. En balançant les bras, cheveux au vent, hanches ondulantes. Je n'ai jamais vu Tash marcher en se déhanchant ainsi. Jamais.

Elle ouvre la portière avec un sourire éclatant.

– Salut, les miss.

Deuxièmement, elle porte des lentilles de contact. Ses yeux sont soulignés d'eye-liner. Elle est *superbe.* Est-ce l'effet du spectacle ? Sûrement. Comment pourrais-je le savoir sans arriver avec mes gros sabots et demander : « Alors, tu participes au spectacle du lycée depuis trois ans ? C'est pour ça que tu as l'air aussi sexy et sûre de toi ? » C'est si bizarre de voir ses meilleures amies changer toutes les cinq minutes. Bizarre pour moi... et pour elles. Bien qu'elles n'aient pas l'air de savoir que leur vie ne cesse de se transformer. Je ne devrais pas me sentir coupable.

Pas trop, en tout cas. Et peut-être que ces changements sont... positifs ?

Si seulement les dernières années avaient été enregistrées. S'il y avait un compte rendu qui garderait la trace des spectacles, des acteurs principaux, et qui dirait si mon équipe de golf est sortie de terre – ou du moins du green.

– Dev, dit Joëlle en entrant sur le parking du lycée. Il nous reste de l'argent en caisse. Tu veux commander des repas chinois pour l'équipe de l'annuaire, aujourd'hui ?

Mais au fait. Il y a des archives. Et j'en suis rédactrice. L'annuaire de l'école !

Joëlle se gare dans un emplacement vacant sur le parking des élèves, juste à gauche d'une Jetta bleue. La Jetta bleue de Bryan. Je me raidis. Oh, non ! Il est dans sa voiture. Il y a quatre jours que j'évite ce moment. Respirons à fond. Je peux le faire. Nous sortons toutes les quatre de la voiture. Et là, il est juste à côté de moi.

– Salut, dis-je en avalant ma salive de toutes mes forces.

Il ferme nonchalamment sa voiture, comme s'il n'y avait absolument rien d'étrange. Ce n'est qu'un jour normal d'école, comme les autres. Incroyable.

– Salut, les filles, dit-il.

Salut les filles ? C'est tout ce que je mérite ? *Salut les filles ?*

Il sourit à Karin, puis à moi. Je le toise, furieuse. Je ne peux pas m'en empêcher. Je sais qu'il est sorti avec Karin. Je sais qu'il n'est jamais sorti avec moi. Mais est-ce qu'il n'y a pas une part de lui qui a gardé un souvenir de moi ? Je scrute son visage pour y déceler une trace de reconnaissance.

C'est plus fort que moi. Rationnellement, je sais qu'il n'a pas les mêmes souvenirs que moi. Je sais qu'il ne se souvient pas de notre histoire. Je sais que ce Bryan-ci n'est pas sorti avec moi.

Mais il y a une part de moi qui a toujours cru que notre relation était plus profonde que tout. Que quelque chose au fond de lui, une partie de son âme peut-être – je sais, ça paraît affreusement nunuche – était connectée à la mienne. Était attachée à moi. Et ne m'oublierait jamais.

Je croise son regard. Il cligne des yeux.

Rien.

Il n'a pas la moindre idée de qui je suis. De qui j'étais. Il n'a aucun souvenir de moi.

J'ai envie de vomir. Je passe la bandoulière de mon sac sur mon épaule et claque la portière derrière moi.

Chapitre 24

Jeudi 15 septembre
Classe de seconde

Avant d'aller en cours, je passe chez Mrs Kalin, la conseillère d'éducation responsable de l'association Interagir, et je m'inscris. Hier soir, Ivy m'a fait promettre de m'engager dans une activité bénévole, mais elle m'a également garanti que cet engagement serait peu important. Les réunions ont lieu le lundi à l'heure du déjeuner.

Naturellement, je lui ai parlé de mon projet de loto, mais elle n'était pas emballée. Trop risqué. « Papa ne va pas si mal, a-t-elle insisté. On n'a pas besoin de gagner à la loterie. Je ne voudrais pas qu'on mette trop la pagaille dans l'avenir. »

Dommage. En allant en classe, je passe devant le tableau d'affichage de l'école. Tash et moi, on est dans le chœur du spectacle de l'école. Les répétitions ont lieu le mardi et le jeudi après les cours.

À contrecœur, je vais parler à Mrs Zetner après la deuxième heure de gym.

– Une équipe féminine de golf, ça, c'est une excellente idée ! dit-elle en dribblant avec un ballon de basket. J'aime que les élèves fassent preuve d'initiative. Je pourrais peut-être trouver de l'argent dans le budget si tu penses qu'il y a assez d'éventuelles participantes. Et j'ai un créneau d'encadrement le lundi et le mercredi après les cours. Tu n'as qu'à mettre des affiches, et nous en reparlerons mardi prochain à l'heure du déjeuner.

– En fait, j'ai les réunions du comité de rédaction de l'annuaire le mardi et le jeudi. Est-ce que je peux vous voir vendredi à midi, plutôt ?

En sortant, je reçois un texto d'Ivy.

Waouh. Tu n'as pas idée à quel point j'ai les bras musclés. Carrément sexy ! Vive le golf !

Je suis ravie d'avoir les bras musclés. Ravie que le simple fait de parler avec Mrs Zetner ait réalisé le projet d'équipe féminine de golf. Mais voici à quoi ressemble mon emploi du temps actuel :

Lundi : Interagir à midi, golf après les cours.

Mardi : rédaction annuaire à midi, répétition spectacle après les cours.

Mercredi : golf après les cours.

Jeudi : rédaction annuaire à midi, répétition spectacle après les cours.

Dimanche : répétitions supplémentaires du spectacle.

Je suis épuisée rien que d'y penser. Quand aurai-je le temps de faire mes devoirs ? De sortir avec mes copines ? Et de dormir ?

Pourquoi est-ce que je dois faire tout le boulot, alors qu'Ivy récolte toutes les récompenses ?

Oh ! Je viens d'utiliser le verbe « récolter », et je ne l'ai même pas fait exprès. Pourquoi ? Parce que, hier soir, Ivy a également estimé que je devais passer une heure de plus à apprendre des mots de vocabulaire. C'est totalement *inéquitable.*

Pendant l'heure du déjeuner, j'apporte mon repas dans la salle de dessin et je fais des affiches. Aucune de mes copines ne semble très intéressée par la pratique du golf. Karin dit que ça lui paraît chiant, Joëlle dit qu'elle aimerait autant se taper sur la tête avec un club, et Tash dit que le soleil lui donnerait des taches de rousseur catastrophiques. Mais elles me donnent toutes un coup de main pour faire les affiches parce qu'elles sont géniales. C'est vraiment dingue qu'Ivy ait réussi à toutes les laisser tomber.

– Alors, il paraît que tu as un copain ? dit Joëlle tout en dessinant.

Je rougis comme une pivoine et demande :

– Où as-tu entendu ça ?

– Je suis au courant de tout, dit-elle, puis elle se met à rire. Je ne pige pas : tu ne pouvais pas dire tout simplement à Bryan que tu te lavais les cheveux, comme tout le monde ?

– Je lui ai dit que j'étais malade, mais il m'a apporté du bouillon de poule.

– Il est persévérant, dit Tash en découpant les bords d'une affiche.

Si vous voulez mon avis, je trouve qu'il a capitulé assez rapidement.

– Je ne te trahirai pas, promet Joëlle.

– Pourquoi tu ne voulais pas sortir avec lui, au fait ? demande Karin, les mains dans la peinture rose scintillante.

– Je crois que ce n'est pas un garçon pour moi, dis-je.

– Moi, je le trouve mignon, ajoute Karin. Je sortirais bien avec lui.

Je faillis en laisser choir mes étoiles. Elle ne peut en aucun cas sortir avec lui. Ivy péterait les plombs. Moi aussi, d'ailleurs.

Mon téléphone se met à vibrer avant que je puisse répondre.

– Il faut que je prenne la communication, dis-je aux filles.

– Bien sûr, c'est ça, dit Joëlle. Laisse-nous faire tout le boulot et va prendre une petite récréation. C'est qui au téléphone, au fait ? Ton prétendu copain ?

Mon portable recommence à sonner.

– C'est Maya, dis-je.

À propos de Maya, elle m'a laissé un message il y a quatre jours et je n'ai pas encore eu l'occasion de la rappeler.

– Et de toute façon, dit Karin à Joëlle, tu adores ça, faire des affiches.

Joëlle acquiesce.

– C'est parce que je suis un génie de l'affiche.

C'est vrai, elle est géniale. Contrairement à nous, elle sait vraiment dessiner. Chacune des affiches montre un joli croquis d'une lycéenne esquissant un geste de swing.

– Bonne nouvelle, m'annonce Ivy.

Je ferme la porte derrière moi et pénètre dans le couloir.

– Tu es admise à l'UCLA et je vais pouvoir faire la sieste ?

– Pas que je sache à l'heure qu'il est. Mais Tash va encore à Brown. Elle prend deux spécialités, c'est tout. Prépa médicale et théâtre. Elle est parfaitement équilibrée. Elle joue le rôle de la mère dans *Mamma Mia !* dans le spectacle du lycée, cette année, et l'année dernière elle jouait Roxie dans *Chicago.* Contrairement à toi qui continues à être dans le chœur, depuis toutes ces années, elle a un vrai tempérament d'actrice.

Quatre ans dans le chœur ? Je suis lamentable. Mais Tash... Je jette un coup d'œil par la porte vitrée et je la vois affalée sur son affiche. Qui le croirait ?

– Tu devrais la voir, Bleue. Elle est si... heureuse. Si épanouie. Quand tu l'as emmenée passer l'audition, c'est la meilleure chose que tu aies faite.

Je suis submergée de fierté.

– Génial ! Mais moi, je peux laisser tomber le spectacle, non ? Je veux dire, je fais du golf, je me suis engagée dans Interagir, au comité de rédaction de l'annuaire, je peux bien laisser tomber le spectacle ?

– Je suppose que oui. Je n'ai effectivement pas trop envie de me retrouver dans *Mamma Mia !* le mois prochain. Et puis, bon, tu as créé ta propre équipe de golf. C'est un atout imbattable.

Je me redresse fièrement.

– Ça a marché, vraiment ? L'équipe de golf ?

– Oui, dit-elle. Tu es officiellement le capitaine des Matous de Florence.

– Attends, on n'a pas de chat, quand même ?

– Non, bien sûr que non. Papa est allergique.

– Alors pourquoi est-ce que j'ai donné ce nom à l'équipe ?

– Je ne suis pas très au courant des détails, je découvre en te les lisant. L'équipe gagne une espèce de championnat, en terminale, au fait.

Extraordinaire ! Je suis une star du golf.

– Comment sais-tu tout ça ?

– Je suis dans la salle de rédaction de l'annuaire. Je relis les épreuves de celui de cette année, et je feuillette les anciens numéros.

C'est complètement dingue. Je regarde ma montre. L'heure du déjeuner est pratiquement terminée.

– Hé, tu ne devrais pas être en cours ?

– Les secondes et les terminales peuvent prendre sur l'heure du déjeuner quand il y a un travail important à terminer pour la rédaction. L'année scolaire est presque finie de toute façon.

La sonnerie retentit. Je l'entends aussi dans le téléphone.

– Il faut que j'y aille.

– À plus, dit-elle.

Tash, Joëlle et Karin posent les affiches sur le rebord de la fenêtre pour les faire sécher.

– On pourra t'aider à les afficher après les cours, propose Tash.

– Merci les filles. Vous êtes les meilleures.

Je ramasse les restes de notre déjeuner pour les mettre à la poubelle. Karin et Joëlle sont déjà parties quand je me tourne vers Tash.

– Écoute, Tash, j'ai réfléchi, pour le spectacle, et je ne suis pas sûre d'avoir le temps d'y participer. Tu comprends, en plus de mon équipe de golf...

Elle hausse les épaules.

– Pas grave.

Ouf !

– Alors, ça ne te dérange pas d'y aller toute seule ?

– Qui ? Moi ? (Elle pâlit et secoue la tête.) Pas question. Ça n'a pas d'importance. Ce n'est pas comme si je mourais d'envie de jouer. C'était juste une idée comme ça. Je n'en reviens encore pas d'être allée passer les auditions.

Oh oh.

– Non. Mais non, il faut que tu joues !

Elle ajuste ses lunettes.

– Je n'ai pas envie de le faire toute seule. C'est pas bien grave. Je te jure que ça m'est égal qu'on le fasse ou non. C'est tellement pas mon truc, de toute façon.

Ah. Et maintenant, je fais quoi ? Il faut absolument qu'elle joue dans la pièce. Elle adore ça ! Elle a du talent. C'est « son truc », en fait, c'est uniquement qu'elle ne le sait pas encore. Mais comment vais-je faire pour jongler avec toutes les activités de mon emploi du temps et en plus réussir à faire mes devoirs ? Je soupire.

– Non, on ira toutes les deux.

(Je passe mon bras sous le sien.)

– Ça sera génial, je reprends.

Elle hausse les épaules à nouveau.

– Comme tu veux, Dev. Pour moi, ça n'est pas super-important.

Peut-être. Mais ça le deviendra un jour.

Chapitre 25

Jeudi 29 mai
Terminale

Je reste assise immobile longtemps après avoir raccroché. Je regarde les messages personnels de l'annuaire. J'ai présenté le mien en mars. C'était essentiellement une ode à Bryan.

Vampire Halloween, bowling, le parc. Effectivement, il indiquait : « Vampr Hlwn, bwling, prc. » On n'a droit qu'à quelques centaines de caractères chacun, alors il faut abréger.

Comment est-ce que je terminais ? « Taimrai tjrs. »

Je feuillette pour retrouver ma page. L'évocation de Bryan a été remplacée par : « AF, TH & JC : mes meilleures copines. » Suit une liste de tout un tas de choses surprenantes. Par exemple : « Padechwgumdanstecheveux, 1re nuit mrthon, petimensonge, turigol ? gmalopiés. »

Je n'ai pas la moindre idée de ce que j'ai voulu dire. Je ne le saurai jamais.

J'ai encore le moral dans les chaussettes en rentrant à la maison. Jusqu'à ce que je voie la lettre.

Félicitations ! Vous êtes admise à l'UCLA !

Zut alors ! Quel résultat ! *Elle a réussi.* Elle a réussi !

Je voudrais lui donner une tape dans le dos pour la féliciter, mais comme c'est impossible, je me la donne à moi-même. Ce qui revient au même, en quelque sorte. Je l'appelle immédiatement.

– Tu as réussi, Miss Bleue. On est admises à l'UCLA !

– Pas vrai ! s'écrie-t-elle.

– Si, c'est vrai.

– C'est sans doute une bonne chose que je n'aie pas abandonné le spectacle. En fait, je suis justement en train de répéter, en ce moment. Je ne peux pas te parler longtemps. Ils veulent qu'on soit attentif même quand on ne joue pas. C'est un peu chiant.

– En tout cas, je ne sais pas ce que tu as fait, mais ça a marché. La lettre d'admission est en plein milieu de mon tableau d'affichage, c'est magnifique. UCLA, nous voilà ! Attends...

Oh oh.

– Qu'est-ce qu'il y a ? Ça a encore changé ?

– Non, la lettre est encore là. (Je soulève les autres papiers affichés, je scrute. Je trouve un tas d'informations universitaires, que je parcours également.) C'est juste que je ne vois rien en ce qui concerne la bourse.

– Mais on n'avait pas non plus de bourse pour Tufts, si ?

– Non, c'est vrai. Mais... il nous en faut absolument une. Je ne vois pas comment on pourrait se le permettre, autrement, puisque papa est au chômage. Je suppose qu'on peut obtenir un prêt. Mais dans ce cas-là, je vais devoir passer le reste de ma vie à le rembourser.

– Lo-terie ! Lo-terie ! Lo-terie !

– Bleue. Non. Il va falloir que tu travailles davantage, c'est tout.

– Tu te fous de moi ? s'écrie-t-elle. Je ne peux pas travailler davantage. C'est physiquement impossible !

Elle est dans l'ambiance théâtre, visiblement. Elle se la joue dramatique.

– Pas besoin de te mettre dans cet état, lui dis-je. On peut en reparler. Je suis sûre qu'il y a moyen d'obtenir une bourse. Peut-être que si tu bosses un peu plus, ou que tu entres dans une autre équipe...

Elle râle.

– Pourquoi est-ce que tu ne ferais pas quelque chose, pour changer ? Par exemple, tu pourrais me donner les numéros gagnants du loto. Je suis fatiguée !

– Mon job, c'est de t'aider.

– OK. Si tu ne veux pas tenter le coup de la loterie, on n'a qu'à investir. Tu n'as qu'à me dire quelles sont les actions les mieux cotées en Bourse. Comme ça, on n'aura pas à s'inquiéter pour le paiement de l'inscription à la fac. Voilà. On n'a qu'à acheter une université et on pourra y aller.

Je lève les yeux au ciel.

– Je ne crois pas que l'UCLA soit à vendre.

– Mais ça ne nous empêche pas d'acheter des actions ! Tu peux me dire celles qui sont valables et hop, on paye les frais de cours et...

Sa voix est couverte par un groupe d'étudiants qui chantent terriblement faux :

« *Toujours comme avant, toujours aussi sûr...* »

– Tu ne peux pas aller dans un lieu plus calme ? Je ne t'entends plus.

– Si. Je pourrais même rentrer à la maison. Qu'est-ce que tu en dis ?

Je m'assois sur le pied du lit.

– Tu ne peux pas sortir discrètement dans le hall ?

« ... *Une histoire vieille comme le monde...* »

Elle soupire.

– Attends une seconde. J'y vais. OK. Où en étais-je ? Ah oui, acheter des actions.

– Ça me paraît un peu comme un délit d'initié, lui dis-je. Je ne crois pas que ce soit légal. Et encore moins moral.

– C'est mal de donner des informations à quelqu'un d'autre, d'accord. Mais pas de s'en donner à soi-même, tu comprends ?

– Je n'en suis pas sûre.

– On devrait le faire ! On pourrait gagner un million de dollars. Et comme ça, on n'aurait même pas besoin d'aller à l'université.

Qu'est-ce qu'elle est immature !

– Évidemment qu'on doit aller à l'université ! Il ne s'agit pas seulement de trouver un travail, mais c'est aussi pour apprendre. Et pour l'expérience.

Ce qui me rappelle mon message sur l'annuaire, auquel je ne comprends rien. Quand j'entrerai à l'UCLA, je vais faire en sorte de tout me rappeler.

– On peut envisager d'acheter des actions dans une entreprise, pourquoi pas. Une entreprise qui vaudrait je ne sais combien de milliards de dollars quand tu auras mon âge. Sauf que...

– Quoi ? J'adore cette idée. N'en dis pas plus. Je peux faire quelque chose. Je suis super-douée en sciences éco, rappelle-toi.

Je lève les yeux au ciel.

– Et on investit quoi, exactement ? On n'a pas un sou.

– Ah. Oui. C'est vrai. C'est un problème.

– Tu devrais peut-être t'inscrire au club des Jeunes Traders, lui dis-je.

– Non, dit-elle farouchement. Plus de clubs. Je ne pourrais pas demander à papa ou à maman ? Est-ce qu'ils s'y connaissent en actions ?

J'aimerais bien.

– S'ils étaient spécialistes de la Bourse, on ne serait pas dans cette situation, tu ne crois pas ?

– Il faut qu'on ait plus d'imagination. Peut-être que je pourrais inventer un truc avant que ça soit connu du public ? Comme Internet, par exemple ?

Je me mets à rire.

– Tu n'aurais pas de scrupules à voler l'invention de quelqu'un d'autre ?

– Sans doute que si... reconnaît-elle. Alors, retour à ma première idée : la loterie ! Réfléchis. C'est un délit qui ne fait pas de victimes. Tu peux aller à la fac. Peu importe si papa se fait licencier. Maman ne sera pas non plus obligée de travailler – sauf si elle en a envie.

– Mais qu'est-ce que tu fais des risques ? Tu te rappelles le problème de Karin avec la chirurgie esthétique ?

– Et l'épanouissement extraordinaire de Tash ?

Elle n'a pas tort.

– Ils doivent garder les numéros gagnants dans les archives, non ? Ne quitte pas. (Je m'approche de l'ordinateur et je commence à chercher.) Une seconde... Oui, ça existe. On trouve tous les numéros gagnants des dix dernières années. (Je m'interromps.) Tu crois vraiment qu'on doit faire ça ?

– Oui !

Je fais défiler l'écran pour voir la suite des renseignements.

– Apparemment, il y a un tirage tous les trois jours. Et il y en a un ce soir. Ce soir pour toi. Et le jackpot est de... (Zut alors !)... douze millions !

Je pourrais être millionnaire. Ce soir. Bien que, techniquement, si elle devient millionnaire ce soir, ça veut dire que je l'aurai été depuis trois ans et demi. Aboulez la monnaie ! Pourtant...

– Tu ne crois pas qu'on devrait penser aux gens qui devaient gagner ce soir ? (Je continue à faire défiler.) Attends. Personne ne devait gagner ! La fois d'après, le jackpot arrive à quatorze millions !

– Ce qui veut dire que le gagnant suivant n'aura que deux millions au lieu de douze ?

– Exactement.

– Pas si mal ! dit-elle. Je te disais bien que c'était un délit sans victimes.

– OK, dis-je très vite, avant de changer d'avis. On le fait.

– Ouais ! chante-t-elle. Qu'est-ce qu'on va acheter en premier ? demande-t-elle, la voix soudain empreinte d'angoisse.

– Une voiture, dis-je. Une voiture, absolument. Une voiture pour moi. Et une en plus pour papa et maman, pour qu'ils n'aient pas à partager l'autre.

– J'aimerais bien avoir des fringues neuves. Des fringues de marque ! Ridiculement chères !

Oh, j'ai vu une veste trop géniale dans *Seventeen* le mois dernier. Et Bella a reçu des super débardeurs dans la collection d'été. Mais Bleue n'a pas intérêt à dilapider tout l'argent de ma voiture – de mon inscription à la fac, je veux dire – pour une nouvelle garde-robe. Encore que, avec huit millions de dollars, on doit pouvoir en jeter un tout petit peu par les fenêtres.

– Alors, comment je fais ? demande-t-elle.

Il faut que je lui dise tout, ou quoi ?

– Je te donne les numéros et tu vas acheter un billet.

– On n'est pas obligé d'avoir dix-huit ans ?

Ah, oui, au fait.

– Il faut que tu y ailles avec maman.

– Tu crois que maman va m'acheter un billet de loterie ? Tu rêves. Elle n'achète jamais des trucs comme ça. Elle dit que c'est comme jeter de l'argent à la poubelle.

– Alors il va falloir la convaincre, d'accord ? Appelle-la et dis-lui de venir te chercher après la répétition. Tu lui diras que tu as besoin d'acheter des fournitures scolaires.

Et après, quand vous serez au centre commercial, tu t'arranges pour lui faire acheter un billet.

– Je vais essayer, dit-elle. Il va falloir que j'imagine une bonne raison.

Moi, je peux en imaginer huit millions, alors...

Chapitre 26

Jeudi 15 septembre
Classe de seconde

– Alors, dit maman quand nous avons fini de charger le caddie de fournitures scolaires supplémentaires, tu prends vraiment les cours au sérieux, cette année.

– Oui, dis-je.

– Tu as été très occupée cette semaine, dit-elle.

– C'est parce que j'ai plein d'activités, je lui explique.

– Je sais, je sais ! L'annuaire de l'école, et le spectacle. Tu es sûre que tu n'en fais pas trop ? demande-t-elle en poussant habilement le chariot dans le rayon pharmacie. Il faut que tu gardes du temps pour toi. Et tes amies. Et les garçons ? dit-elle en haussant les sourcils.

– Il n'y a pas de garçons, dis-je.

Malheureusement.

– Mais alors, et ce garçon sympa qui est passé le week-end dernier ?

Sympa ? Si elle savait ce qu'il fait en terminale, elle ne le trouverait peut-être pas sympa.

– C'est juste un copain.

– Tu n'as pas de sentiments pour lui ?

– Non, dis-je vivement.

– Alors, tu as raison. Il faut se fier à ses sentiments. Dommage, quand même. Il était mignon.

À qui le dis-tu. Impossible de s'attarder là-dessus, pourtant. Il n'est pas censé exister dans mon avenir. En revanche, ce qui devrait arriver bientôt, c'est ma nouvelle garde-robe.

– Dis donc, maman, dis-je avec une nonchalance étudiée, est-ce qu'on peut acheter un billet de loto ?

Elle éclate de rire.

– Quoi ? Pourquoi ?

– Parce qu'on peut gagner douze millions de dollars.

– Oui, mais ta chance de gagner est d'environ une sur douze millions.

– Il faut bien qu'il y ait un gagnant. Pourquoi ce ne serait pas nous ? dis-je avec un grand geste du bras.

Elle hoche la tête.

– Tu pourrais aussi bien prendre ton dollar et le lancer dans un puits en faisant un vœu. Ça reviendrait au même et ce serait un dollar de perdu.

C'est ce qu'elle croit.

– Je t'en prie, maman ! J'ai rêvé la nuit dernière qu'on gagnait. Je crois que c'est un signe. Juste une fois. J'ai un excellent pressentiment. Et tu viens de me dire qu'il fallait que je me fie à mes sentiments. S'il te plaît ? Je le paierai moi-même, en plus.

Les coins de ses lèvres frémissent d'un petit sourire.

– Avec l'argent de poche qu'on te donne ?

– Exactement.

Elle rit.

– D'accord, chérie. Un billet de loto. Juste pour cette fois.

Après cette épreuve, on a intérêt à gagner. Ce qui sera le cas. Ivy a vérifié les numéros. Bien que, comme je l'ai constaté, les voyages dans le temps peuvent parfois avoir des ratés et des conséquences désastreuses. Ou si elle m'a donné les numéros d'un autre tirage, par erreur ? Ou si je me suis trompée en les notant ? Je jette un coup d'œil à la paume de ma main, où je les ai transcrits. Je ne voulais pas avoir à sortir mon carnet devant maman. Et j'avais peur, si je l'écrivais sur un bout de papier, de le perdre parmi tout le reste de mes affaires. J'espère qu'ils ne se sont pas trop effacés.

Nous approchons du comptoir.

– Nous prendrons tout ceci et un billet de loto, dit maman. C'est moi qui paye.

Elle est trop gentille, ma mère.

– Lequel ? demande la caissière.

– NY6, dis-je.

– Quels numéros ?

Je les lis discrètement dans le creux de ma main.

– 05, 44, 16, 09, 84 et 26.

Ma mère hausse le sourcil ?

– Où les as-tu dénichés ?

– Oh, euh... Bon, 5, c'est le nombre des... crayons que j'ai dans ma trousse. 44, le nombre d'amis que j'ai sur Facebook. 9, c'est un numéro de chance, tout le monde le sait. Le 16, c'est l'anniversaire de papa. (Waouh ! Au moins un qui n'a pas l'air d'un mensonge.) 84, c'est la note que j'ai eue à... mon test de français, et 26, c'est l'âge que j'aurai quand je me marierai !

Elle éclate de rire et me serre le bras.

– Tu as eu 84 sur 100 à un test de français ? Je suis impressionnée.

Si elle est impressionnée par un 84, qu'est-ce que ça va être quand elle va voir que je suis admise à l'UCLA. Elle va en tomber dans les pommes, tant elle sera épatée.

La caissière imprime le ticket et me le tend.

– Tu veux qu'on aille voir un film ? propose maman quand nous avons fini de charger nos achats dans la Volvo.

Je suis sur le point de lui dire que j'ai beaucoup de devoirs quand je vois son sourire enthousiaste et je lui demande :

– Qu'est-ce que tu as envie de voir ?

– Je n'en ai aucune idée, dit-elle. Il y a une éternité que je ne suis pas allée au ciné. Je ne sais même pas ce qui passe en ce moment.

Je ne peux m'empêcher de la plaindre. Je veux dire, avec mon père qui travaille tout le temps, ma mère n'a jamais l'occasion de sortir. Et de toute façon, une fois que les résultats du tirage du loto de ce soir seront annoncés, je ne pense pas que je serai capable de me concentrer sur mes devoirs. Peut-être même que je n'irai pas au lycée demain. Je crois que quand on gagne huit millions de dollars, on est autorisé à prendre un jour de congé pour fêter ça.

– D'accord, dis-je. Il y a longtemps que je n'ai pas vu un film, moi non plus.

J'aurais dû y aller samedi dernier avec Bryan, en principe, mais il en a été décidé autrement.

– J'ai entendu dire que *101 possibilités*, c'est un bon film.

Il faut que nous ayons une activité mère-fille normale avant que tout ne change. Évidemment, elle n'a pas la moindre idée que la vie que nous connaissons est sur le point d'être bouleversée.

Nous allons être riches !

Vraiment riches. Pas juste un petit peu riches. Non. Riches à millions.

Normalement, quand votre vie est sur le point de changer, vous ne le savez même pas. Par exemple, vous demandez à Karin, la fille assise à côté de vous en classe, de vous prêter son surligneur, et elle devient votre meilleure amie. Ou bien votre meilleure amie vous coupe votre frange et ensuite vous prenez votre miroir en horreur pendant toute la fin du cours moyen. Ou bien vous allez à une boum chez Celia King, vous renversez de la sauce salsa sur un canapé et vous tombez raide dingue d'un garçon.

Oublions ce dernier exemple.

Normalement, on ne sait pas que sa vie va changer avant que le changement n'intervienne. Mais aujourd'hui, je le sais. Et c'est extrêmement excitant. La vie est passionnante. Je balance nonchalamment mon sac à main, et le billet de loto qui est à l'intérieur, en essayant de réprimer mon sourire.

Chapitre 27

Jeudi 29 mai
Terminale

Zoum ! Vous savez, quand les gens disent que la vie peut changer en un instant ? Eh bien, ma vie vient de changer en un instant.

Je veux dire entièrement.

Je descendais en courant l'escalier recouvert de moquette pour aller chercher un verre d'eau, et la seconde suivante je dégringolais un escalier de marbre.

Je me rattrape à la rampe et reprends l'équilibre.

Ma maison a changé. Ou peut-être ne suis-je plus dans la même maison. Ma maison n'a pas de baies vitrées qui vont du sol au plafond. Elle n'a pas quatre étages. Où suis-je ? Je remonte les marches avec précaution. Apparemment, je suis dans une sorte de manoir.

Un manoir ! C'est probablement le billet de loterie. Elle a dû l'acheter. Génial !

Je dévale l'escalier, remonte et redescends. Cette maison a la taille d'une gare de chemin de fer. Est-ce que nous aurions acheté une gare de chemin de fer ?

– Attention, Miss Devi, dit une voix provenant du ciel. Je viens de laver le carrelage. Il ne faudrait pas glisser et vous briser le cou.

Je rigole. La voix ne vient pas du ciel, mais d'une petite dame rondelette qui porte une robe noire et un tablier blanc. La bonne ? Oui, ma bonne.

– Bonjour, dis-je, pétrifiée sur place.

Je n'ai effectivement pas la moindre envie de me briser le cou. De toute façon, si ça m'arrivait, je n'aurais qu'à dire à Bleue de ne pas courir dans les escaliers et tout rentrerait dans l'ordre. Je suis vraiment un super-héros ! Une super-héroïne avec une bonne. C'est pas beau, ça ? Je me demande si j'ai également une cuisinière ? Ou un chauffeur ? Ou un majordome ? Je rigole toute seule en remontant l'escalier quatre à quatre. Avec précaution, toutefois. Même si j'ai la possibilité d'appeler Bleue pour lui dire de ne pas glisser dans l'escalier, je parie que ça me ferait quand même super mal.

L'immense baie vitrée à ma gauche donne sur une allée circulaire. Avec trois voitures. Précision : trois Mercedes.

L'une des trois doit être à moi, *forcément.* Waouh !

Au dernier étage, je découvre six portes fermées. Laquelle est ma chambre ?

J'en ouvre une : c'est un placard. Un immense placard plein de toutes sortes de savons et shampooings de marque, et de serviettes de bain épaisses et moelleuses.

La porte suivante. Ma chambre. Ma chambre, c'est sûr ! La plus magnifique des chambres. Mes photos sont sur l'étagère, je sais donc que c'est la mienne. Mon lit ! Oh ! Mon lit ! C'est un lit de rêve. Un grand lit à baldaquin jonché d'oreillers dans les teintes pastel. Ne parlons plus de super-héroïne ! C'est un lit de princesse. Je ne peux pas résister à l'envie de plonger directement dessus. Le couvre-pied de satin est d'une douceur ! Je dors dans une guimauve géante. Ouais !

Je pourrais rester éternellement dans ce lit.

Sauf qu'il faut que j'explore le reste de mes trésors.

Je me laisse glisser du lit – à tout à l'heure, douce guimauve... et je m'approche de mon placard. Mon énorme, gigantesque placard. J'ouvre la porte. C'est un placard où on peut entrer. Je m'y faufile et ne peux en croire mes yeux. Il y a des rangées et des rangées de vêtements. Une rangée de jeans haut de gamme, une rangée de tops scintillants (tous suspendus sur des cintres ! Quelle classe !), une rangée de robes fluides et soyeuses. Quand ai-je l'occasion de porter ce genre de robes, exactement ? Réceptions d'après-midi ?

Est-ce qu'on donne des réceptions d'après-midi dans mon manoir ? Je pense que c'est possible.

Oh ! Mon Dieu ! Ma robe de bal de fin d'année !

Elle est dans une enveloppe de plastique transparent portant sur le côté l'inscription Izzy Simpson, mais c'est bien ma robe. Elle ressemble exactement à la robe drapée gris argent que j'avais, en plus foncée et plus fluide. Et probablement vingt fois plus chère.

Il faut que je l'essaie immédiatement.

Je me débarrasse de mon jean de marque et d'un tee-shirt crème que je ne me rappelle pas avoir enfilés, ni l'un ni l'autre. Oh, tiens ! Même mes sous-vêtements sont différents. En dentelle, avec une étiquette française. Vous saviez que les gens riches portent des sous-vêtements différents ?

Je me glisse dans la robe et admire mon reflet dans le

miroir qui couvre le mur du sol au plafond, avec éclairage intégré, juste à côté d'une très jolie coiffeuse couverte de brosses, de peignes, de cosmétiques d'aspect luxueux et de coffrets à bijoux en velours.

Serais-je la reine d'Angleterre ? Ça ne me paraît pas impossible.

Je jette un coup d'œil autour de moi pour voir le reste de mes trésors. Il y en a plein. Un téléviseur à écran plat. Un ordinateur portable mince comme une feuille de papier. Une luxueuse moquette.

Une peinture murale.

Oui. À la place de mon ancien papier peint couleur lavande, il y a derrière mon lit une peinture représentant un jardin, sur toute la surface du mur. Avec des arbres, des fleurs, et un lac.

Mes photos sont toujours sur mon bureau. Je m'en empare pour les regarder de plus près. Pas de photo de Bryan. Ouf. La plupart sont de mes amies et moi, mais il y en a également une où je suis avec mon père sur ce qui ressemble à un bateau. Je pars en croisière ? Excellent.

Je jette un coup d'œil dehors à travers les stores. Waouh ! Ce n'est pas une petite cour. On a un panorama de la ville tout entière. Je pense que nous sommes sur le mont Woodrove. Et... il y a un court de tennis. J'ai un court de tennis ! Est-ce que je joue au tennis ? Je suppose. Cool. Peut-être que Bleue devrait faire aussi du tennis. Je parie que j'ai des tenues jolies comme tout. Je parie que j'ai une pièce pleine de tenues de tennis... parce que j'ai la plus grande maison de la ville !

Y a-t-il une maison de cette taille en ville ?

Je ne me souviens pas d'avoir vu une maison comme celle-ci. Même de l'extérieur. Nous avons dû la faire construire. Et le panorama a quelque chose de familier.

Attendez une seconde. C'est le belvédère Morgan ! Sur le mont Woodrove ! Là où Bryan et moi avons essayé de fumer ! Et, donnant sur le point de vue, il y a une piscine. Une piscine gigantesque.

Waouh.

Il y a quelqu'un dans ma gigantesque piscine – un homme bronzé, très classe, aux cheveux bruns, qui porte un slip de bain noir collant. Pourquoi y a-t-il un bel homme brun et bronzé en slip de bain noir collant dans ma piscine ? Je laisse retomber le store et me précipite dans l'escalier, en faisant attention de ne pas glisser. Comment est-ce qu'on sort d'ici ?

Je passe en trombe dans la cuisine (immense, brillante, high-tech, avec un îlot de marbre au milieu et toutes sortes d'appareils en acier luisant) et fais un signe à la bonne (qui porte à présent des gants de plastique et récure l'évier).

Miaou !

Quoi ? Je regarde d'où vient le bruit et découvre un tout petit chat au pelage tigré qui s'étire dans un coin. Ah. Je suppose que la maison est tellement vaste que le chat ne provoque pas d'allergie chez papa. Ou peut-être que le chat et mon père n'habitent pas dans la même aile ! Je sors par la porte de derrière qui ouvre sur une immense terrasse arborée.

Je vais pouvoir organiser des fêtes géniales ! Je parie que j'ai déjà organisé des fêtes géniales.

J'éprouve un pincement de tristesse inattendu à l'idée étrange de ne pas me souvenir des fêtes magnifiques que j'ai déjà organisées, mais je poursuis ma route. Dehors, je manque de renverser ma mère, vêtue d'un bikini argenté qui ne dépasse sûrement pas la taille 2. Elle porte un sarong assorti, d'énormes lunettes de soleil à monture blanche, et des tongs décorées de pierres brillantes.

Oh ! Mon Dieu ! Ma mère est devenue glamour !

– Il y a le feu ? me demande-t-elle.

– Coucou, dis-je en éclatant de rire. Tu étais en train de nager ? De profiter de la piscine ?

– Oui ! C'est sûrement un des derniers beaux jours de l'été. Je vais juste prendre un dernier bain et ensuite Alfonzo et moi, nous allumerons le barbecue. Bois donc un verre de limonade rose.

– Avec plaisir, dis-je.

Nous avons un chef prénommé Alfonzo ! C'est fou, non ? Je me verse un verre de limonade pendant qu'elle quitte son paréo et le drape sur l'une des chaises longues, descend les marches en dansant et s'immerge à l'extrémité la plus profonde de la piscine. La piscine où le beau brun en slip de bain minuscule est maintenant allongé sur un radeau pneumatique orange. Est-ce possible que ce soit lui, notre chef Alfonzo ? Un chef super-canon, en tout cas.

Maman glisse dans l'eau en direction de l'homme et lui colle un baiser sur les lèvres.

Oh ! Non ! Je hurle :

– Maman ! Qu'est-ce que tu fais ?

– J'embrasse mon mari ? dit-elle en éclatant de rire.

Puis elle l'éclabousse. Le verre de limonade me glisse des mains et se fracasse sur le dallage.

– Chérie ? Tout va bien ? (Elle observe mon expression, qui doit être horrifiée.) Qu'est-ce qui t'arrive ? Tu n'es pas bien ? J'ai entendu dire qu'il y avait pas mal de grippes ces temps-ci.

Elle embrasse son... mari ? Le beau mec est son mari ? Alfonzo est son mari ? Qu'est devenu son autre mari ? *Mon père ?*

J'ai l'impression que je vais m'évanouir. Il faut que je rentre immédiatement. Je bats en retraite dans la maison, hors d'haleine, complètement paniquée. J'ai besoin de comprendre ce qui se passe. Je traverse la cuisine en trombe et passe dans la pièce voisine. Où puis-je trouver les photos de la famille ? Qu'est-il arrivé à mon père ?

J'ai besoin de mon père.

Je cours dans toute la maison à la recherche d'indices. Où sont leurs photos de mariage ? Et le cliché du voyage à Cancún qu'ils ont fait pour leur anniversaire de mariage, qui était sur la cheminée ? Et notre photo à Disney ? Est-ce que nous avons encore une cheminée dans le living-room ?

Où est mon père ? Oh, non ! Et si quelque chose... lui était arrivé ?

Je remonte en courant dans ma chambre – ne glisse pas, ne glisse pas – et j'ouvre toutes les autres portes de chambre à la recherche de mon père. Je chuchote :

– Papa, tu es là ?

Je trouve ce qui doit être la chambre de ma mère – grand lit à deux places, dressing-room... Mais aucune trace de papa. Où sont ses pantoufles Mickey et sa robe de chambre marron ?

Je cours à ma chambre et fouille dans mes affaires pour y trouver une explication. Il y a des centaines de cartes postales punaisées sur le mur. De qui sont-elles ?

De papa ?

J'en décroche une, représentant la tour Eiffel.

Au dos, on peut lire :

Toutes mes pensées affectueuses, ma chérie.

J'ai hâte de te voir cet été sur la Riviera !

Mon père est en France ? Je vais en vacances sur la Riviera ? Ou peut-être suis-je allée en vacances sur la Riviera ? Je reviens aux photos suspendues derrière mon lit de princesse, il y en a une où je suis avec mon père. Cette photo a-t-elle été prise sur la Riviera ?

J'ai du mal... À respirer... Pourquoi mon père est-il à Paris alors que ma mère est dans la piscine avec son nouveau mari ?

Ça n'a aucun sens ! Mes parents s'aiment ! D'accord, ils ont eu parfois des problèmes, au fil des années, mais ils s'aiment toujours. Non ? Je m'effondre sur ma moquette super-moelleuse.

La loterie. C'est ça qui a détruit le mariage de mes parents.

Où est mon téléphone ? Il faut que j'appelle immédiatement Bleue pour lui dire d'annuler. La dernière fois que je l'ai utilisé, il était là... Je crois, du moins. Il n'y a aucun téléphone sur le bureau ciré. Où est-il donc ?

Je redescends l'escalier quatre à quatre.

– Excusez-moi, dis-je à la bonne, vous n'avez pas vu mon téléphone ?

– Sur la table en verre dans le salon, dit-elle.

Génial. Maintenant, où est le salon ? Je cours de pièce en pièce et je finis par trouver une table en verre.

Sur cette table en verre, il y a un iPhone. Normalement, je devrais être aux anges de découvrir que je suis l'heureuse propriétaire d'un iPhone. Sauf que si c'est le mien, ça signifie que je me suis débarrassée de mon ancien portable.

Je me sens sur le point de tomber dans les pommes, et je m'agrippe au bord de la table pour me retenir. Si je me suis débarrassée de mon ancien téléphone... si je l'ai remplacé par un iPhone...

Je ne pourrai plus jamais parler à Bleue.

Et la prochaine fois que je verrai mon père, il faudra que je sache parler français. Je prends l'iPhone avec des mains tremblantes.

Qu'est-ce que... Je... Vais... Faire ?

La photo sur l'écran du portable représente un Italien sexy. Alfonzo. Ce qui veut dire...

À moins que je n'aie une attirance totalement déplacée pour mon beau-père, c'est probablement le téléphone de ma mère. Ou celui d'Alfonzo. On ne sait jamais. Peut-être qu'ils s'aiment beaucoup.

Mais ce n'est donc pas le mien.

Je fouille le reste de la maison. Le reste de cette gigantesque maison. Où est-il passé ?

Biiiiiip !

C'est mon portable qui a sonné ! Je le reconnais ! C'est le bruit qu'il fait quand il est déchargé ! Quand il commence à se décharger il bipe à peu près toutes les heures. Je reconnais ce bruit. Il faut que je le retrouve ! D'où provenait le son, exactement ?

De là-haut. Dans ma chambre. Ce doit être dans ma chambre. Je remonte l'escalier en courant – ne glisse pas, ne glisse pas – et commence à mettre mes tiroirs sens dessus dessous. Pourquoi est-ce que je garde tout ce bazar ? Tout ce que j'ai écrit, lu ou acheté dans ma vie se trouve là-dedans. Tout, sauf mon téléphone.

Dans mon lit ! Il doit être dans mon super lit !

Je replonge dans la guimauve et le trouve enseveli sous l'un des cent coussins, genre princesse au petit pois. Oui ! Mon portable, mon vieux portable décrépit, qui a plus de trois ans et demi, il est bien là ! Sain et sauf. J'ai eu peur. Je le serre tendrement entre mes mains. Je suis trop futée ! Alors que j'aurais pu acheter un nouveau téléphone glamour, j'ai dû garder celui-ci parce que je savais à quel point il allait m'être utile un jour. Un coup d'œil à la batterie. Plus qu'une mince bande. Je me demande bien pourquoi. Je l'ai rechargé hier, j'en suis sûre. Non ? Bon, inquiétons-nous d'un seul problème à la fois. D'abord, j'appelle Bleue et je lui fais arranger toutes ces catastrophes.

Au lieu de la sonnerie, j'obtiens :

« Salut, c'est Devi. Je ne suis pas disponible et ne peux vous répondre... »

Non ! Pourquoi ne répond-elle pas ? C'est urgent. Nous

n'avons pas le temps. Pas le temps de laisser un message ! Il est déjà presque sept heures. Le tirage du loto est à dix heures.

Je rappelle. Re-messagerie. Où peut-elle bien être ?

Chapitre 28

Jeudi 15 septembre
Classe de seconde

Je commence à être plutôt surexcitée. Je vais être riche ! Dans cinq minutes, quand ils vont diffuser les numéros, je vais être riche, très riche. Riche jusqu'à quel point ? L'argent coulera comme un ruisseau de mon super sac Prada.

D'une minute à l'autre.

Qu'est-ce que je vais acheter en premier ? Des vêtements Izzy Simpson, bien sûr !

Je frappe à la porte de la chambre de mes parents.

– Allumez votre téléviseur. Ils vont bientôt annoncer les numéros.

Mon père et ma mère sont déjà au lit, papa en robe de chambre et maman en pyjama rose. Papa est rentré tôt ce soir. Neuf heures et demie. Peut-être que si on gagne, il va pouvoir se détendre un peu. C'est sympa de les voir ensemble au lit. Mais je regrette qu'ils ne soient pas plus proches l'un de l'autre, en train de se faire des câlins. Ils auraient grand besoin de se retrouver un peu plus ensemble, c'est certain. Peut-être que quand on aura gagné, ils pourront s'offrir des vacances romantiques. Pendant plus d'un long week-end.

– Quels numéros ? demande-t-il.

– Le tirage du loto.

– Ta fille prétend qu'on va gagner, dit maman.

Papa éclate de rire.

– Si c'est vrai, je pourrai arrêter de travailler et rester à la maison avec toi.

– Si on gagne, j'ouvre une pâtisserie. La pâtisserie Banks. Tu pourras rester à la maison tant que tu voudras.

– Voilà qui me paraît une bonne idée. Je resterai à la maison et je jouerai aux échecs.

– Je veux rester à la maison, moi aussi, dis-je en me laissant tomber sur le lit.

– Alors, où est-il, ce fameux billet gagnant ?

Oups.

– Dans mon sac. Je reviens dans une seconde !

Je fonce dans ma chambre. Où est mon sac ? J'entends ma mère qui allume la télé et choisit la chaîne. Je fouille frénétiquement à la recherche du billet. Imaginez que je l'aie perdu ! Non, le voici. C'est bon ! Je saisis en même temps mon téléphone. Deuxième oups. J'ai oublié de le rallumer en sortant du ciné. J'appuie sur le bouton de démarrage pour regarder si j'ai des messages.

Quinze messages.

Oh oh.

Premier message :

« Où es-tu ? »

Deuxième message :

« Réponds ! »

Troisième :

« N'achète pas le billet ! »

Humm...

Quatrième :

« Tu as sans doute déjà acheté le billet, non ? C'est pour ça que tout a changé. Nous avons un sérieux problème ! »

Qu'est-ce que ça signifie ? Que dois-je faire ? Il faut absolument que je l'appelle immédiatement. Et si jamais elle est en train d'essayer d'appeler ? Et elle ne peut pas parce que j'écoute les messages ?

– Viens vite, chérie ! crie maman.

Je me dirige vers leur chambre. À pas lents.

Un pas. Deux.

Je m'arrête devant la porte. Et maintenant, je fais quoi ?

– Ils vont commencer juste après la pub, dit maman. Prépare le billet.

Sonne, petit portable, sonne ! Que dois-je faire ? Je pénètre dans la chambre.

« Nous vous retrouvons dans trente secondes pour le tirage du numéro gagnant du loto », annonce la présentatrice.

Oh oh.

– Devi, quels sont les numéros qu'on attend ? demande papa.

– Cinq, dis-je craintivement. Puis...

Mon portable sonne.

– Une seconde, il faut que je réponde, dis-je, en appuyant sur la touche. Allô ?

– Enfin, tu réponds ! Où étais-tu passée ? Peu importe, peu importe, on n'a pas le temps ! Vous n'avez pas encore gagné, hein ?

Mon regard va de mes parents confortablement assis dans leur lit au billet que j'ai dans la main.

– Dans dix secondes, à peu près.

– Déchire-le !

– Quoi ?

J'ai sûrement mal entendu.

– Déchire le billet ! Il ne faut absolument pas que tu gagnes ! Fais-moi confiance !

– Tu rigoles ? Je ne peux pas faire ça ! Pas maintenant.

– Tu es obligée, ordonne-t-elle.

– Mais ça va... avoir l'air vraiment bizarre.

Impossible de faire toute une histoire pour acheter un billet et ensuite le déchirer.

« Nous voici donc de retour... » dit la présentatrice.

Elle a des cheveux brillants coupés au carré et un sourire superbe. Je parierais qu'elle a porté un appareil quand elle était ado.

« ... pour le tirage du jeudi 15 septembre sur NY6. »

Dans l'urne de verre derrière laquelle elle se tient, il y a six boules numérotées qui tourbillonnent au-dessus de petits tuyaux.

– J'ai entendu ! crie Ivy. Il ne faut pas que tu gagnes ! Arrête tout !

La première boule surgit de la pompe et se perche sur une bordure. La présentatrice nous fait son sourire le plus étincelant.

« Et le premier numéro est le 5. »

Mes parents poussent des hourras.

– Quel est le numéro suivant ? demande papa.

– Euh... le suivant, c'est...

Oh, flûte ! Qu'est-ce que je dois dire ? La deuxième boule surgit de l'orifice.

« Le numéro suivant est le 16. »

Maman me regarde avec espoir.

– On l'a bien, le 16, non ? Pour l'anniversaire de papa ?

– Euh... (Quelle horreur !) Non, on n'a pas le 16.

– 17 ! hurle Ivy à mon oreille. Dis que tu as le 17 !

Je répète en secouant la tête :

– 17.

– Je jurerais que tu m'avais dit 16, dit maman. C'est raté de si peu.

« Le troisième numéro est le... 44 », dit la speakerine.

– Dis-leur que nous avons le 45, ordonne Ivy.

– Mais ça paraît complètement idiot, dis-je dans le téléphone. 43, dis-je, à la place.

– Oh, d'accord, ça paraît nettement mieux, marmonne Ivy.

– Est-ce que tu vas m'expliquer pourquoi on fait tout ça ? lui dis-je en chuchotant.

– Oui, plus tard. Pour l'instant, tu ne gagnes pas, c'est tout. Pas question de gagner. Pas d'Alfonzo. Et tu détruis le billet dès que tu en as la possibilité, OK ?

– Mais... et mes vêtements neufs ? Et ma bourse d'études ? Et qui c'est, Alfonzo ?

– T'occupes ! Tu le détruis, c'est tout.

Biiiip !

– C'était quoi, ça ? je demande.

– Il bipe toutes les heures, dit-elle.

– Tu n'aurais pas besoin de le recharger ?

– Bleue, tu t'occupes de ce que tu es en train de faire, s'il te plaît ?

Je laisse passer le reste des numéros, en en annonçant chaque fois d'autres, légèrement différents.

– Alors, c'est fichu ? dit maman, avec un énorme soupir exagéré. Je te l'avais dit, Devi, tu aurais aussi bien pu jeter le dollar à la poubelle.

– Mais on n'aurait pas passé un si bon moment tous les trois, dis-je avec un petit rire forcé, en fourrant le billet dans ma poche.

De retour dans ma chambre, je déchire tristement le billet en un million de petits morceaux et les laisse s'envoler comme des confettis dans ma corbeille à papier. Bien tristes confettis.

Je ne sais pas qui est cet Alfonzo, mais il me doit une garde-robe Izzy Simpson.

Chapitre 29

Jeudi 29 mai
Terminale

Aïe ! Je suis tranquillement en train de monter l'escalier de marbre quand, pouf, tout d'un coup, j'ai une sensation de brûlure sous la plante des pieds. C'est un truc à vous briser le cou ! Je me retrouve dans mon ancien escalier recouvert de moquette. Tout est revenu comme avant. Je suis à nouveau dans mon ancienne maison, très ordinaire, sans rien d'exaltant. Avec l'ancienne vue sur la rue, tout aussi ordinaire. Et mon ancien père ordinaire, au fait ? Retenant ma respiration, je me précipite vers la chambre de mes parents. Je frappe.

– Vous êtes là ?

– Entre, ma chérie, dit maman.

Je pousse la porte. Maman lit un roman, papa est assis, appuyé sur des oreillers, en robe de chambre. Ses chaussons l'attendent gaiement au pied du lit. Je ne peux m'empêcher de sourire.

– Bonsoir, dis-je.

Je plonge la tête la première sur le lit et les serre tous les deux dans mes bras.

Quand je reviens finalement dans ma chambre, je branche mon téléphone sur le chargeur et grimpe dans mon ancien lit bien moelleux, bien confortable, bien ordinaire.

Chapitre 30

Samedi 17 septembre
Classe de seconde

Le vendredi soir, je suis allée voir *101 possibilités* au ciné avec les copines. Je me suis bien amusée, même si je connaissais déjà la fin.

Aujourd'hui, je dois en principe passer la journée à faire mes devoirs de chimie, à apprendre mon chapitre de sciences éco, mes conjugaisons de français, à réviser mon interro d'algèbre et mon prochain devoir d'histoire américaine, en plus de commencer ma dissert sur *Jane Eyre*, mais Karin m'appelle pour m'inviter à aller faire des courses avec elle, alors j'y vais. Elle me prête ses cours d'histoire américaine enregistrés, qu'elle a déjà écoutés. Il ne me reste plus qu'à faire la même chose.

J'ai besoin de prendre un week-end de repos.

Évidemment, je ne le dis pas à Ivy. Elle est paniquée parce qu'apparemment le téléphone ne se recharge plus.

– Je ne comprends pas, me dit-elle ce soir-là. Je l'ai branché pendant deux nuits de suite. Pourquoi est-ce que ça ne marche pas ?

– Qu'est-ce que tu crois qu'il va se passer s'il tombe en panne ? lui dis-je tout en m'habillant pour la boum chez

Kellerman. Est-ce que ta vie va continuer à changer chaque fois que je fais quelque chose de différent ?

– Ça ne le faisait pas avant qu'on commence à se parler, dit-elle. Alors je pense que ça va s'arrêter si on cesse de communiquer. Je crois que ma vie ne change que quand tu fais quelque chose différemment à cause de nos conversations, tu comprends ? De toute façon, pas question qu'il rende l'âme. Je vais essayer de trouver un moyen de le réparer. Mais pour l'instant, on n'a qu'à l'utiliser avec parcimonie.

Maman me conduit d'abord chez Karin, et nous effectuons nos préparatifs rituels : maquillage, touche de parfum, vérification des pellicules dans les cheveux et test de l'haleine. Cette fois, j'y ajoute un détail.

– Je voudrais bien avoir des seins comme les tiens, dis-je à Karin en me regardant dans le miroir.

– Je ne sais pas pourquoi tu n'arrêtes pas de dire ça, dit-elle en rougissant.

– Ils ont une forme parfaite ! Fais-moi confiance. Toutes les filles du monde seraient prêtes à tout pour avoir un décolleté comme le tien.

– Mmm... dit-elle en jetant un coup d'œil à son reflet.

La mère de Joëlle passe nous chercher et nous voilà parties.

Nous sommes toutes adorables, c'est moi qui vous le dis, des seins à tout le reste.

– Jérôme Cohen sera là, chuchote Karin à Joëlle. Il faut absolument que tu lui parles.

– Sûr, répond-elle, les yeux brillants.

– Il est vraiment pas mal, dis-je.

Mais ce que je pense réellement, c'est que si Jérôme est là ce soir, Bryan sera peut-être là aussi. Je m'en fiche, notez. Enfin, d'accord, pas complètement.

– On devrait aller lui parler !

Nous nous arrangeons pour nous retrouver près du canapé à proximité duquel Jérôme est en train de discuter avec deux autres garçons. Malheureusement, pas de Bryan en vue.

– Salut, disent-ils.

– Salut, répondons-nous.

Super.

Qu'est-ce que je dois faire pour démarrer la conversation ? Renverser encore un peu de salsa sur le canapé ?

– Alors, vous passez un bon week-end ? je les interroge.

– Pas mal, dit Jérôme en tambourinant des doigts sur la table, avec un joli sourire. (Pas exactement un sourire « fossettes » mais assez mignon quand même.) Et toi ?

– Excellent, dis-je.

De mieux en mieux.

– Les filles, est-ce que vous connaissez Nick et JT ? demande Jérôme.

On dit bonjour toutes les trois en se présentant. Nick marmonne un bonjour, sans lever la tête. Il a visiblement l'air timide. Je vois à peu près pourquoi, d'ailleurs. Il a une très vilaine peau. Son nez et son menton sont couverts d'une éruption de boutons. Le pauvre. Ses cheveux tartinés de gel et sa chemise de flanelle boutonnée de haut en bas ne l'avantagent guère non plus. Au lieu de lever les yeux, il déplace gauchement les pieds dans ses tennis.

Je lui demande :

– Alors, Nick, tu viens de quelle école ?

– De Carter, marmonne-t-il.

– Oh, cool, dis-je.

J'attends qu'il me pose une question à son tour. Mais non. Alors, je me tourne vers JT. Contrairement à son copain peu communicatif, il a une peau sans défauts. Il est plutôt mignon avec sa veste en cuir et ses cheveux gominés. Il pourrait facilement jouer le rôle de Danny si la section théâtre du lycée Florence-Ouest décide un jour de monter *Grease.* Il est également assez bronzé, bien que la trace de ses lunettes de soleil soit visiblement plus pâle.

– Tu as pris de bonnes couleurs, lui dis-je.

Il sourit.

– Je sais, oui. C'est ça, le pire. Et j'ai un bronzage agricole ridicule, en plus.

Il remonte ses manches pour que je puisse voir ses avant-bras. Ses avant-bras bronzés et bien musclés.

– Quelque chose me dit que tu n'as pas travaillé dans une ferme, lui dis-je.

Il n'y a pas beaucoup d'exploitations agricoles dans le coin.

– C'est en jouant au golf, dit-il avec un sourire nonchalant.

– C'est vrai ? (Je me penche vers lui.) Tu joues au golf ?

Il acquiesce.

– Oui. J'ai un handicap de quatorze.

Est-ce que c'est bon ? Je n'en ai aucune idée. Il est évident que je n'ai pas encore bien étudié le sujet.

– Tu sais, lui dis-je, je lance une équipe féminine de golf au lycée Ouest.

– Pas possible. (Il se rapproche de moi.) Tu joues au golf ?

– Pas encore. (Je le reconnais.) Mais je vais apprendre.

Il me regarde des pieds à la tête.

– Je vais frapper quelques balles demain. Tu veux venir ? Je pourrais te montrer un certain nombre de gestes.

Ses yeux s'attardent sur moi un peu trop longtemps pour que les gestes en question soient purement d'ordre sportif. J'ai l'impression... qu'il me demande de sortir avec lui.

– Ça me paraît une idée sympa, dis-je.

Mais ensuite je me demande si je dois vraiment accepter de sortir avec lui. Il vaudrait mieux que je demande à Ivy. Il est mignon, c'est sûr. Je ne sais pas quoi faire. Est-ce que ça va être comme ça pendant toute ma vie ? Ne jamais me fier à mes propres impressions pour sortir avec un garçon, parce qu'il faut que je... me demande à moi-même ?

– En fait, j'ai peut-être des trucs prévus pour demain. Mais je ne suis pas sûre. Ça ne te dérange pas si je passe un coup de fil pour savoir exactement ce qu'il en est ?

– Pas de problème, dit-il en étirant les bras au-dessus de sa tête. Tiens-moi au courant. Je vais me chercher à boire. Tu veux quelque chose ?

– Non, c'est bon, merci.

Je lui fais mon plus beau sourire – appareil dissimulé, bien sûr. Et maintenant, il va falloir que j'attende qu'elle appelle. Je suis certaine qu'elle ne va pas tarder. D'une minute à l'autre.

Dix minutes passent.

Vingt minutes.

Trente.

Certes, ce n'est pas parce qu'on regarde un téléphone

qu'il se met à sonner. Mais pourquoi n'a-t-elle pas encore appelé ? Il est presque neuf heures et demie ! Est-ce qu'elle ne veut pas savoir comment je vais ? J'ai pris l'habitude qu'elle m'appelle toutes les heures ou presque pour voir où j'en suis.

Et si quelque chose lui était arrivé ? Comment le saurais-je ? Et si le téléphone rend effectivement l'âme ? Je lui envoie un texto :

Ivy ! Appelle-moi ! Urgent !

Encore dix minutes. Vingt. Trente.

Mon téléphone sonne enfin. Je décroche en criant :

– Dieu merci !

– Pourquoi Dieu merci ? demande une voix.

Pas celle d'Ivy. Zut. Je lance d'une voix irritée :

– Qui est-ce ?

– C'est ta sœur. Allô ? Je suis partie depuis moins d'un mois et tu as déjà oublié mon existence ?

J'ai l'impression de recevoir un coup dans l'estomac.

– Oh, bonjour, Maya. Excuse-moi. Comment vas-tu ?

– Ça va bien. Tu me manques, tu sais. On ne s'est pas parlé de la semaine.

– J'ai été extrêmement occupée, dis-je. Tu comprends...

– Bien sûr. Moi aussi. Je me demandais si tu voulais toujours venir me voir pour le week-end de Christophe Colomb ? Est-ce que tu veux que je demande à papa et maman de t'acheter un billet ?

– Euh... oui, bien sûr. C'est une bonne...

Biiip !

Enfin ! Un avis d'appel. Le numéro indique que c'est moi.

– Maya, il faut que je te quitte. Je peux te rappeler un peu plus tard ?

– Bien sûr. Ne m'oublie pas. Il faut qu'on t'achète un billet rapidement, parce que les prix...

Biiip !

– Il faut vraiment que je te quitte, Maya. Je te rappelle demain !

Je raccroche et passe à l'appel d'Ivy.

– Tu as mis le temps !

– Qu'est-ce qui se passe ? demande-t-elle. T'as intérêt à ce que ce soit important. On n'a plus de batterie, tu le sais.

– Je sais, je sais. Il faut juste que je te demande un truc. (Je me réfugie dans un coin tranquille.) Un certain JT m'a demandé de sortir avec lui.

– Qui ça ?

– JT. (Je suis obligée de chuchoter.) Je ne connais pas son nom de famille. Il est mignon. Il joue au golf. Il veut m'emmener taper des balles demain. Est-ce que je peux y aller ?

– JT Prause ? demande-t-elle.

– Je n'en sais rien.

– Il a les cheveux bruns ? On dirait qu'il peut jouer le rôle de Danny dans *Grease* ?

J'adore à quel point nos idées se ressemblent.

– Oui !

– Alors, non, dit-elle. Tu ne dois absolument pas sortir avec lui.

Soupir de découragement.

– Mais pourquoi ?

– Parce que c'est un imbécile.

– C'est vrai ? (Je n'y crois pas.) Il a l'air sympa.

– Non. C'est un raté. Un blaireau de première, crois-moi.

– Ce n'est pas très sympa de dire ça, dis-je, indignée. Et en plus, s'il est copain avec Jérôme Cohen, il ne peut pas être nul à ce point-là.

– Je ne veux pas dire qu'il n'est pas populaire. C'est un raté dans la vie. Il ne va même plus au lycée. C'est un joueur invétéré. Il a piqué de l'argent à la moitié de la classe et a fauché quelque chose comme trente mille dollars sur la carte de crédit de ses parents. Ils l'ont envoyé à Heken, tu sais, le centre pour jeunes délinquants.

– Oh, d'accord.

Bon, tant pis. Je ne veux pas sortir avec un garçon qui va à Heken, merci bien. Je ne veux même pas compter parmi mes relations un garçon qui va à Heken.

– En plus, l'an dernier, il a vendu sur eBay le soutien-gorge de Jenny McIntosh.

– C'est pas vrai !

– Mais si, dit-elle. Ne sors surtout pas avec lui. Il n'est pas clair.

– Il avait l'air sympa...

C'est vrai qu'il me regardait d'un air un peu salace, quand même.

– Il ne l'est pas. Tu voudrais qu'il vende ton soutien-gorge sur eBay ?

– Je n'avais pas l'intention de lui donner mon soutien-gorge. J'allais juste taper quelques balles de golf avec lui.

– N'y va pas. Il te piquera ta carte de crédit dès que tu auras le dos tourné.

– Je n'ai pas de carte de crédit. Tu en as une, toi ?

– Tu en auras une l'année prochaine. Si tu es sage. Si tu ne sors pas avec des voleurs. Pourquoi est-ce que tu ne lis pas des bouquins sur le golf, plutôt ? Oui, c'est par là qu'il faut que tu commences. Tu n'as qu'à passer la journée à étudier les techniques du golf. Tu as fini tous tes devoirs, aujourd'hui ?

– Oui, oui.

Je mens, bon...

Biiiiiiiiip !

– Zut ! C'est encore la batterie ! Il faut que je trouve un truc pour l'arranger. Je vais à une boum chez Laura Kingsley. Je vais rentrer tard, alors je ne t'appellerai sans doute pas.

– D'accord. Bye...

– Bye.

Je raccroche et laisse tomber mon téléphone dans mon sac. Non sans vérifier que mon portefeuille s'y trouve toujours.

Chapitre 31

Samedi 31 mai
Terminale

Juste avant que Karin ne passe me chercher, j'observe mon téléphone, qui est toujours déchargé. Quel est le problème ? Je l'ai branché pendant toute la nuit dernière, et on aurait dit qu'il se rechargeait normalement. Le voyant rouge était allumé, et tout. Mais il ne reste qu'une mince tranche de batterie. Il faut absolument que je passe chez *Mediazone* demain pour qu'ils me le réparent ou me donnent une autre batterie, ou trouvent une solution.

Quand j'entends klaxonner, je fourre le portable dans mon sac et me précipite dehors. Nous effectuons notre rituel habituel.

– Cheveux ? demande Karin en se penchant vers moi.

– Pas l'ombre d'une pellicule.

Je penche la tête à mon tour.

– Pareil pour toi. Haleine ?

Elle me souffle dans la figure.

– Menthe fraîche. Et moi ?

– Impec.

– Parfait.

Ensuite, nous passons prendre Joëlle, qui porte une

tunique vert émeraude sur un jean. Et après, Tash, qui est, bon, il n'y a pas d'autre mot... époustouflante.

Elle est habillée comme d'habitude, c'est-à-dire en jean et pull noir, mais c'est un jean moulant et elle le porte avec des talons aiguilles noirs et un foulard jaune pâle. Elle a un super-brushing, très glamour, et les lentilles de contact et le léger trait d'eye-liner lui font des yeux magnifiques. Waouh !

En entrant, je repère immédiatement Celia sur les genoux de Bryan. C'est tout juste si les bâtonnets de poulet que j'ai mangés au dîner ne font pas leur réapparition.

– J'ai besoin de boire un verre d'eau, dis-je aux filles. Vous venez avec moi à la cuisine ?

Nous y allons toutes les quatre. Assis sur le comptoir, il y a celui qui est censé être mon partenaire de la soirée, Harry Travis. Je bats immédiatement en retraite.

Trop tard.

– Salut, Harry, dis-je avec un petit rire nerveux. C'est sympa de te voir.

Je sais que nous sommes en principe déjà sortis ensemble au moins deux fois, mais ça ne veut pas dire que je suis prête à recommencer. Pas du tout. Même si ma relation avec Bryan s'est avérée non existante, sauf dans mon propre cerveau, il n'y a que quinze jours que notre rupture a eu lieu.

– Tu sais où je pourrais trouver un Coca ?

Je m'attends à ce que Harry me dise bonjour. À ce qu'il cherche à m'attirer du regard. Mais il se contente de faire un geste en direction du frigo, et c'est tout juste s'il me regarde. Humm... Est-ce que j'ai réussi à lui faire peur ? Ou est-ce que mes relations avec Harry ont disparu aussi vite qu'Alfonzo ?

– Salut, bébé, dit discrètement Harry à Laura. J'ai hâte d'être à vendredi. Mon smoking est déjà prêt. De quelle couleur veux-tu ton bouquet ?

Quoi ? Je me penche pour prendre une bouteille de Coca dans le frigo. Le menton de Laura est constellé de rougeurs révélatrices. Je suppose que c'est pour ça que je ne vais pas au bal de promo avec Harry. J'ai dissuadé Bleue et désormais c'est Laura qu'il embrasse et emmène au bal. J'ai tellement de mal à suivre ma vie amoureuse que ça me donne la migraine. Je me tourne vers mes copines.

– Je crois que j'ai besoin de prendre l'air.

– Moi aussi, répond Joëlle.

– Pareil pour moi, dit Karin. À plus tard, peut-être, Harry, d'accord ?

Il y a une foule de terminales dans le jardin, y compris un autre terrain potentiellement miné : Sean Puttin, qui a dit que j'embrassais comme un poisson.

À moins que Bleue n'ait fait ce qu'elle avait à faire et se soit souvenue de garder pour elle ses lèvres de poisson. Mais comment le savoir ? En demandant à la cantonade si je suis déjà sortie avec Sean Puttin ? Probablement pas la meilleure façon de me renseigner.

– Au fait, est-ce que vous savez où Sean va l'année prochaine ?

J'avale une gorgée de Coca en prenant un air parfaitement nonchalant.

Les yeux de Karin lancent des éclairs.

– En enfer, j'espère ?

Bon. On dirait que j'ai effectivement embrassé Sean Puttin, ça n'a pas changé. Merci de rien, Bleue.

– Je suis pas près de lui pardonner d'avoir dit que j'embrassais comme un poisson, l'année dernière, dit Karin, furieuse.

Hein ? Maintenant, Karin l'a embrassé ? Karin ne l'aurait pas embrassé si moi je l'avais fait. À moins que je ne l'aie jamais embrassé et que ce soit elle qui l'ait fait ! Je suppose que tout ça vient du fait que j'ai dit à Bleue de ne pas embrasser Sean, mais je ne sais pas comment ça s'est passé.

Karin penche la tête.

– Enfin. Je sais que j'ai les lèvres trop fines. Mais en tout cas, elles seront parfaites quand j'irai à la fac, après que je me les serai fait repulper.

Je manque de m'étrangler avec mon Coca.

– Tu n'as aucun besoin d'injections pour te faire repulper les lèvres. Pas plus que de te faire refaire les seins ! Tu es très belle comme ça !

Elle écarquille les yeux.

– Les seins ? Pourquoi est-ce que je me ferais refaire les seins ? Tu crois que j'ai besoin de me faire refaire les seins ?

– Non ! Je secoue la tête avec véhémence. Absolument pas !

Elle bombe le torse.

– J'ai de beaux seins. Mais les lèvres... Il faut effectivement que je fasse quelque chose.

Après délibération pour savoir si je dois utiliser quelques-unes de mes minutes potentiellement précieuses, je décide que oui, je dois aider Karin. Dès que j'en ai l'occasion, j'envoie discrètement un texto à Bleue :

Bon plan d'avoir chanté les louanges des seins de Karin. Maintenant, fais en sorte qu'elle évite Sean Puttin. Tr. Imp !

Ça commence à m'épuiser d'avoir à faire sans arrêt la navette entre passé et présent.

Après avoir remis le portable dans mon sac, je retrouve mes copines en grande discussion sur le choix des fleurs qu'elles porteront sur leur robe. La fièvre monte à l'approche du bal de promo. Au fait, je regarde autour de moi au cas où je voie Tom Kradowski. Est-ce qu'il est là, lui aussi ? Je vais sans doute bientôt faire sa connaissance.

J'interroge Karin.

– Tu as vu Tom ?

– Il ne va pas chez son père, le week-end ?

Je suis sûrement censée le savoir.

– Ah oui, c'est vrai. Bien sûr.

Je n'arrive pas à croire que je vais aller au bal de promo avec quelqu'un à qui je n'ai jamais parlé de ma vie. En supposant que c'est toujours lui mon cavalier.

– Est-ce qu'il m'accompagne au bal de promo ?

Joëlle éclate de rire.

– Oui. À propos de bal, Jérôme est ici.

Tash lève les yeux au ciel.

– Ça suffit avec Jérôme. Tu ne peux pas l'oublier un peu ?

Joëlle croise les bras d'un air de défi.

– Quel est ton problème ?

– Ça suffit, c'est tout. Il a rompu avec toi il y a trois ans ! Il est temps de tourner la page. Temps d'arrêter de ne penser qu'à lui et d'aller voir ses spectacles en espérant qu'il t'invite au bal de promo. Il ne le fera pas.

Aïe. Tash est dure. Mais d'autre part... ça fait trois ans, non ? Je ne peux plus suivre les événements.

– Tu ne pourrais pas y aller avec quelqu'un d'autre ? dis-je, en essayant de calmer le jeu.

– Il n'y a personne d'autre avec qui j'ai envie d'y aller, rétorque Joëlle. Je n'aurais jamais dû le laisser partir. C'était la plus grosse erreur de ma vie. Je regrette que vous ne puissiez pas comprendre ça, les filles. Je rentre. À plus.

Elle fait volte-face et s'éloigne sans un regard pour aucune de nous trois.

Tash soupire et prend une poignée de bretzels dans un bol en plastique.

– C'est la reine du mélo. Je ne suis même pas sûre que Jérôme lui plaise vraiment. Ce qu'elle aime, c'est l'idée d'être une artiste qui souffre.

Elle fait un signe à quelqu'un de l'autre côté de la pièce.

Je suis son regard et je vois Nick, le bras sur l'épaule d'Elle Mangerls, sa copine de première. Il porte une chemise boutonnée de haut en bas et un jean, mais il a effectivement un look assez sympa malgré son air de premier de la classe. Il rit à quelque chose que lui dit sa copine, d'un grand rire chaleureux qui se propage dans la pièce.

– J'ai entendu dire que ses parents vont lui acheter un avion comme cadeau de fin d'études, chuchote Karin.

– Tu te moques de moi ? (Ça paraît complètement insensé.) Tu veux dire avec un équipage et tout ça ?

– Non. Un petit. Qu'il peut piloter lui-même.

– Comment est-ce qu'il sait piloter ?

Elle hausse les épaules.

– Il a pris des leçons.

Vous imaginez, quelqu'un qui a son avion personnel ! Ou sortir avec quelqu'un qui a son avion personnel ? Je devrais peut-être sortir avec lui ? Pas maintenant, évidemment, puisqu'il a déjà une copine, mais en seconde. Qu'est-ce que ça fait qu'il ait de l'acné ? Ça lui passe, apparemment. C'est un super investissement à long terme. Ce serait chouette de recommencer à sortir avec quelqu'un. Et Nick serait mieux que Bryan dans le rôle. En tout cas, lui, il ne déciderait pas un jour de déménager au Canada.

Je m'éclipse pour téléphoner à Bleue.

– Dis donc...

– Qu'est-ce qui se passe, demande-t-elle. Je croyais que tu essayais d'économiser la batterie ?

– C'est ce que je fais. Mais j'ai une idée. Puisque tu tiens tant à sortir avec un garçon...

– Même pas vrai !

– Comme tu veux. Tu connais Nick Dennings ?

– Euh... oui.

– Sors avec lui, dis-je.

– Nooon. Pas question.

– Quel est le problème ? Ne le juge pas sur son acné.

Qu'est-ce qu'elle peut être superficielle !

– Ce n'est pas du tout à cause de son acné. J'ai essayé d'engager la conversation avec lui ce soir, et il était complètement nul.

– Donne-lui une seconde chance. C'est un type super.

– Pourquoi ? Qu'est-ce qu'il fait ? demande-t-elle avec intérêt. Il guérit le cancer ou un truc comme ça ?

– Tout le monde ne peut pas être dans la filière de guérison du cancer, dis-je. Non, il a un avion.

– Pardon ?

Biiiip !

Bien que le bruit me donne presque une crise cardiaque, je fais comme si je ne l'avais pas entendu et poursuis.

– Il va avoir son avion personnel ! Trop cool, non ? Sa mère a vendu son entreprise de marketing Internet pour un paquet de millions, et en plus il n'a plus d'acné et il est vraiment pas mal. Tu devrais te le réserver le plus tôt possible. C'est quelqu'un de fidèle, c'est sûr. Et il te paierait probablement tes frais d'inscriptions à la fac. Et imagine ! Je pourrais aller en avion partout où je voudrais cet été ! L.A., Miami, n'importe où !

Elle éclate de rire.

– Tu veux que je sorte avec un garçon maintenant parce que dans trois ans sa mère va devenir riche ?

– Ça paraît un peu grossier, quand tu le présentes comme ça.

Elle soupire.

– Si je sortais avec lui maintenant, je serais obligée de rester avec lui jusqu'en dernière année, je suppose ?

– Oui, j'imagine.

– C'est long, je trouve, pour un voyage à South Beach.

– Ce n'est pas que pour ça.

Mais c'est vrai que ce serait trop bien.

– Je ne vais pas sortir avec une espèce de mollasson qui a autant de personnalité qu'une éponge mouillée juste pour que tu fasses des voyages en avion gratuits, désolée.

– Essaie encore une fois de lui parler, c'est tout. Je ne t'en demande pas plus. Donne-lui une chance. Je t'en prie !

Elle émet un claquement de langue peu convaincu.

– Bon, je vais tenter de lui parler une nouvelle fois. Mais c'est tout. S'il n'y a pas d'étincelles, j'abandonne.

– OK, c'est d'accord.

Oh ! J'ai soudain une idée géniale.

– S'il ne te plaît pas... essaie de voir s'il ne plaît pas à Joëlle.

– Mais elle est toujours obsédée par Jérôme Cohen, dit-elle naïvement.

– Justement ! Il faut qu'on en finisse avec Jérôme Cohen. Ce garçon n'était visiblement pas fait pour elle. Si elle tombe amoureuse de quelqu'un d'autre, elle ne pensera plus à Jérôme, d'accord ?

– Tu parles ! C'est juste que tu serais trop contente qu'une de tes meilleures copines sorte avec un garçon qui possède son avion personnel.

J'éclate de rire :

– Ça ne peut pas nuire.

Chapitre 32

Samedi 17 septembre
Classe de seconde

Je retrouve Karin, Joëlle et Tash sur le canapé du living-room des Kellerman. Quand j'aperçois Nick Dennings, isolé dans un coin en train de tripoter son iPod, je lui fais signe de nous rejoindre. Je suis absolument sûre que ce n'est pas mon type de garçon, mais ça ne me gêne pas de jouer les entremetteuses pour essayer de lui arranger le coup avec Joëlle.

Il me regarde, détourne le regard, et revient à moi. Il n'a pas l'air sûr que c'est à lui que je fais signe.

Je recommence.

Il rougit, genre « Qui, moi ? » avant de s'approcher d'un pas hésitant.

– Qu'est-ce que tu fais ? chuchote Karin.

– Vous ne trouvez pas qu'il est assez mignon ? dis-je. Et il est vachement intelligent. Je crois qu'il est bien plus intéressant que Jérôme Cohen.

– Tu es folle, souffle Joëlle à mi-voix.

– Bonjour, dit Nick. Je m'appelle Nick.

Euh.

– Oui, on s'est déjà vus, dit Joëlle en levant les yeux au ciel.

Non, je ne crois pas que ces deux-là vont s'entendre comme larrons en foire. Ils sont un peu comme l'eau et l'huile. Ou l'eau et le portable. Et pas dans le bon sens.

– Excusez-moi, dit-il en rougissant.

Je m'empresse d'ajouter :

– Moi non plus, je ne me rappelle jamais les gens que j'ai déjà vus. J'ai une mémoire épouvantable. C'est un vrai problème.

Nick penche la tête sur le côté en souriant.

– Si tu n'es pas une partie de la solution, tu es une partie du précipité.

Comment ? En quelle langue parle-t-il ?

Tash éclate de rire. Un grand rire gai et chaleureux.

– Je n'ai pas compris, dit Karin.

Je hausse les épaules.

Le regard de Joëlle passe de Nick à Tash.

– Une vieille blague de scientifique, dit Tash en rougissant.

Tiens, tiens. Intéressant. Très intéressant.

Chapitre 33

Dimanche 1er juin
Terminale

Dimanche matin, on frappe énergiquement à ma porte de chambre.

Dimanche matin de bonne heure. Dimanche matin à sept heures et demie.

– Chérie ? dit papa en ouvrant la porte. (Il porte un pantalon à pli kaki et une chemise blanche fraîchement repassée.) Encore au lit ? On démarre dans une demi-heure, le tee nous attend. Tu ferais bien de te dépêcher.

Hein ? Visiblement, quelque chose a changé, mais je ne comprends pas quoi. Pourquoi mon père est-il debout si tôt ? Pourquoi n'est-il pas en robe de chambre ? Pourquoi a-t-il l'air aussi... en forme ?

– On va prendre le thé ?

Il éclate de rire.

– On va jouer au golf. Dans une demi-heure. Grouille-toi. Je viens de brancher la cafetière.

C'est sérieux ? Je saute du lit. Je ne crois pas avoir vu mon père debout d'aussi bonne heure depuis... eh bien, depuis qu'il a perdu son emploi. Et nous allons jouer au golf ? Tous les deux ? Et si nous n'avons rien à nous dire ?

Et comment est-ce qu'on joue au golf, exactement ? Et comment doit-on s'habiller pour jouer au golf ? J'ouvre la porte de mon armoire et fouille dans mes affaires. Est-ce que je peux mettre un jean ? Aucune idée. Je découvre par chance une jupe blanche plissée, un polo rose pâle et un cardigan assorti que je n'avais jamais vus. Ce doit être pour jouer au golf. Très bien. Voilà un problème résolu.

Je m'habille, enfile une paire de chaussettes hautes trouvées dans mon tiroir, noue mes cheveux en queue-de-cheval et descends quatre à quatre boire une tasse de café.

Je tends le bras et les épaules en arrière et je swingue. Non seulement la balle entre en contact avec le club, mais elle part comme une fusée au-dessus de l'épaisse pelouse du terrain de golf.

Je suis naturellement douée pour le golf. C'est trop bizarre. Je ne sais pas consciemment ce que je fais, mais mon corps, lui, n'hésite pas. Dès que j'ai pris le club en main, j'ai su les gestes qu'il fallait faire. Apparemment, j'ai un handicap de dix. Aucune idée de ce que ça signifie.

– Très bon coup ! dit mon père en levant le pouce en signe de félicitations.

Jusque-là, nous passons une journée super. Une journée merveilleuse. Le soleil brille. Des liens se créent entre mon père et moi. Nous n'avons pas passé de moment aussi agréable depuis... en fait, je ne me souviens pas de la dernière fois.

J'ai une sensation de chaleur sur le bout du nez et je fouille dans mon sac pour me remettre de l'écran solaire.

– Papa, viens ici. Tu es en train de prendre un coup de soleil sur la nuque.

Il s'approche nonchalamment et se retourne.

– Qu'est-ce que je ferais sans toi, ma puce ? Tu vas vraiment me manquer quand tu vas être partie à l'UCLA, tu sais.

Il sait que je vais à Los Angeles ? Bien sûr qu'il le sait. Si c'est affiché sur le mur de ma chambre, c'est que ça existe dans ma vie.

– Tu vas me manquer aussi.

Je commence juste à recommencer à être proche de lui et je pars à l'autre bout du pays !

– Et je ne veux pas que tu te fasses trop de souci pour les droits d'inscription. Je regrette que ça n'ait pas marché pour le golf et la bourse d'études, mais c'est le bon moment pour vendre, de toute façon.

Hein ? Je referme le flacon de lotion et le remets dans mon sac.

– Pour vendre quoi ?

– La maison, dit-il, et il avance en tirant son caddie.

Je reste bouche bée et je cours derrière lui.

– Vous voulez vendre la maison ?

– Tu ne vas pas recommencer, dit-il. On a déjà parlé de tout ça. Ta mère et moi, nous n'avons plus besoin de quatre chambres, de toute façon. Ta sœur rentre rarement à la maison et si tu es à l'autre bout du pays, je suis sûr que l'appartement en copropriété que nous avons vu en ville nous conviendra parfaitement, avec deux chambres. Bien plus intime, en fait.

Oh oh.

Chapitre 34

Lundi 19 septembre
Classe de seconde

Quand je me glisse sur mon siège pour la première heure de cours de la journée, Mme Rita serre ses lèvres tartinées de rouge (lequel tend à migrer sur ses dents) et dit en français :

– J'espère que vous avez tous appris vos leçons car nous allons faire une interro surprise !

Euh… Je n'ai finalement jamais pris le temps de faire mes devoirs ce week-end. J'avais besoin de décomposer. Je veux dire décompresser. Je veux dire… j'ai oublié. Je n'ai pas non plus révisé mes mots de vocabulaire pour l'examen de terminale. J'ai passé quatre heures dimanche à la répétition du spectacle et quatre heures de plus à faire des recherches sur le golf. Oui, Ivy, elle, jouait au golf pendant que moi, il fallait que je fasse des recherches. Quand elle me l'a dit, des piqûres de jalousie m'ont démangé le palais.

Je regarde fixement la feuille de test. Je cligne des yeux. Je lève la tête. Baisse les yeux à nouveau.

Si personne ne me voyait, je sortirais mon téléphone et j'enverrais un texto à Future Moi.

Aide-moi !

À moins que ce ne soit :

Au secours !

Si je savais lequel, je n'aurais pas besoin d'aide, en fait.

– Faites passer vos devoirs maison, dit M. Kogut, mon prof de chimie.

J'aurais sans doute dû le faire, non ?

Mrs Lux jette un coup d'œil circulaire dans la classe.

Pas moi, pas moi. Pas moi.

Elle s'arrête sur moi :

– Devi, pouvez-vous nous décrire les trois méthodes utilisées pour gérer la pénurie au niveau national ?

Ivy va me tuer.

Je laisse par hasard – exprès – mon portable dans mon casier pour le reste de la journée, pour ne pas avoir à entendre Ivy me hurler dessus ou lire des messages incendiaires. Quand la cloche sonne la fin des cours, je prends mon courage à deux mains avant d'ouvrir mon casier.

– Tu viens avec moi faire des courses à la galerie marchande ? me demande Karin.

– Oh, euh... peut-être. Je vais d'abord voir si ma mère a appelé... elle voulait que... euh... (Je sors le téléphone.) Je me... lave les dents aujourd'hui.

Karin éclate de rire.

– Quoi ? Te laver les dents ? Qu'est-ce que tu racontes ?

Pas de nouveau message ! Aucun nouveau texto ! Yes ! Je me détends avec un soupir de soulagement et me tourne vers Karin.

– Oh, je voulais dire mon appareil. Je pensais que j'avais peut-être un rendez-vous chez l'orthodontiste, mais je m'étais trompée. Tant pis. C'est bon. Je viens avec toi à la galerie marchande.

S'il n'y a aucun nouveau message, ça signifie que rien n'a changé. Pas encore. Et peut-être que rien ne changera. Ce n'étaient que quelques leçons et devoirs. Une petite journée d'erreurs. Quels dégâts aurais-je pu faire en une seule journée ?

Chapitre 35

Lundi 2 juin
Terminale

Félicitations ! Vous avez été acceptée à Hofstra !

Quoi ? Hofstra ? Qu'est-ce ça veut dire ? J'avais déjà deux lettres d'admission d'universités meilleures que Hofstra ! Hier, j'allais à l'UCLA ! Mes parents vendaient la maison pour que je puisse aller à l'UCLA, ce n'était donc pas la situation idéale, mais tout de même... Ils ne vendaient pas la maison pour payer les droits d'inscription à Hofstra !

Je prends mon téléphone pour l'appeler, et je m'aperçois qu'il ne reste plus que la moitié d'une barre au témoin de batterie. Zut ! J'en ai les paumes moites. Pourquoi est-ce qu'il ne se recharge pas ? Il faut absolument que j'aille chez *Mediazone*. J'avais prévu d'y aller hier, mais quand je suis revenue du golf, la boutique était fermée.

J'entends quelques grésillements.

– Ivy ? Ce n'est pas vraiment le moment, dit-elle. Est-ce que tu peux me rappeler dans quelques heures ?

Pardon ? Je me raidis.

– Comment ça, ça n'est pas le moment ? Nous allons tomber en panne de batterie. C'est le moment. Peut-être le moment ou jamais. Et il faut que tu m'expliques pourquoi je ne suis plus admise à l'UCLA. Et qu'est-ce que tu peux bien être en train de faire qui soit plus important que de me parler ?

– Je vais au centre commercial, avoue-t-elle.

– Au centre commercial ? Tu vas au centre commercial ?

J'insiste sur ces mots comme si c'était une maladie honteuse. Comment peut-elle aller faire des courses en un moment pareil ? Elle devrait attendre tranquillement que je lui dise comment réparer les bêtises qu'elle a faites.

– Tu peux essayer de te montrer un peu plus responsable, s'il te plaît ? Nous avons une catastrophe sur les bras. Tu auras le temps d'aller au centre commercial plus tard. Où es-tu exactement ?

– À l'arrêt de bus, dit-elle. Karin, Tash, Joëlle et moi, on attend le bus et... tiens, le voilà...

– Tu n'y vas pas, dis-je d'un ton sans réplique.

Pourquoi faut-il qu'elle soit aussi égoïste, c'est incroyable !

– Je n'en ai que pour une heure. On va regarder les jeans et acheter un pain aux raisins. On ne peut pas remettre ça à plus tard ?

– J'ai autre chose à faire, plus tard, moi ! Et si jamais le téléphone rend l'âme, plus tard ? Hein ? Qu'est-ce qu'on fera ?

Je sais que je dois avoir l'air d'une râleuse de première, mais je ne peux pas me retenir. Il faut qu'elle me dise ce qui s'est passé.

– D'accord, d'accord, dit-elle.

J'entends Karin dans le fond qui demande :

– Dev, tu viens ?

– Ma mère a besoin de moi, elle me demande de rentrer, ment-elle. Allez-y sans moi, les filles. À demain.

– Tout va bien ? demande Karin.

– Oui, pas de problème, dit Bleue, d'une petite voix malheureuse.

– Alors maintenant, est-ce que tu peux me dire ce qui s'est passé ?

– Pourquoi ? demande-t-elle avec anxiété.

– On est revenues à la case Hofstra ! Qu'est-ce qui s'est passé ? Est-ce que tu as laissé tomber le spectacle du lycée ? Ou le golf ? Ou l'annuaire de promo ?

– Non, je fais encore les trois, dit-elle, au bord des larmes. Et Interagir, en plus !

– Enfin, tu as bien fait quelque chose, dis-je, indignée. Les lettres d'admission sur mon mur ne mentent pas.

Elle soupire.

– Ça a commencé par une interro surprise.

– En quoi ?

– En français.

Je lève les bras au ciel.

– Et alors ? Tu parles français, non ?

– Pas trop ! Et je n'ai pas eu le temps d'apprendre mes leçons ce week-end.

Elle cherche à me tuer ou quoi ? On a un plan, non ?

– Et pourquoi ça ?

– Parce que j'étais épuisée ! Et que j'avais besoin de me détendre ! La semaine dernière a été incroyablement dense et j'avais besoin de récupérer ! Et le téléphone portable est peut-être magique, n'empêche qu'il ne me donne pas plus de vingt-quatre heures dans une journée ! Je ne peux pas tout faire ! Je me suis reposée samedi mais j'ai passé tout mon dimanche à la répétition du spectacle et à faire des recherches sur le golf !

– Eh bien, il va falloir que tu apprennes à organiser correctement ton temps. C'est une des leçons de la vie. J'ai bien appris à m'organiser, moi ? Avant, tout tournait autour de Bryan, et maintenant...

– Autour des ordres que tu me donnes ?

– Nooon. Je répartis mon temps entre le lycée... et mes amies.

Et vérifier qu'elle ne fasse pas de bêtises.

Je ferme les yeux et les frictionne afin de ne pas voir la triste missive affichée sur mon mur.

– C'est vraiment très mal, Bleue. Tu veux que papa et maman vendent la maison ?

– Mais non, s'écrie-t-elle.

– Alors il va falloir que tu bosses un peu plus pour obtenir une bourse, à présent que le truc de la loterie ne peut pas fonctionner. Tu crois que tu as raté l'interro de français ?

– Oui, dit-elle, la voix aussi dégonflée qu'un ballon de baudruche vieux d'une semaine. J'en suis pratiquement certaine. Et j'ai également rendu un devoir de maths qui doit contenir quelques erreurs. Et Mrs Lux m'a interrogée en sciences éco et je ne connaissais pas la réponse.

Biiiip !

– Tu ne l'as pas encore rechargé ? demande Bleue.

– Ça ne marche pas, OK ?

– Pourquoi ?

– Je n'en sais rien ! J'essaie de le réparer !

– Alors, tu crois que c'est vrai ? Le portable pourrait rendre l'âme et on ne pourrait plus jamais se parler ?

Est-ce mon imagination, ou bien y a-t-il de l'espoir dans sa voix ?

– Je vais faire en sorte que ça n'arrive pas, crois-moi, dis-je. Mais si notre temps de conversation touche à sa fin, il faut que tu m'écoutes pendant que tu le peux.

– D'accord, tu as raison, dit-elle avec un soupir. Alors, qu'est-ce que je dois faire ?

Je prends une profonde inspiration.

– Premièrement, il faut te méfier de Rita. Elle adore ces interros surprise. Je crois qu'elle en donne une par semaine. Et elle adore se mettre du rouge sur les dents. Tu as remarqué ?

– Oui, j'ai remarqué. Et merci de me prévenir pour les interros. Ça aurait été génial si j'avais eu l'info hier.

C'est vrai que j'aurais dû y penser plus tôt. Je dois encore avoir cette interro quelque part.

– Attends une seconde. Je parie que je l'ai gardée.

Je me mets à genoux pour fouiller dans le tiroir sous mon lit.

Voilà des devoirs. Beaucoup de devoirs. En bas de la pile, ceux de la classe de seconde. Je farfouille parmi ceux qui sont en français. Les interros. Deux par semaine. Tous les lundis et tous les vendredis.

– Je les ai toutes gardées, dis-je. Les interros de juin. Mai. Avril. Mars. Février. Janvier. Décembre. Novembre. Octobre. Septembre... 16 septembre. Nous y voilà.

– C'est aujourd'hui !

Je m'assois par terre.

– Exactement.

Le 6 écrit en rouge me saute aux yeux.

– Et tu t'es bien plantée, effectivement.

– Comment le sais-tu ? demande-t-elle.

– Allô ? Parce que je le vois. Un bon gros 6, avec un commentaire : « Devorah, la prochaine fois, faites vos devoirs ! » C'est-à-dire, apprends tes leçons.

– Tu parles !

Je feuillette toutes les autres interrogations en lisant les notes.

– 10, 8, 10, 8... Ah ! Mais qu'est-ce qui t'arrive ? Je n'avais pas des notes aussi nulles !

Évidemment, j'avais Bryan pour m'aider, mais quand même. Ces notes sont vraiment mauvaises.

– Je ne sais pas pourquoi, gémit-elle. Je ne suis pas bonne en français, c'est tout. Et de toute façon, tu me fais faire beaucoup trop de choses ! Je ne peux pas tenir le coup.

– Il faut qu'on trouve une solution.

– Comment ?

Un éclair fluorescent s'allume dans mon cerveau. Je regarde tous les devoirs. Seconde, première, terminale, prépa. Ils sont tous là. Entre mes mains.

– Oh, non ! Je les ai tous. Tous les devoirs.

Mais est-ce que je peux faire ça ? C'est mal, moralement, c'est certain. Mais ai-je vraiment le choix ? Si je ne le fais pas, je n'irai peut-être jamais à l'UCLA. Et mes parents pourraient être obligés de vendre la maison.

– Bleue, est-ce que tu comprends ce que ça veut dire ?

– Il faut qu'on apprenne à recycler mieux que ça ?

– Ou alors...

Je n'achève pas ma phrase.

Silence.

– Tu rigoles, dit Bleue. C'est ça ? On ne peut pas regarder les solutions des devoirs et des interros, dit-elle en riant nerveusement. C'est toi qui étais si à cheval sur les principes. Tu ne voulais pas tricher, je croyais ?

– Je sais que c'est risqué. Je sais que le fiasco de la loterie nous a fichu la trouille. Mais là, c'est différent. C'est tout le travail que j'ai fait. Je ne triche qu'avec moi-même. Ça n'est pas vraiment tricher. J'ai fait tout le travail, alors tu n'as pas besoin de le refaire. Et qui sait combien de temps il nous reste ? Le portable peut cesser de fonctionner d'une seconde à l'autre. Normalement, on n'a plus que quelques jours après le déclenchement des premiers bips. Nous avons la responsabilité d'en tirer parti tant que c'est possible.

– Je n'en suis pas sûre, dit-elle.

– Tu m'as dit que tu étais épuisée. En fait, tu n'es pas obligée. Qu'est-ce que tu préfères faire ce soir ? Regarder la télé ou réviser...

Je feuillette le paquet de seconde, en regardant les devoirs.

– ... l'histoire américaine. Tu as un devoir demain, tu sais.

– Je sais. En première heure.

– Alors tu choisis quoi ?

Elle hésite.

– Regarder la télé.

– Exactement. On se demandait comment réussir à tout faire. On a trouvé la solution.

Je l'ai trouvée, disons. Tu vois, Bryan, je n'ai plus besoin de toi. Je peux me débrouiller toute seule.

– Prends ton carnet, tu es prête ? Ta vie tout entière est sur le point de changer.

– J'espère que non, l'entends-je marmonner.

Chapitre 36

Mardi 19 septembre
Classe de seconde

– Devi, vous pouvez rester une minute ? demande Mrs Fungas, ma prof d'histoire américaine alors que je me précipite dehors pour aller déjeuner avant d'aller au comité de rédaction de l'annuaire.

J'ai le cœur qui se met immédiatement à battre la chamade. Je veux dire, pourquoi Fungas voudrait-elle me parler ? C'est louche qu'un prof ait envie de me parler deux heures après que j'ai triché pendant un devoir, non ? C'est très mauvais signe. Je savais bien que c'était une idée stupide de copier. J'ai eu la gorge complètement nouée depuis que j'ai copié toutes les réponses des devoirs d'aujourd'hui et demain, hier soir. Mais vous croyez qu'Ivy m'aurait écoutée ? Non, évidemment.

Au contraire, elle m'a fait noter toutes les questions et les réponses pour le devoir d'histoire américaine, et ensuite mon prochain devoir d'algèbre, et après elle m'a dicté ma dissert sur *Jane Eyre*. Il fallait que j'écrive à toute vitesse parce qu'elle ne voulait pas gaspiller ce qui restait de batterie sur le portable. Elle a même essayé de brancher le téléphone en même temps, mais ça ne rechargeait toujours pas.

– Oui ? dis-je timidement en m'approchant d'elle.

Mon cœur bat à une vitesse folle. Et si les réponses au test avaient changé, avec le temps, pour une raison ou pour une autre ? Ou si Fungas savait quelque chose ? Mais comment pourrait-elle savoir ? Peut-être qu'elle ne les a même pas encore corrigés ? Ou alors j'ai tout raté. Peut-être...

– J'ai jeté un coup d'œil à votre devoir, commence-t-elle en me regardant par-dessus ses lunettes en demi-lune. Et...

J'ai été nulle. C'est sûr. Ivy va me tuer.

– ... vous avez 18. C'est de loin la meilleure note de la classe. Et je me demandais...

Si j'ai triché ? Mon cœur va exploser.

– ... si ça vous intéresserait d'être tutrice pour l'aide aux devoirs.

Hein ?

– Pardon ?

– On m'a demandé de recommander les meilleurs élèves susceptibles d'aider leurs camarades en difficulté. Est-ce que vous accepteriez ? Vous n'auriez à voir que deux élèves par semaine et vous obtiendriez des points supplémentaires dans votre dossier. Qu'en pensez-vous ?

– Oh. Euh...

Tutrice en histoire ? Ivy pourrait sûrement se débrouiller, mais je suis à peine passable dans cette matière ! Je n'aurais jamais réussi ce devoir si Ivy ne m'avait pas donné les questions à l'avance. Et en plus, je n'ai pas le temps. Quand est-ce que je suis censée faire ça ? Toutes mes heures de liberté après les cours sont déjà pratiquement prises.

Mais je ne peux pas refuser une telle proposition sans en parler à Ivy. Elle me tuerait.

Je lui demande :

– Pourquoi pensez-vous que je pourrais être tutrice après les résultats d'un seul devoir ?

– Ce n'était pas un devoir facile, dit-elle en souriant. Et vous me faites une bonne impression.

Ce ne serait pas le cas si vous connaissiez mes méthodes de travail.

– Si ça vous intéresse, vous n'avez qu'à passer au bureau de la vie scolaire et le dire au conseiller d'orientation. Prenez le temps de réfléchir jusqu'à demain. Et félicitations. C'est du bon travail.

Après avoir quitté la classe, je me précipite à mon casier pour aller chercher de l'argent pour payer mon déjeuner. Puis je cours à la cafétéria. J'attrape un sandwich à la dinde, un jus de pomme et un sachet de chips au vinaigre, et je fonce au bureau de rédaction de l'annuaire.

Je m'arrête pile avant de percuter Bryan de plein fouet.

– Tu as de bons freins, dit-il en souriant. On a failli avoir une deuxième collision.

Je ne peux réprimer un sourire.

– Je commence à avoir de l'expérience.

– Et où cours-tu comme ça ?

– Comité de rédaction de l'annuaire, dis-je, légèrement hors d'haleine.

– Tu as de la chance, dit-il. Je suppose que ça veut dire que tu ne veux pas venir avec moi faire un tour dehors et profiter de ce temps magnifique ? J'ai un banc personnel que je serais heureux de te présenter.

– Ah bon, tu as un banc personnel ?

– Oui, mais je serais ravi de le partager.

– Je te remercie, dis-je, mais je ne peux pas.

Pour tout un tas de raisons.

– Tu es sûre ? C'est peut-être l'un des derniers beaux jours, dit-il. Et après l'école ? Tu n'as pas envie d'aller manger une glace ?

– Bryan, je...

Nouveau sourire.

– Une glace purement platonique.

J'éclate de rire.

– J'aimerais bien, mais j'ai une répétition pour le spectacle du lycée.

– Tu es très occupée, dis-moi ! Et demain, tu fais quoi ? Tu joues au foot ?

L'entraînement de golf ne commence que la semaine prochaine. Vite. Vite, une idée.

– Je fais de l'aide aux devoirs. En histoire américaine.

– D'accord. Dommage, mais si tu changes d'avis, mon banc serait très heureux de faire ta connaissance.

Il sourit, fait un geste d'adieu et se dirige vers la cafétéria.

Oui, je sais qu'Ivy ne m'a pas encore donné le feu vert pour l'aide aux devoirs, mais je n'ai pas besoin d'un appareil à lire dans l'avenir pour savoir qu'elle préfère que je sois occupée à jouer les tutrices plutôt qu'à manger une glace avec Bryan. Et pourtant, j'adore... la glace.

Chapitre 37

Mardi 3 juin
Terminale

En allant déjeuner, j'aperçois Tom qui sort par la porte principale. Il est quand même très grand. Il faut absolument que je m'arrête à la galerie marchande pour m'acheter des chaussures à talons plus hauts. Je lui fais un signe de la main. Il hésite un instant avant de répondre de la même manière.

Tiens, tiens.

J'achète un hamburger au fromage et je manque de faire tomber mon plateau en voyant Nick Dennings assis à notre table. Comment est-ce arrivé ?

C'est un coup de Bleue ! Il est installé juste entre Joëlle et Tash, donc Bleue a dû arranger ça à la boum et a omis de me le dire. Oublions la limousine ! Peut-être que je vais aller au bal de promo en avion !

– Alors, dis-je en souriant à Joëlle. On commence par prendre qui vendredi soir ?

– D'abord Karin et Stevey, et ensuite Tash et Nick. Nick, tu passes d'abord chez Tash, c'est ça ? Puis ce sera moi, et ensuite, toi.

Moi toute seule ? Ah bon ? Je suppose que j'y vais sans

cavalier. C'est probablement moins pénible que de faire la conversation à quelqu'un que je ne connais même pas. Alors, je vais peut-être même pouvoir m'acheter une paire de super ballerines ! Au fait. Tash et Nick ? Je les regarde alternativement. Qui aurait cru ? Comment est-ce que ça avait pu m'échapper ? Ils font un couple idéal !

– Je crois qu'il faut que j'accepte l'idée que Jérôme ne va pas m'inviter, alors ? dit Joëlle, le menton appuyé dans sa paume. J'aurais peut-être dû dire oui à Kellerman.

– C'est trop tard maintenant, dit Tash. Il y va avec Elle Mangerls, la fille de première.

Ça devient compliqué. Comme le jeu des chaises musicales.

Pauvre Joëlle. C'est une chose d'aller au bal sans cavalier parce que vous le décidez, mais c'est autre chose d'y aller seule juste parce qu'elle attendait que Jérôme Cohen l'invite. Il faut que je rappelle à Bleue de l'aider à l'oublier dès maintenant.

– On va trop bien s'amuser ! se félicite Karin, ravie. C'est le plus beau bal de promo de tous les temps ! Et finalement, j'ai acheté un iPod pour le voyage en avion.

Quel voyage en avion ?

– Attends une minute, dis-je. Est-ce qu'on prend l'avion de Nick pour aller au bal ?

Tout le monde me dévisage, sidéré.

– Depuis quand Nick a-t-il un avion ? demande Tash.

– Mais Nick a bien... (Oh, bon. Tant pis.) Je n'ai rien dit. De quel avion vous parlez, alors ?

– Le voyage aux Caraïbes ? Tu sais, là où est la nouvelle île de Nick ?

Tash lève les yeux au ciel.

– Je n'arrive pas à croire que ta mère t'a acheté une île comme cadeau de fin d'études. Qui peut faire une chose pareille ?

– Moi, je n'arrive pas à croire qu'elle nous paye à tous le voyage pour aller passer là-bas le week-end de promo, dit Karin. Elle est vraiment super.

Waouh ! Penser à acheter : ballerines, nouveau téléphone, et un maillot de bain d'enfer.

Je tourne la clé dans la serrure pour ouvrir la porte et monte l'escalier quatre à quatre. Je suis sûre que ça va être mieux. J'en suis sûre. Elle a les réponses, les résultats sont forcément meilleurs. J'en suis sûre. Sûre et certaine. Est-ce que ça va être l'UCLA ? Est-ce que je vais avoir récupéré mon admission ? S'il vous plaît, s'il vous plaît, faites que j'aie récupéré mon admission.

Félicitations ! Vous êtes admise à Harvard.

Harvard.

Harvard !

Harvard Harvard Harvard.

Mon Dieu.

On ne parle plus de l'UCLA. J'ai fait mieux que l'UCLA. J'ai battu Maya. Je suis admise à Harvard ! La première université du pays ! C'est dément.

Je scrute les alentours pour voir s'il y a des renseignements concernant la bourse d'études, mais je ne trouve rien.

Bon, alors ce n'est pas encore gagné. Je veux dire, Harvard, c'est génial, mais de toute évidence j'ai besoin d'une bourse. Je ne peux pas laisser mes parents vendre la maison pour m'y envoyer. C'est tout simplement impossible.

J'appelle Bleue.

– On est admises à Harvard, lui dis-je d'une seule traite avant d'éclater en une crise de rire.

– Tu me fais marcher ?

– Pas du tout.

– C'est dément !

– Comme tu dis ! Même Maya, elle n'a réussi qu'à être admise à l'UCLA ! On est officiellement plus intelligentes que Maya !

– Oh, au fait. À propos de Maya, elle veut que j'aille la voir. Pendant le week-end de Christophe Colomb.

– Qu'est-ce que tu racontes ?

Pourquoi est-ce qu'elle vient me parler du week-end de Christophe Colomb quand j'essaie de discuter de Harvard ?

– Maya ? Notre sœur, tu vois qui c'est ? Elle veut me voir.

– Ouais, je sais qui c'est, je te remercie. Mais je ne sais pas ce que tu racontes. Tu ne vas pas voir Maya. Tu ne vas jamais voir Maya.

– Est-ce que tu veux me dire que, en quatre ans, je ne vais jamais voir Maya à l'université, pas une fois ?

Cette affirmation ne me présente pas sous un jour très sympathique.

– Tu es trop occupée ! dis-je avec indignation.

– Comment est-ce que je peux être occupée au point de ne pas avoir de temps pour ma sœur ?

– N'importe quoi. C'est comme ça, point.

– Qu'est-ce que tu as fait exactement pendant le long week-end en question, l'année de seconde, toi ?

Je pense que ça devait impliquer un canapé, un paquet de vidéos, quelques couvertures et mon petit ami du moment. Mais elle n'a pas besoin de le savoir.

– Tu étais avec Bryan, c'est ça ? insiste-t-elle.

– Peut-être, admets-je.

– Bon, je ne suis pas obligée de faire ça. Peu importe si j'ai du travail ou non, je vais voir Maya.

– On verra ça.

Pas question qu'elle s'éclipse comme ça à l'autre bout du pays pendant le week-end. Et si jamais j'avais besoin d'elle à ce moment-là ? Qui sait ce qui pourrait arriver en Californie ? Elle pourrait perturber tout le processus du voyage dans le temps. Et imaginons qu'en remontant les fuseaux horaires, elle dérègle tout ? Jusqu'à ce que je sois admise à Harvard avec une bourse complète, je ne prends aucun risque. Non. Pas avant d'être mariée et d'avoir deux enfants. Non, pas avant... Bon, OK, je ne prends aucun risque, c'est tout. Tant que le téléphone marchera, il faut qu'elle m'obéisse. Et tant pis si c'est épuisant. Pour elle comme pour moi.

– J'irai, dit-elle.

– Tu n'iras pas si je te l'interdis, lui dis-je d'un ton sans réplique.

– Bonjour la maniaque de l'autorité.

Je ne suis pas une maniaque de l'autorité. Absolument pas. Enfin, avant, je ne l'étais pas. Peut-être qu'elle m'a transformée à mon insu.

– Et si jamais il t'arrivait une catastrophe ? Ce serait malin, hein ?

– Qu'est-ce qui pourrait bien m'arriver ? demande-t-elle. J'attraperais un coup de soleil ?

– Ton avion pourrait s'écraser.

Je sais que c'est méchant de dire ça, mais tant pis. Ça pourrait arriver, après tout. Même si je ne devrais peut-être pas parler d'accident d'avion alors que je suis sur le point de m'envoler pour les Caraïbes. Ce n'est sans doute pas une bonne idée d'évoquer la question avec Bleue pour le moment. Enfin.

– Tu te souviens du billet de loterie ? On n'avait pas prévu qu'en gagnant douze millions de dollars, on allait hériter d'Alfonzo en prime.

Elle retient sa respiration, scandalisée.

– Oh là là, qu'est-ce que tu peux être égoïste ! Tu t'en fiches que je m'écrase. Tu ne penses qu'à toi, c'est tout !

– Tu ne m'écoutes donc jamais ? Toi et moi, on n'est qu'une seule et même personne. Et de toute façon, c'est le genre de chose qui peut arriver, dis-je, la voix adoucie. Tout peut arriver. Voilà pourquoi il faut que tu maintiennes le cap. Tout ce que tu vas changer peut avoir des répercussions graves.

– Pourquoi est-ce que ce serait dangereux d'aller voir Maya, alors que d'utiliser tes devoirs ne le serait pas ?

– Parce-parce que c'est moi qui ai fait ces devoirs ! dis-je en bégayant. Ce n'est pas la même chose. En tout cas, je pense que c'est différent.

Je commence à avoir une migraine de tous les diables. C'est à peine si je peux encore dire ce qui est bien et ce qui est mal.

– Il faudrait peut-être que j'arrête d'utiliser tes anciens devoirs, alors ? demande-t-elle d'un ton d'espoir. Au cas où, c'est tout.

– Pas question, dis-je. On ne rétrograde pas de Harvard à Hofstra. Il faut que je te donne les réponses pour tout. Pendant les quatre ans complets.

– Tu te moques de moi ?

– Non ! Et en plus, il faut que tu améliores un peu le niveau.

– Que j'améliore le niveau ? Comment ça ?

– Parce qu'on est peut-être admises à Harvard, mais on n'a pas les moyens d'y aller. Il nous faut une bourse d'études. Où es-tu en ce moment ?

– À la répétition du spectacle. Je passe ma vie en répétitions.

– OK, très bien. Il faut que j'aille à la galerie marchande.

– Pourquoi est-ce que toi tu vas faire des courses alors que moi je suis coincée à ces foutues répétitions ? Je déteste les répétitions ! Je n'ai même pas de texte à dire !

– Parce qu'il faut que moi, je trouve le moyen de réparer notre problème de batterie. Et le magasin de téléphonie est dans la galerie marchande.

Et j'ai besoin de talons hauts pour le bal de promo, mais je pense qu'il serait plus judicieux de garder ce détail pour moi. Pas besoin d'insister sur certaines choses.

– Si tu rentres avant moi, essaie de t'avancer un peu en lecture.

– Pourquoi ? Je croyais que ce n'était plus obligatoire maintenant que je connais les réponses à tous les devoirs ?

– N'empêche que tu dois quand même t'avancer en

lecture, lui dis-je. Et si jamais un prof t'interroge en classe ? Tu ne te souviens pas de ce qui est arrivé en sciences éco lundi ? Tu veux aller dans une fac nulle ? Ou tu veux aller à Harvard ?

Elle ne répond pas tout de suite.

– Sincèrement, je crois que ça m'est égal.

– Fais-moi confiance, tu verras que c'est important.

– Enfin... Au fait, on m'a demandé d'être tutrice pour l'aide aux devoirs. Tu crois que ça peut aider ?

– Absolument ! lui dis-je.

Devi Banks, tutrice pour l'aide aux devoirs ! Qui l'aurait cru ?

– Mais comment est-ce que je suis censée aider des gens à réviser leur cours d'histoire alors que j'ai une mémoire épouvantable ? demande-t-elle. Je ne suis pas sûre que je devrais le faire.

– Ne sois pas idiote, dis-je sèchement.

Zut. C'était méchant. Est-ce que j'ai toujours été aussi méchante ? Depuis ma rupture avec Bryan, je suis devenue tellement... dure. Mais c'est elle qui l'a bien cherché, quand même. Elle me donne une migraine grave. Elle ne voit pas que tout ce que je... nous voulons est à notre portée ?

– Peut-être que je ne peux pas m'en empêcher, dit Bleue. Tu sais, chassez le naturel... et tout le reste.

– Bleue, je retire ce que je viens de dire. Tu n'es pas idiote. Nous ne sommes pas idiotes. Et c'est une opportunité extraordinaire.

Nous sommes si près du but que je le sens déjà.

– Je suis sûre que ça peut nous permettre d'obtenir une bourse à Harvard.

– Te permettre d'obtenir une bourse à Harvard, tu veux dire.

– Nous permettre. Nous. Tout ça nous concerne toutes les deux.

– Tu crois ? Je m'en fiche éperdument d'aller à Harvard, figure-toi. J'ai juste envie d'aller au centre commercial.

– Essaie de voir les choses à plus long terme, je t'en prie.

– Je veux bien aller dans une bonne université, d'accord. Mais est-ce que c'est vraiment nécessaire d'aller dans la *meilleure* ? (Elle soupire.) Comment est-ce que je suis censée faire pour aider aux devoirs alors que je ne comprends rien moi-même ?

– Je t'aiderai.

Biiiiip !

Peut-être. Le signal de batterie intervient maintenant toutes les demi-heures. Super-stressant.

J'appelle Maya en traversant le centre commercial. Je veux m'assurer qu'elle sait que je suis admise à Harvard. Elle ne va pas pouvoir me critiquer maintenant que je suis prise dans la meilleure université, quand même ?

– Salut grosse tête, me dit-elle immédiatement en décrochant.

Apparemment, elle est au courant.

– Salut, dis-je, contente de moi. Comment vas-tu ?

– Super ! Je suis en train de préparer ma valise. Je n'arrive pas à croire que je pars pour l'Europe dans quinze jours !

– Je suis certaine que tu vas passer des vacances formidables, dis-je.

– Tu es sûre que tu ne veux pas m'accompagner ? Je ne vois pas pourquoi il faut que tu prennes des cours d'été pour t'avancer. Tu n'as pas plutôt envie de partir un peu en vacances ?

D'abord, des cours d'été ? Sérieusement ? Et deuxièmement, elle continue à me critiquer, si je comprends bien ? Je suis admise dans la meilleure université et maintenant elle me dit que je travaille trop ?

– Je n'ai pas besoin de vacances, dis-je d'un ton sec.

– Tu es sûre ? On dirait bien que si, à t'entendre. On s'amuserait comme des folles. En Italie, tu pourrais manger plein de pizzas à l'envers.

– Je ne peux pas, OK ? J'ai trop de choses à faire.

– Ça ne te tuerait pas de te détendre un petit peu, dit-elle. Et pourquoi ne pas sortir avec un bel Européen ? Tu as bossé comme une malade pendant quatre ans et tu mérites bien un peu de vacances ! Et une petite histoire d'amour ! Il faut savoir équilibrer les priorités, dans la vie, c'est plus sain.

Je commence à regretter de l'avoir appelée. Voilà pourquoi nous avons cessé de nous téléphoner aussi souvent quand elle est partie à la fac. À l'époque elle me disait que je passais trop de temps avec Bryan. Je n'avais pas envie de l'entendre, alors j'ai arrêté de la rappeler. J'ai cessé de tout lui raconter. C'est à Bryan que je disais tous mes secrets. Il m'a prise sous son aile. Pourquoi est-ce que j'ai toujours besoin d'être sous l'aile de quelqu'un ?

Je hoche la tête. Je n'arrive pas à croire qu'elle me reproche de passer trop de temps à travailler. Il faudrait savoir ce qu'elle veut, quand même.

– Il faut que j'y aille, lui dis-je en arrivant à la boutique de téléphones.

– Devi...

– Je te rappelle la semaine prochaine, d'accord ? Bye.

Je raccroche sans lui laisser ajouter un mot. Sortir avec un Européen ! Je n'arrive pas à croire que Maya me dise que j'ai besoin de me trouver un garçon ! C'est quand, la dernière fois où j'ai eu des problèmes pour sortir avec des mecs ?

Bon, c'est vrai que je vais toute seule au bal de promo. Et alors ?

Je m'avance vers l'employé qui est à l'accueil, pose mon téléphone sur le comptoir et explique mon problème de rechargement.

Il hoche la tête un moment, puis déballe une batterie neuve au lithium qu'il insère dans l'appareil.

– Mmm... ça n'a pas l'air de marcher, dit-il. C'est bizarre.

– À qui le dites-vous !

Il prend le téléphone et l'examine sous tous les angles.

– Je reviens tout de suite.

Cinq minutes plus tard, il revient avec une boîte rectangulaire.

– Et voilà, dit-il avec un grand sourire.

– Vous l'avez réparé ? dis-je, pleine d'espoir.

– Encore mieux, dit-il. Comme vous avez le téléphone depuis plus de trois ans, vous avez le droit d'en choisir un neuf.

Je repose violemment la boîte sur le comptoir.

– Je ne veux pas d'un téléphone neuf ! C'est mon vieux que je veux.

Il cligne plusieurs fois des yeux en me tendant à nouveau la boîte.

– Mais celui-ci est équipé de Bluetooth. Et d'un GPS.

– Ça m'est égal. (Je lui renvoie la boîte sur le comptoir.) C'est le mien que je veux.

– Mais il ne marche pas.

– Alors faites-le marcher !

– Je ne peux pas. (Il hausse les épaules.) Désolé.

Il me rend mon ancien téléphone. Sans Bluetooth. Sans GPS. Avec batterie non rechargeable. Il ne reste plus qu'un demi-signal de batterie. Et maintenant, je fais quoi ?

Chapitre 38

Mercredi 20 septembre
Classe de seconde

Je passe au bureau de la vie scolaire avant de quitter le lycée.

Je frappe deux fois avant d'ouvrir la porte.

– C'est Mrs Fungas qui m'envoie, dis-je à la conseillère pédagogique. (J'ai l'impression d'être ridicule en prononçant son nom à haute voix.) Je dois m'inscrire pour l'aide aux devoirs en histoire américaine.

Elle me fait signe d'entrer.

– Formidable ! Vous pouvez commencer immédiatement. Nous avons un étudiant qui est passé à midi pour demander de l'aide. Je lui ai dit de venir voir après les cours au cas où nous pourrions lui trouver une solution.

Hein ?

– Aujourd'hui ?

Je ne m'attendais pas à commencer tout de suite. D'accord, j'ai relu les chapitres sur lesquels portait le test, mais ce n'est pas comme si je les savais par cœur.

Elle sourit en exhibant des dents d'une blancheur étincelante.

– Extraordinaire, non ?

Je commence à ressentir des frémissements dans la nuque.

– Mais... euh, je ne sais même pas ce que je dois faire...

– Je suis sûre que vous allez très bien vous en sortir, mon petit, sinon Mrs Fungas ne vous aurait pas envoyée. Ce n'est qu'un élève de seconde. Il est dans l'autre cours de Mrs Fungas et il veut réviser son dernier test.

– Oh, mais, je ne crois pas que je vais savoir... Je regrette, mais...

– Le voici justement, dit la conseillère.

Je me retourne.

Bryan.

Il me sourit. J'ai l'impression de rougir de la tête aux pieds.

– Alors, Devi, qu'en pensez-vous ? demande la conseillère. Vous voulez essayer ?

– Oui, dis-je, sans hésiter une seconde. Je peux essayer.

Peut-être qu'Ivy n'est pas obligée de le savoir.

– Allô ?

– Oh là là ! Non ! hurle-t-elle.

– Mon Dieu, qu'est-ce qui se passe ?

Non, elle va me tuer. Je repousse ma chaise.

– Je suis désolée. C'est juste qu'il...

– On a réussi ! On va à Harvard avec une bourse complète !

– On a quoi ?

– Ça a marché ! L'aide aux devoirs ! Une bourse complète ! Pour aller à Harvard !

– Pas possible ? dis-je d'une voix étranglée.

– Si ! L'aide aux devoirs, ça a été décisif ! Waouh !

– Génial ! Mais il faut que j'y aille. J'y suis, justement. En train de faire de l'aide aux devoirs. (J'hésite.) Rien d'autre n'a changé, hein ?

– Non. Il n'y a pas de raison ? Les lettres de Harvard sont bien là. Les photos de mes amies aussi. Rien n'a changé. À part la bourse. Attends, tu parlais de qui tout à l'heure ? C'est qui, il ?

– Personne, dis-je vivement. Le responsable de l'aide aux devoirs. Il n'était pas sûr que je sois capable d'y arriver.

– Apparemment, tu l'es. Parce qu'on est admises ! Et...

Ivy continue à déblatérer, Harvard ceci, Harvard cela, mais au lieu de l'écouter, je regarde Bryan.

Bryan adorable. Drôle.

Les fossettes de Bryan.

– Il faut vraiment que je te laisse, lui dis-je une fois encore.

– D'accord, dit-elle. Amuse-toi bien. Désolée de t'avoir dérangée. Je te rappellerai plus tard.

Je raccroche et j'éteins le téléphone.

– Excuse-moi pour l'interruption, dis-je à Bryan.

Il est assis en face de moi dans un des box d'étude. Il a l'air plus mignon que jamais. Je sais que j'aurais dû dire à Ivy qui j'aidais à faire ses devoirs, mais si ça ne change rien à notre avenir, alors ça n'a pas vraiment d'importance, non ? Si j'avais d'une façon ou d'une autre contribué à renouer nos relations, elle l'aurait remarqué. Oui. J'en suis sûre. Toutes ses photos seraient à nouveau pleines de Bryan.

Ce n'est pas comme si on était en train de s'embrasser ou un truc comme ça. Pas encore. Ha ha. Je rigole. Je l'ai aidé à réviser son test. Il avait oublié le sien, alors j'ai utilisé le mien comme base pour exposer les concepts. C'est assez marrant, en fait. Qui aurait cru que j'étais capable de donner des cours ? On n'a pas vraiment besoin de se rappeler tous les détails quand on explique, le principal, c'est de comprendre ce qui s'est passé et pourquoi. Cause et effet, en quelque sorte. Je suis experte dans ce genre de chose en ce moment.

Cause : Je n'ai pas refusé de donner des cours de soutien à Bryan, et maintenant il est à moins de trente centimètres de moi. Et il a une odeur super-appétissante, comme le pop-corn au beurre.

Effet : Chaque fois que je respire, j'ai l'impression d'avoir des graines qui éclatent dans tout le corps. *Pop.* De l'estomac aux orteils. C'est agréable.

– Alors, comment va Ivan ? demande-t-il.

Je sursaute sans comprendre, puis je me souviens que je lui ai dit que mon copain s'appelait comme ça.

– Il va bien.

– Alors, qu'est-ce que tu fais de beau, à part ça ? demande-t-il. En plus d'avoir un copain ?

– Oh, tu sais... (Je hausse les épaules.) Des tas de trucs.

– Tu as l'air d'être super-occupée tout le temps. Stressée, même, je dirais.

– C'est vrai, admets-je.

– Allez, raconte... dit-il en se penchant par-dessus la table pour poser la main sur mon coude. Qu'est-ce qui te tracasse ?

Pop, pop, pop ! Sa main sur mon bras ! Il a posé la main sur mon bras ! Restons calme. Ce n'est pas comme si c'était important. Ça ne fait absolument rien. Il ne peut pas me plaire. Je n'ai pas le droit. Il ne peut que m'attirer des ennuis. Je me recule, si bien que sa main retombe sur la table.

– C'est juste que j'ai la pression, dis-je.

– Mais pourquoi ?

Il croise les mains sur la table. Dommage qu'il ne me touche plus.

– Eh bien, premièrement, j'ai la pression pour entrer dans une bonne fac.

Il penche la tête sur le côté.

– La fac ? Tu t'inquiètes déjà de savoir dans quelle fac tu vas aller ? Un mois après être entrée en seconde ?

Je me mordille les lèvres.

– Quand tu dis ça comme ça, c'est vrai que ça paraît un peu tôt, peut-être.

– Tu prévois aussi quels cours tu vas suivre à la fac ? Et quel boulot tu vas faire après ? Tu commences à cotiser pour ta caisse de retraite ?

J'éclate de rire.

– Mais quoi, tu ne t'inquiètes pas de ton avenir ?

Il hausse les épaules.

– Je m'inquiète du présent. J'essaie de profiter de la vie, tu vois ? Du jour, du soleil, de mon banc.

Je glousse.

– Tu l'adores, ce banc, hein ?

– Mais oui, je l'aime bien, c'est vrai. J'aimerais bien te le faire connaître, si tu as envie de l'essayer.

– Pourquoi pas, merci.

– Quand tu veux. Il est super pour favoriser la relaxation.

– J'imagine qu'un peu de relaxation ne me ferait pas de mal, dis-je. J'ai tellement la trouille de tout rater.

– Tu as juste besoin de décompresser un peu, répète-t-il. Et peut-être de dormir un peu plus.

Je tortille une de mes boucles.

– J'ai l'air fatiguée ?

Il rougit.

– Je ne voulais pas dire que tu avais mauvaise mine. Tu es très jolie. Comme toujours.

Pop, pop, pop !

– Tu as l'air surchargée de boulot, c'est tout, ajoute-t-il.

C'est sûr, je suis surchargée de boulot !

– C'est à cause de toutes mes activités extrascolaires. J'ai un peu trop chargé la barque...

Il hausse les épaules.

– Tu n'as qu'à en laisser tomber quelques-unes, alors. Quelles sont celles qui ne te plaisent pas ?

– Toutes. Non, pas vrai. J'aime bien organiser les souvenirs et les photos dans l'annuaire de promo. Mais *La Belle et la Bête,* c'est un peu nul. Ça me prend un temps fou et je n'ai même pas de texte à dire.

Il éclate de rire.

– Je crois que tu vas faire un arbre très mignon.

– Merci. Mais je vais probablement faire un meuble dans le palais de la Bête. Peut-être un fauteuil. Ils n'ont pas encore fait le casting pour le chœur. La plupart du temps, on est juste assis sans rien faire et... bon, on joue le rôle du mobilier.

– Je suis sûr que tu peux faire un joli fauteuil. Mais bon, j'espère que personne ne s'assiéra sur toi. En même temps, je suis tout aussi sûr qu'ils pourraient te trouver un remplaçant sans aucun problème.

– Je sais, mais si je laisse tomber le spectacle, alors Tash laissera tomber, elle aussi. Et pour elle, c'est super, je ne peux pas lui faire ça. D'autre part, je me suis inscrite dans Interagir, c'est impossible de me dédire, tu ne me vois pas laisser tomber un engagement bénévole. Je serais vraiment au-dessous de tout. Oh, et en plus, j'ai le golf.

Il hausse un sourcil interrogateur.

– Tu joues au golf ?

– Non, mais je veux lancer une équipe féminine.

– Pourquoi est-ce que tu veux lancer une équipe féminine alors que tu ne joues même pas ?

– Mon père joue. Enfin... un peu. (Je me tais avant que ça ne devienne trop embrouillé.) Donc, tu vois, je ne peux rien abandonner. En plus, toutes ces activités vont m'aider pour mes dossiers d'admission à la fac.

Je serre les lèvres. Assez parlé de moi et de mes obsessions universitaires, c'est particulièrement chiant.

Depuis quand suis-je devenue un tel bonnet de nuit ? Depuis quand ai-je oublié le plaisir de m'asseoir sur un banc ? Et de la compagnie de ceux qui y sont ?

– Et toi, alors ? Est-ce que tu fais des activités ? Je t'ai vu passer les sélections pour l'équipe de base-ball.

– Ah bon, tu m'as vu ?

Je rougis.

– Alors tu as vu mes performances particulièrement navrantes. Je n'ai pas été pris dans l'équipe, naturellement. Mais je joue avec des copains en ville, alors ça n'est pas grave. Oh, et je pensais me mettre à la batterie. Pour le moment, je suis encore plutôt nul, mais je m'amuse bien.

– C'est bien. Tu as un profil super-équilibré. Ça devrait beaucoup plaire aux universités.

Génial, voilà que je recommence.

– Je n'ai pas encore réfléchi autant que toi à mon orientation universitaire, dit-il avec un sourire. Mais mon père adorerait que j'aille à la fac à Montréal. C'est là-bas qu'il habite.

– Il y a de bonnes universités à Montréal ?

– Tout à fait. McGill et Concordia, pour ne citer que celles-là. Et j'adore quand je retourne là-bas. J'y suis né, en fait.

J'appuie le menton dans ma paume.

– C'est vrai ? Alors maintenant, tu habites juste avec ta mère ? Ou alors elle s'est remariée ?

– Juste avec ma mère.

– Quand est-ce que tu es arrivé ici ?

Soudain, j'ai envie de poser une foule de questions à mon adorable Bryan. Je veux tout savoir de sa vie.

– À la fin de mon année de sixième, ma mère a décidé de s'installer ici avec moi.

– Je parie qu'avec un nom comme Florence, tu t'attendais à trouver une ville un peu plus exotique. Tu sais, où on te servirait des glaces et de la mozzarella fraîche à la cafétéria.

Il éclate de rire.

– Oui, je suppose.

– Est-ce que tu vas souvent voir ton père ?

Il hausse les épaules.

– Bof... Il est remarié, et il a un bébé.

– Alors, tu veux dire non ?

– Je monte à Montréal à peu près une fois par an.

Je hoche la tête.

– J'ai du mal à imaginer de ne voir mon père qu'une fois par an.

– C'est nul, les longues distances, non ?

– Non ?

Il rit.

– C'est une façon de parler que j'avais à Montréal.

Ivy aussi parle comme ça. Je suppose que c'est de Bryan qu'elle tient l'expression. Je me demande quelle autre particularité elle lui a empruntée.

– Et toi, est-ce que tu trouves ça dur, la distance qui te sépare d'Ivan ? Je crois que je ne serais pas capable d'avoir des relations avec quelqu'un qui habiterait loin de moi.

– Ça peut poser des problèmes, oui. (Je n'ai pas envie de parler de mon copain imaginaire.) Mais je sais ce que c'est, de manquer de contact avec son père. Le mien est un accro du boulot, ce qui fait qu'on ne passe pas beaucoup de temps ensemble.

– C'est moche.

– Oui. Pas aussi moche que ça a dû être pour toi de déménager à la fin de la sixième, non ?

Il sourit.

– Ça n'a pas été trop dur. J'ai rencontré Jérôme. C'est un gars super.

– Oh, Jérôme.

Je sais que suis censée le détacher de Joëlle, mais comment faire alors que je ne les ai même pas encore rapprochés ?

Il sourit.

– Qu'est-ce qu'il a, Jérôme ?

Je ne sais pas comment le dire sans paraître bizarre.

– Non, rien. Ce n'est pas grave.

– Est-ce que ça concerne Joëlle ? demande-t-il.

– Non, dis-je vivement. Pourquoi ? Qu'est-ce qu'elle a, Joëlle ?

– Elle plaît bien à Jérôme. Je crois qu'il va lui demander de sortir avec lui. Qu'est-ce que tu en penses ? Tu penses que c'est son genre ?

– Non, pas du tout.

Et voilà, trop facile !

– Oh, dit-il en clignant des yeux. Dommage !

– Oui. Mais il ne lui plaît pas. Désolée. Tu devrais lui dire de ne pas lui proposer de sortir avec lui.

Ivy me doit une fière chandelle.

– Il va être super-déçu, dit Bryan en fronçant les sourcils.

J'écarte l'objection d'un geste de la main.

– Ils ne sont pas faits l'un pour l'autre. (Et de toute façon, il va la larguer.) Mais pour en revenir à toi, si tu es originaire de Montréal, comment se fait-il que tu n'aies aucun accent, ni rien ?

– Mon père est anglophone, en fait. Mais j'ai suivi des cours de français en immersion totale quand j'habitais à Montréal. Si jamais tu as besoin d'aide en français, je suis ton homme.

Je me redresse.

– Tu m'aiderais ? C'est moi qui suis censée t'aider, au fait.

Je jette un coup d'œil à ma montre. Il ne nous reste que dix minutes.

– On devrait peut-être s'y mettre ?

Non que j'aie envie de parler d'histoire américaine. Je préférerais de loin étudier l'histoire de Bryan.

– Oh, ne t'inquiète pas, dit-il. Je ne me débrouille pas si mal en histoire américaine. En réalité, je n'ai même pas Fungas en cours.

– C'est vrai ? Mais alors pourquoi tu t'es inscrit pour l'aide aux devoirs ?

Il rougit.

– Je voulais passer un moment avec la tutrice.

Pop ! Pop ! Pop !

Chapitre 39

Jeudi 5 juin
Terminale

J'attends qu'on passe me chercher. J'attends. Et j'attends encore. Où est passée Joëlle ? Il est déjà huit heures moins dix. J'espère que rien de grave n'est arrivé.

J'attends encore cinq minutes avant de me précipiter dans la maison pour téléphoner. Où sont-elles donc ? Les cours vont commencer d'une minute à l'autre ! Il faut absolument que je m'achète un portable neuf. Pas pour remplacer mon téléphone magique, mais pour pouvoir communiquer avec les autres, ceux qui ne sont pas... euh, moi.

Je laisse tomber mon cartable en vrac et compose en hâte le numéro de portable de Joëlle.

– Allô ? dit-elle.

– Salut ! Alors, qu'est-ce qui vous est arrivé ?

Silence.

– Joëlle ? dis-je.

– Qui est à l'appareil ? demande-t-elle.

– C'est moi ! Devi !

– Euh... Bonjour Devi. Comment vas-tu ?

Elle parle d'une voix bizarre, polie.

– Je m'inquiétais ! Tout va bien ? D'habitude, vous êtes déjà arrivées à cette heure-ci.

Les cours vont commencer d'une seconde à l'autre. Il faut qu'on aille en cours !

J'entends la sonnerie. Elle est déjà au lycée ? Est-ce qu'elle a oublié de passer me prendre, tout simplement ?

– Déjà arrivée où ? demande-t-elle.

Qu'est-ce qui se passe ? Pourquoi n'est-elle pas passée me prendre ? Pourquoi a-t-elle une voix si bizarre ? Comme si elle ne savait pas pourquoi je l'appelle.

Comme si on n'était même pas amies.

Oh. Mon. Dieu.

– Tant p-pis, dis-je en bégayant. Désolée, Joëlle, je me suis trompée de numéro.

Je raccroche et monte quatre à quatre à ma chambre.

Les photos ont disparu. Les cadres sont encore là, mais au lieu de photos de Tash, Joëlle, Karin et moi, il n'y a plus que des clichés où on me voit avec... Celia King.

Chapitre 40

Jeudi 22 septembre
Classe de seconde

Je me dirige vers la cafétéria. Lentement. Très lentement. Je sais que quelque chose se passe mal, mais je ne sais pas quoi, ni quand. Je sais seulement que ça ne vaut rien.

Ivy m'a passé un savon ce matin.

– Qu'est-ce que tu as fabriqué ? m'a-t-elle hurlé dans les oreilles.

– Rien, ai-je répondu.

Je n'avais vraiment rien fait. Après la session d'aide aux devoirs, j'ai dit au revoir à Bryan et c'est tout.

Et de toute façon, je ne crois pas que ce qui s'est passé a un rapport avec Bryan, parce que sinon ce sont ses photos qui seraient réapparues sur le mur, pas celles de Celia.

– En tout cas, tu as tout gâché, a-t-elle lancé rageusement. Le bal de promo a lieu demain et je ne sais toujours pas avec qui j'y vais, ni avec qui je pars en limousine. Je vais probablement accompagner Celia et Bryan. Ou je leur tiendrai peut-être la chandelle. Je te remercie infiniment.

– Mais je ne sais même pas ce que j'ai fait, ai-je gémi.

– Tu as intérêt à le savoir et à tout remettre en ordre !

Biiiiiip !

– Je ne peux pas tout faire ! ai-je crié, perdant finalement mon calme. Je ne peux pas avoir des A partout, faire partie de la rédaction de l'annuaire, de l'aide aux devoirs, jouer dans le spectacle, lancer une équipe de golf et garder mes amies ! Je n'en peux plus ! J'en ai ras le bol !

– Un peu de courage, a-t-elle aboyé. Quel bébé tu fais !

– C'est facile pour toi de dire ça, tu n'as rien à faire, à part sortir avec tes copines, ai-je répliqué, furieuse.

– À condition qu'elles me parlent.

– Tu n'aurais même pas d'amies si je n'étais pas là, lui ai-je rappelé.

– Tu arranges ça, OK ? a-t-elle lancé avant de raccrocher.

Tout le monde était normal ce matin. Karin, Tash et Joëlle étaient devant nos casiers et rigolaient bien, apparemment.

Rien de bizarre.

J'ai suivi le cours d'histoire américaine avec Karin. On était assises l'une à côté de l'autre. Tout était normal.

J'ai horreur de cette sensation, comme si à tout moment la totalité de mon univers allait exploser. Je n'ai aucune idée de l'endroit où est cachée la bombe, mais je sais qu'elle est quelque part et qu'elle va m'éclater à la figure. Ma figure de seconde.

Je ne vois aucune de mes amies à la cafétéria, ce qui m'inquiète. Alors je m'achète un croque-monsieur, des frites et un jus de fruit et je redescends au comité de rédaction de l'annuaire.

Boum.

Je tombe sur Tash, Karin et Joëlle, serrées l'une contre l'autre devant la porte, en plein conciliabule.

Tash a les bras croisés, Karin a l'air d'être sur le point de pleurer et les yeux de Joëlle lancent des éclairs.

– Coucou, les filles, dis-je prudemment.

– Il faut qu'on te parle, dit Karin, en me faisant signe de rejoindre le cercle.

– Dis-moi la vérité, lance sèchement Joëlle. Est-ce que Jérôme Cohen te plaît ?

Je reste bouche bée.

– Quoi ? Mais non !

– Ne mens pas, dit-elle, la voix tremblante.

– Non ! Je te jure !

Joëlle met les mains sur les hanches.

– Alors quand tu as appris que je lui plaisais, pourquoi as-tu dit à Bryan qu'il ne fallait pas qu'il me demande de sortir avec lui ?

Oh oh. J'ai l'estomac qui fait des nœuds. J'ouvre à nouveau la bouche, mais je ne sais pas quoi dire. Quelle espèce de raison est-ce que je pourrais donner ?

– Bryan l'a dit à Jérôme et Jérôme l'a répété à Donovan qui l'a dit à Clara qui me l'a dit, alors pas la peine d'essayer de me faire croire que ce n'est pas vrai.

Je ne tente pas de nier. Impossible.

– Je crois que c'est parce qu'il te plaît, poursuit Joëlle. Tu veux te le garder pour toi. Voilà pourquoi tu n'arrêtais pas d'essayer de me vendre Nick Dennings. Et pourquoi tu ne voulais pas sortir avec Bryan. C'est trop débile, Devi. Tu aurais pu me dire qu'il te plaisait, tout simplement. Tu n'étais pas obligée de mentir à Bryan.

J'ai la bouche sèche. Je ne sais pas quoi dire. Elle ne me pardonnera jamais.

Je regarde Karin, en espérant qu'elle prenne ma défense, mais la peine que je lis dans ses yeux me dit qu'elle n'en fera rien. Qu'elle croit ce que dit Joëlle. Qu'elle pense à Anthony Flare. Le garçon avec qui je suis sortie au collège alors que je savais pourtant qu'il lui plaisait à elle...

Je ne sais pas quoi leur dire. J'ai besoin qu'Ivy me conseille sur la marche à suivre.

Alors je ne dis rien.

Joëlle secoue la tête.

– Je crois que je vais laisser tomber le comité de rédaction de l'annuaire, aujourd'hui. Je ne suis pas d'humeur.

Elle s'éloigne dans le couloir, suivie de près par Tash et Karin.

Chapitre 41

Jeudi 5 juin
Terminale

– Il faut que tu me dises ce que je dois faire, dit-elle après m'avoir raconté toute la lamentable histoire.

Je suis rentrée du lycée, dans ma chambre. Bleue est censée être à la répétition du spectacle, mais en fait elle s'est réfugiée dans les toilettes pour me téléphoner.

Biiiiiiiiiip !

Naturellement, c'est maintenant qu'elle me demande mon avis. Quand on n'a pratiquement plus de batterie. Le téléphone va rendre l'âme d'une minute à l'autre. Il n'y a plus de témoin de batterie visible. Zéro.

Je ne peux pas croire qu'elle ne m'ait pas dit tout de suite que Bryan s'était sournoisement arrangé pour s'inscrire à l'aide aux devoirs. Qu'est-ce qu'il fichait à l'aide aux devoirs ? Bryan n'a jamais pris un seul cours de soutien de toute sa carrière de lycéen. Visiblement, il n'y est allé que pour pouvoir la rencontrer. Me rencontrer.

– On n'a pas de temps à perdre avec ce genre d'idioties, dis-je sèchement.

Je suis assise en tailleur sur le tapis, avec tous mes devoirs étalés autour de moi comme une couverture.

– Il faut que tu te concentres. On n'a plus le temps.

J'ai tout essayé. J'ai appelé le fabricant. J'ai appelé l'opérateur. Rien n'y fait. Le téléphone ne se recharge plus. Notre temps de connexion est épuisé.

– Mais je me concentre sur quoi ? demande-t-elle, paniquée. Sur les cours ? Sur les copines ? Sur la distance que je dois mettre entre Bryan et moi ?

J'ai le cœur qui bat la chamade dans ma poitrine comme si j'avais couru le marathon.

– Sur les cours ! Il faut que tu te concentres sur les résultats scolaires !

– Mais Karin et mes copines ?

Biiiiiip !

– Tu n'y penses pas pour l'instant, dis-je vivement. Il faut que je te donne les réponses de tous les devoirs avant que le téléphone ne marche plus.

– Mais qu'est-ce que je vais faire ?

– Il faut que tu te demandes : que ferait Ivy ? OK ? Tu peux faire ça ?

– Oui, dit-elle.

– Bon. Et maintenant, tu ne parles plus. Tu écris, c'est tout.

– Mais...

Biiiiiip !

– On va commencer par les plus importants. L'examen de maths de terminale. C'est un test à choix multiple, alors je vais juste te lire les réponses. Tu es prête ? C, B, A, D, A...

– Attends ! Je ne vais jamais pouvoir me rappeler une liste de lettres ! J'ai besoin des questions !

– On n'a pas le temps ! Note les réponses !

– Mais... je... il faut que je prenne quelque chose pour écrire.

Elle se moque de moi, ou quoi ?

– Grouille-toi !

– Je suis dans les toilettes ! Je n'ai pas de crayon, moi ! Je n'ai que de l'eye-liner !

– Tu n'as qu'à le prendre !

– Et j'écris sur quoi ? Du papier toilette ?

Biiiiiip !

J'ai envie de me cogner sur la tête avec le téléphone.

– Tu n'as donc pas compris pourquoi je t'ai demandé de toujours avoir un carnet sur toi ? Tu n'écoutes rien !

– Excuse-moi, excuse-moi – il est dans mon cartable dans mon casier ! Arrête de m'engueuler, s'il te plaît ! Je fais tout ce que je peux.

Je prends une profonde inspiration.

– Bon, utilise le papier toilette.

– Sérieusement ?

– Si c'est la seule option, oui. Je recommence. Tu es prête ?

– Je suis prête.

Biiiiiip !

– C, B, A, D...

Je passe toutes les réponses du test de maths, puis de l'examen de chimie, et encore quatre autres épreuves de l'examen final, jusqu'à ce que le bip intervienne toutes les deux secondes, au point qu'on arrive à peine à s'entendre.

– Et pour l'interro de français de demain ? hurle Bleue. Est-ce qu'on a le temps ? J'ai toujours des résultats catastrophiques en français, j'ai besoin de ton aide.

Je fouille dans l'amas de devoirs en désordre sur le sol.

– Ne quitte pas, je vais le trouver. Le voilà, le voilà... Prête ? La réponse à la première question, c'est...

Biiiiiip ! Biiiiiip ! Biiiiiip !

La communication est coupée.

Chapitre 42

Jeudi 22 septembre
Classe de seconde

Je n'entends que le silence.

Oh, non ! Je hurle :

– Allô ? Allô ?

– C'est à moi que tu parles ? demande une voix de l'autre côté de la porte des toilettes.

– Non, excuse-moi !

Je suis assise sur le siège fermé des toilettes, avec un tas de papier toilette griffonné sur les genoux.

Elle a disparu.

Qu'est-ce que je vais faire à présent ? Comment savoir avec quelles amies je dois m'entendre ? Avec qui je dois sortir ? Qu'est-ce qui va se passer après ? Et l'interro de français de demain ?

Le téléphone vibre dans ma main.

Oui ! C'est elle ! Elle est revenue ! Elle a trouvé une solution pour nous sauver !

J'appuie frénétiquement sur la touche entrée.

– Ouf ! dis-je avec enthousiasme.

– Quel charmant accueil ! dit une voix.

Qui n'est pas celle d'Ivy. Une voix masculine. Bryan.

– Salut, dis-je, interdite.

– Salut, dit-il. (Je l'entends sourire au téléphone.) Qu'est-ce que tu deviens ?

– Oh, je... (Je jette un coup d'œil autour de moi.) Je suis encore au lycée.

– Ah bon ? Moi aussi. Je te cherchais, mais je ne t'ai pas vue.

– Je passais juste à mon casier.

Mensonge évident.

– Je suis à côté de ton casier, justement.

Raté.

– Tu me prends en flagrant délit, en fait je suis aux toilettes.

Il éclate de rire.

– Tu fais quoi cet après-midi ?

Je regarde ma vie s'effondrer ? Je me demande s'il pourrait m'aider pour le problème Jérôme-Joëlle. Mais comment lui expliquer ça ? Impossible.

– Je suis censée aller à la répétition, dis-je à la place. Mais en fait je devrais réviser pour mon interro de français de demain.

– Tu as besoin d'aide ? demande-t-il. Tu sais que je suis bilingue.

– Oh, euh...

Je ne sais pas. Est-ce que je voudrais qu'il m'aide ? Comment suis-je censée savoir ce que je dois faire ?

– On se retrouve dans la salle de documentation, dit-il. Je vais t'aider.

– Tout de suite ?

– À moins que tu ne préfères passer le reste de la soirée dans les toilettes ?

Je glousse.

– Non. C'est un peu étouffant, là-dedans.

Ivy a bien précisé que la priorité entre toutes était d'améliorer mes résultats scolaires. Sans les réponses à l'interro, je pourrais récolter un autre 6. Et Bryan est la seule personne vers qui je peux me tourner. Je ne peux plus communiquer avec Ivy, et mes copines ne me parlent plus... Qui d'autre pourrait m'aider ?

– Allô ? Devi ? Alors, tu viens ?

Mais je ne suis pas censée rencontrer Bryan ! Je tripote le loquet. Puis je le lâche. Je me lève. Et je me rassois.

Je ne sais pas du tout quoi faire.

Chapitre 43

Jeudi 5 juin
Terminale

Incroyable ! Ma lettre d'admission s'est métamorphosée à la seconde même où le téléphone a rendu l'âme. Harvard a disparu. Je suis admise à l'université de New York, la NYU, qui est sans aucun doute une des meilleures, mais ce n'est pas la première. Et, plus grave, on ne me propose pas de bourse d'études pour y entrer.

Que s'est-il passé ? Je fais les cent pas dans ma chambre. Qu'est-ce que je fais ?

J'ai du mal à respirer, j'étouffe là-dedans. Il fait trop chaud. J'ai l'impression que la pièce est plus petite. Est-ce qu'elle a rétréci ? Est-ce que Devi a fait un truc qui a rétréci ma chambre ? J'ai besoin d'air. J'attrape mon téléphone et mon sac et je crie à mon père que je vais faire un tour. Je claque la porte derrière moi.

Je m'assois sur les marches et respire un bon coup. Qu'est-ce que je suis censée faire maintenant ? Je me tords les mains.

La Jetta bleu vif de Bryan s'avance dans l'allée du garage. J'ai l'estomac qui fait des nœuds. Qu'est-ce qu'il fait ici ? Je serre mes genoux contre ma poitrine.

Il descend sa vitre.

– J'essaie de t'appeler depuis je ne sais combien de temps. Qu'est-ce qui se passe avec ton téléphone ?

C'est à moi qu'il parle. Qu'est-ce que ça signifie ? Pourquoi est-ce qu'il me parle ? Pourquoi est-il ici ?

– Il est en panne, dis-je.

– J'ai essayé de te retrouver après les cours, mais tu es partie comme une flèche.

– J'avais des trucs à faire, dis-je.

Je ne sais pas où regarder. Je ne comprends pas ce qu'il fait ici.

– Viens faire un tour, dit-il.

Hein ?

– Je ne sais pas.

Son front se plisse d'incompréhension.

– Pourquoi pas ?

Je baisse les yeux sur mon poignet. Le bracelet me renvoie un scintillement. Qu'est-ce que ça veut dire ? Qu'est-ce que Bleue a fabriqué ? Elle est tombée amoureuse de lui ? Elle est sortie avec lui ? On est toujours... mon cœur fait un bond. On est toujours ensemble ?

Je descends les marches quatre à quatre et grimpe dans sa voiture.

Chapitre 44

Jeudi 22 septembre
Classe de seconde

Je suis assise en face de Bryan dans la salle de documentation.

Il est trop mignon. Vraiment.

Je ne peux m'arrêter de sourire. Je n'aurai pas 18 à mon interro, d'accord. Je peux me faire à cette idée. Mais je suis pratiquement sûre que je n'aurai pas 6 non plus. L'aide de Bryan est réellement efficace, et en fait je suis ce qu'il dit. Quand mon regard ne reste pas fixé sur ses lèvres.

Il a des lèvres superbes.

Adorables.

OK, je n'irai peut-être pas à Harvard, mais ce n'est pas comme si j'allais le savoir tout de suite. Je veux dire, je ne le saurai pas avant trois ans. Est-ce qu'il faut vraiment que je me fasse du souci dès maintenant ?

Non, pas vraiment.

Maintenant que je n'ai plus Ivy à l'autre bout du fil, plus besoin d'être obsédée par l'obligation d'entrer à Harvard. Ni par mon avenir. Ni par quoi que ce soit qui ne soit pas en face de moi à cette table.

Il est temps que je prenne mes décisions toute seule.

– Hi, dis-je en souriant.

C'est plus fort que moi.

Il répond avec une mimique amusée.

– C'est *bonjour* que tu veux dire, non ?

Chapitre 45

Jeudi 5 juin
Terminale

Nous allons jusqu'au carrefour et il arrête la voiture en face du parc Hedgemonds. Magnifique. Là où a eu lieu notre premier baiser.

– Alors, qu'est-ce qu'il a ton téléphone ? demande-t-il. Il a fini par aller au paradis des portables ?

Au lieu de le regarder, je fixe un point au-dehors, dans la direction des balançoires.

– J'imagine. On dirait qu'il ne peut plus se recharger.

– Tu veux que j'y jette un coup d'œil ? demande-t-il.

– Si tu veux.

Je fouille dans mon sac, en sors mon téléphone et le lui tends.

Nos mains se touchent et une étincelle me traverse le bras.

Avant que je puisse m'en rendre compte, il se penche vers moi et nous nous embrassons. Ses lèvres sont douces, si douces, et tout semble à nouveau si bien, si sûr. Il est redevenu mon Bryan.

C'est parfait. Nous sommes sur un nuage. Tout est comme ça devrait être. Tout est redevenu comme avant.

Il a dû changer d'avis. Quelque chose a dû se passer, qui l'a fait changer d'avis. Bleue a peut-être dit quelque chose, fait quelque chose pour qu'il m'aime davantage. Et désormais, il va rester ici. Il ne va pas me quitter. Tous mes projets universitaires, tout ce qui concerne mes amies, tout ça est oublié depuis longtemps.

– Je t'aime, lui dis-je.

– Moi aussi, je t'aime, dit-il. Tu as intérêt à venir me voir.

Quoi ? Je m'écarte, soudain glacée de la tête aux pieds.

– Tu pars toujours à Montréal ?

Il cligne des yeux, perplexe.

– Oui.

J'étouffe, je ne peux plus respirer, comme si quelqu'un me marchait sur la gorge.

– Tu me quittes ? dis-je en chuchotant.

Son visage se crispe.

– Je... oui. On en a déjà parlé. Tu sais bien que je vais à Montréal. C'est la meilleure solution.

Une nausée me submerge, tel un tsunami.

– Je ne peux pas croire que tu persistes à vouloir partir.

Je suis soudain furieuse. Contre lui. Contre moi-même. Il suffit qu'il m'embrasse et j'oublie immédiatement tout ce que je m'efforçais de réaliser ? Tous mes projets ? Et moi alors ? Et si on parlait de la meilleure solution *pour moi* ?

Il me prend par l'épaule. Il me serre.

– Mais nous avions convenu qu'il valait mieux nous séparer. Tu voulais...

– Toi, tu as convenu ! Je n'ai convenu de rien !

Est-ce que j'ai pu accepter ? Est-ce possible ? Comment aurais-je pu accepter une décision pareille ? Mais qu'est-ce qui m'arrive ? Qui suis-je ? Les larmes ruissellent sur mes joues à présent, elles me brûlent la peau. Il faut que je sorte d'ici. Immédiatement. J'ai les mains qui tremblent, je saisis la poignée, j'ouvre la porte à toute volée et je m'enfuis en courant pour rentrer chez moi.

– Devi, attends ! crie Bryan. On peut en parler. Je t'en prie !

Au lieu de répondre, je continue ma route.

– Demain, qu'est-ce que tu en penses ? Est-ce qu'on peut en parler demain ? C'est le bal de promo !

Pas question d'aller au bal de promo avec lui. J'aimerais encore mieux y aller seule. J'aimerais encore mieux y aller avec Tom. Quelqu'un qui ne compte absolument pas pour moi. Quelqu'un qui ne pourra jamais me faire de mal. Je saisis le fermoir de mon bracelet et cette fois, je réussis à le détacher. Pour de bon.

– Dégage de ma vie, dis-je méchamment.

– Allons, Devi. Je t'en prie, ne refuse pas de me parler.

Je n'écoute pas. Je ne jette pas un regard derrière moi.

Je n'aurais jamais dû revenir en arrière.

Chapitre 46

Vendredi 23 septembre
Classe de seconde

J'arrive devant mon casier au moment où je lis le texto de Bryan.

Cé qd ton interro ?

Je renvoie la réponse :

4e heure.

Retour :

Bonne chnce. On déjne après pour fêter ça ? Mon banc vt te voir.

Youpi. Je suis sur le point de répondre : « Oui » mais mes doigts hésitent sur le clavier.

Ivy ne serait pas contente. Mais il me plaît, à moi ! Et de toute façon, pourquoi est-ce que je devrais continuer à écouter ce qu'elle me dit ? Comment savoir si elle a raison, maintenant ? Les choses changent. Ce n'est pas parce que ça s'est mal terminé pour elle que ça va mal se terminer pour moi. Et si Bryan ne me trompait pas, cette fois-ci ? Ce serait possible, non ? Pourquoi pas ? Ce n'est pas parce qu'il l'a déjà fait qu'il doit recommencer...

J'avale frénétiquement ma salive. Oui, je sais, toutes les séries télévisées me diraient le contraire.

Mais là, c'est différent. Je suis différente.

Est-ce que c'est juste de punir quelqu'un pour quelque chose qu'il n'a pas encore fait ? Ce n'est pas comme s'il m'avait trompée, *moi*. Il a trompé celle que je serai dans l'avenir. Dans une des versions de l'avenir. Et s'il y a une chose que j'ai apprise depuis deux semaines, c'est qu'il y a plus d'une version possible.

Finalement, je réponds :

Oui !

Chapitre 47

Vendredi 6 juin
Terminale

– Qu'est-ce qui t'arrive ? (Celia m'attend près de mon casier, toute scintillante.) Tu n'as pas intérêt à faire cette tête d'enterrement ce soir ! Allez, requinque-toi ! C'est le bal de promo ! Au moins, on sort d'ici à midi. Tu n'auras pas trop de tout ce temps-là pour aller chez le coiffeur et te faire faire les ongles.

Berk. Est-ce que ça signifie que je partage la limousine avec Celia ? Et qui d'autre ? Qui est mon cavalier ? Est-ce que j'y vais seule maintenant que j'ai envoyé Bryan se faire voir ? Ou bien Celia y va-t-elle avec Bryan ? J'ai mal à la tête.

– J'ai la migraine, lui dis-je.

La vérité, c'est que je ne suis pas dans un état si catastrophique que je l'aurais cru hier soir. Mes larmes avaient séché le temps que j'arrive chez moi et ensuite, j'ai seulement eu l'impression d'être vide. Vide et fatiguée.

La photo de Bryan était de retour dans son cadre, et la lettre d'admission à Harvard avait disparu, mais pourtant je n'ai pas pleuré. Je n'ai plus le choix. Ce que j'ai est définitif. Si la batterie du téléphone est morte, il n'y aura plus dans ma vie de changements initiés par Bleue.

Donc, Bryan me quitte. Il n'a plus besoin de moi. Plus personne n'a besoin de moi. La seule personne qui avait effectivement besoin de moi, Bleue, fait partie du passé.

Que puis-je faire ? Rien. Absolument rien. Et la NYU est quand même une fac extraordinaire. Bon, je n'ai pas de bourse. Mais je peux faire un emprunt. Ou je peux travailler pendant un an et économiser. Je vais trouver une solution. Et je n'ai peut-être plus mes anciennes amies… mais je peux m'en faire de nouvelles à New York.

J'entends soudain :

– Dev ?

J'émerge brusquement de mes pensées pour voir Bryan devant mon casier. Qu'est-ce qu'il veut encore ? Je n'ai pas été assez claire ?

– On peut parler ? demande-t-il. Je ne comprends pas ce qui s'est passé hier soir. Je croyais qu'on avait discuté…

– Je ne sais pas de quoi on a discuté, dis-je sèchement, la mâchoire serrée.

Je ne sais rien du tout, sauf que j'ai envie qu'il disparaisse. J'ai envie de lui donner un coup de poing dans la poitrine. J'ai envie de l'attirer à moi et de l'embrasser comme une dingue.

– J'ai réparé ton téléphone, dit-il en fouillant dans son sac. On dirait que la batterie de l'appareil photo numérique que tu m'as offert peut remplacer celle du téléphone. Elle n'a pas beaucoup de jus, mais le chargeur fonctionne. Tu peux la garder si tu veux.

Il me tend mon téléphone en même temps qu'un gros chargeur noir.

J'ai la tête qui tourne.

– La batterie que je t'ai donnée fonctionne sur mon téléphone ?

– Oui.

Comment est-ce possible ?

– Attends. Mon téléphone marche ?

– Oui.

Bleue. Son interro de français. Aujourd'hui. Il faut que je l'appelle. Immédiatement.

– Waouh ! dis-je en le lui prenant des mains.

Je sens une nouvelle fois l'étincelle, mais je fais semblant de rien.

Il se mordille la lèvre inférieure.

– On parlera plus tard, alors ?

– Très bien, plus tard, comme tu veux.

Je lui tourne le dos en faisant comme si je ne voyais pas son expression peinée et j'appuie sur la touche envoi. Ça sonne ! Alléluia ! Ça sonne !

Et ça sonne encore.

Et encore.

« Coucou, c'est Devi. Je suis en vadrouille et je ne peux pas vous répondre... »

Aaaah ! Pourquoi est-ce qu'elle ne répond pas ? Elle ne voit pas à quel point cet appel est important ?

Et voilà la sonnerie des cours qui retentit ! Zut ! Il faut que je lui dise ce qu'elle doit répondre à l'interro. Je rappelle. Encore le message enregistré.

Je vais devoir lui envoyer les réponses par texto, c'est tout.

Chapitre 48

Vendredi 23 septembre
Classe de seconde

Je m'apprête à refermer mon casier avant d'aller en cours de français quand je jette un coup d'œil à mon téléphone.

Deux appels en absence, trois messages et sept textos.

Le premier message est d'Ivy, qui hurle : « On est reconnectées ! » explique tout.

Oh.

D'accord.

Je devrais être ravie. Mais alors pourquoi est-ce que j'ai l'impression d'avoir dans la poitrine un ballon complètement dégonflé ?

L'un des textos est juste un chapelet de lettres. B, C, D, B, A, D, et ainsi de suite. Hein ? Je regarde l'intitulé :

Réponses interro français.

Je vois.

Le portable vibre dans ma main et je réponds immédiatement.

– Je n'en ai pas besoin, dis-je.

Ivy éclate de rire.

– OK, bonjour quand même.

– Salut, dis-je en m'appuyant contre mon casier.

– J'ai réussi à le faire marcher ! crie-t-elle. Il est réparé ! Tu n'es pas soulagée ?

– Si, bien sûr, dis-je, et en même temps je me demande si c'est vrai.

Oui. Je dois être soulagée. Qui ne voudrait pas parler avec soi-même dans l'avenir ?

– Je suis très soulagée. C'est juste que... je n'ai pas besoin de tes réponses. J'ai révisé mon interro.

– Non, non, non, dit Ivy. Tu n'as eu que 12. Et tu as perdu l'admission à Harvard.

Je m'arc-boute sur les talons.

– À cause d'une seule interro ? Une seule interro de seconde ? Comment est-ce possible ?

– Peut-être que c'est comme les tests de fin de terminale. Tu sais que ce sont les toutes premières questions qui sont les plus importantes et qui déterminent si les suivantes seront faciles ou difficiles, ce qui entraîne par conséquent ton score final ? Je crois que ça fonctionne comme ça.

Je ne réagis pas.

– Je t'ai envoyé les réponses par SMS. Tu n'as qu'à emmener ton téléphone en classe et tu auras tout ce qu'il faut. Comme ça, tu auras ton 18. Tu as besoin de mon aide. Fais-moi confiance. Tu as besoin de moi.

– Je ne peux pas emmener les réponses en classe, dis-je en chuchotant. Ce serait vraiment tricher, cette fois.

– Ce n'est pas plus grave que ce que nous avons déjà fait. Tu le fais, c'est tout. Et, Dev... au fait. Je ne sais pas ce que tu fabriques avec Bryan, mais tu arrêtes tout, OK ?

Et sans donner plus de détails, elle raccroche.

J'avale ma salive et serre le téléphone au point d'en avoir les phalanges qui blanchissent. J'ai les réponses. Je ne veux pas avoir 12. Je veux avoir 18. Je veux aller à Harvard. Je crois.

Je suis obligée d'aller à Harvard, sinon Ivy m'en voudra à mort. Je m'en voudrai à mort. Donc, je n'ai pas le choix. D'accord ? Je glisse mon portable dans ma trousse et referme mon casier. Je peux le faire. Je dois le faire. Ivy dit qu'il nous faut ce 18, donc il me faut ce 18. Ce n'est pas comme si j'allais me faire prendre. Si c'était le cas, elle le saurait, non ? Tout ira bien à partir de maintenant. Tout ce que je fais, toutes les décisions que je dois prendre, elle me dira ce qu'il faut faire. Je me redresse en carrant les épaules et serre ma trousse contre moi jusque dans la classe. Je me glisse à une table au fond de la salle, j'ouvre le texto contenant les réponses puis pose mon téléphone dans ma trousse de façon à pouvoir le lire sans que Mme Rita le voie. Je sors mon stylo et me mets à tambouriner sur la table.

L'élève qui est devant moi me fait passer les feuilles de l'interro.

Je jette un coup d'œil à la réponse de la question numéro 1. J'inscris la lettre B.

Chapitre 49

Vendredi 6 juin
Terminale

Je suis en train de rentrer chez moi quand se produit la métamorphose. Alors que j'attendais au carrefour que le feu passe au vert, je me retrouve devant des rayons de jeans et de tee-shirts empilés. Où suis-je ? Est-ce que je viens de me faire renverser par une voiture ? Je suis dans le coma ? Et pourquoi suis-je en train de plier un jean ?

Je regarde à nouveau autour de moi. Attendez. Je me reconnais. Je suis dans la *Bella Boutique* au centre commercial. Hein ? Pourquoi ne suis-je pas en train de rentrer chez moi pour me préparer pour le bal ? Non que je sache qui doit venir me chercher. Ni à quelle heure.

Bleue a peut-être fait quelque chose dans le passé qui me force à venir ici échanger mes chaussures ? Je jette un coup d'œil dans le magasin pour poser la question à quelqu'un, mais il n'y a personne.

– Bonjour ? dis-je.

Mais personne ne répond.

– Bonjour ? je répète du milieu du magasin.

– Bonjour ? répond une voix féminine nasillarde.

– Ah, bon ! Bonjour !

Il y a quelqu'un au fond de la boutique. On va peut-être pouvoir me dire ce qui se passe.

– Pouvez-vous m'apporter une taille 36, s'il vous plaît ? demande la voix nasillarde.

Elle doit s'adresser à quelqu'un d'autre. Mais je ne vois personne. Mais c'est sûr. Je ne travaille pas aujourd'hui. On n'est même pas en été. Il faut juste que je retrouve mon cartable.

– *Booonjour ?* répète la voix nasillarde Vous m'avez entendue ? Il me faut une taille 36.

Où est mon cartable ?

La porte du salon d'essayage s'ouvre brusquement et une femme d'un certain âge, liftée à mort, aboie dans ma direction en plissant des yeux méchants :

– Vous travaillez ici, oui ou non ?

Veronica, la gérante du magasin, passe sa tête de blonde décolorée par la porte de l'arrière-boutique.

– Devi ? Il y a un problème ? Pouvez-vous apporter une taille 36 à madame, s'il vous plaît ?

Oh. Mon. Dieu. Je travaille ici. Et on n'est même pas en été.

Mais pourquoi est-ce que je travaille le jour de mon bal de fin d'année ?

– Revenez sur terre, Devi, dit Veronica. La cliente voudrait le jean Dolly en taille 36.

– Oui, bien sûr. Excusez-moi.

Je retombe brutalement dans la réalité.

– Madame, ces jeans sont coupés très près du corps, voulez-vous essayer une taille au-dessus ?

– Non ! répond-elle, furieuse.

Bon, d'accord. J'ai la tête qui tourne tandis que je cherche la taille demandée, et la passe par-dessus la porte de la cabine d'essayage. En me retournant, je découvre mon reflet dans le miroir.

J'ai les cheveux rose fluo, et coupés en brosse. En plus, j'ai un téléphone portable tatoué sur le poignet.

Mon estomac fait un bond.

Où sont passés mes cheveux ? Qui suis-je ? Est-ce que je me suis métamorphosée en prenant le corps de quelqu'un d'autre ? Qu'est-ce qui se passe ? *Aaaah !* Il faut que je m'appelle immédiatement. Mon téléphone doit être dans mon cartable. Où diable est passé mon cartable ? Dans l'arrière-boutique. Sûrement.

Je tire le rideau. Veronica est en train de boire un café en lisant un magazine.

Je lui demande, le cœur battant :

– Savez-vous où est mon cartable ?

– Pourquoi est-ce que vous seriez venue avec un cartable ? demande-t-elle.

– Mais je ne venais pas du lycée ?

Elle me dévisage, l'air totalement ahuri.

– Du lycée ? Depuis quand ?

Là, j'ai franchement la nausée.

– J'ai quitté le lycée ?

– C'est ce que vous m'avez dit. (Elle tourne la page de son magazine.) Vous ne m'aviez pas dit que vous détestiez Heken ?

Mes jambes se transforment en gélatine. L'école pour délinquants ?

– Quand est-ce que je suis entrée à Heken ?

– Vous ne croyez pas que vous devriez le savoir mieux que moi ?

– Oui, c'est vrai, mais j'ai une migraine d'enfer, alors dites-le-moi, s'il vous plaît !

– Vraiment, vous devriez y aller doucement sur l'alcool, Dev. Je parie que vous êtes encore sortie avec JT, non ? (Elle tourne une autre page du magazine.) Vous n'êtes pas entrée à Heken après avoir été renvoyée pour fraude du lycée Ouest ?

J'en ai le souffle coupé de stupéfaction et je m'agrippe au rideau pour me retenir de tomber. Bleue s'est fait piquer. Avec le téléphone portable. Et je me retrouve ici. J'ai envie de l'étrangler. Comment a-t-elle pu si mal se débrouiller et me mettre dans une telle panade ? Et suis-je devenue si lamentable que je sors avec JT ? Il me faut absolument mon téléphone. Où est-il passé ?

– C'est trop petit ! hurle la cliente. Pourquoi est-ce que vous m'apportez quelque chose qui ne me va pas ? Vous êtes idiote ou quoi ?

– Devi, pouvez-vous vous occuper de Mrs Arnold, s'il vous plaît ? Je prends ma pause.

Je tente d'acquiescer de la tête, mais j'ai l'impression que mon corps est complètement paralysé. Je sors de l'arrière-boutique et frappe à la porte de la cabine d'essayage.

Tâche de résister pour le moment, c'est tout, me dis-je. *Ensuite, tu retrouveras ton portable et tu arrangeras tout ça.*

Elle ouvre violemment la porte, vêtue en tout et pour tout d'une culotte beige et d'un chemisier rouge.

– Vous voulez me donner l'impression que je suis grosse, c'est ça ?

Je secoue négativement la tête.

– Je vous avais dit que ce modèle était coupé très près du corps.

Elle plante ses doigts dans mon bras.

– Alors, vous trouvez que je suis grosse, hein ?

Je ne peux pas faire face à cette situation. Je m'arrache à la main qui m'agrippe le bras.

– Non, pas du tout. Ces jeans sont très étroits. Je voulais vous donner une taille 38. Vous n'avez pas voulu.

– Alors, c'est ma faute ?

Nous y voilà.

– Oui, c'est votre faute !

– Devi ! dit Veronica en ouvrant le rideau de l'arrière-boutique.

– Eh bien, oui, c'est vrai ! C'est sa faute ! (Je hurle.) Tout est sa faute ! Sa faute ! Sa faute !

Veronica et la cliente me regardent, bouche bée.

Rien de tout ceci n'est ma faute. C'est elle la responsable. Et Bleue. Et Bryan. Bleue parce qu'elle s'est fait pincer et Bryan parce qu'il a gâché ma vie.

– Le client a toujours raison, me souffle Veronica.

– Ce qui veut dire que j'ai toujours tort, alors ?

D'avoir dit à Bleue d'utiliser le téléphone ? D'avoir laissé Bryan prendre toute la place dans mon existence ? Je sais que là, il ne s'agit plus du client. Mais de moi.

– Je suis désolée, dis-je, et j'ai les yeux qui s'emplissent de larmes. Excusez-moi.

Veronica soupire.

– Devi, je vais devoir vous demander de partir immédiatement.

Génial. Voilà que maintenant, je suis virée d'un emploi que je ne savais même pas que j'avais. Je cligne rapidement des yeux pour empêcher mes larmes de couler, et je me dirige vers la porte.

Il me faut absolument mon téléphone. Absolument.

– Devi, vous avez oublié votre sac à main, me crie Veronica.

Mais bien sûr ! Si je ne vais pas au lycée, je n'ai pas de cartable, j'ai un sac à main ! Oui !

– Merci, dis-je en marmonnant et je me précipite dans le magasin, pour en ressortir en courant avec le sac.

Pourvu qu'il y soit ! Pourvu qu'il y soit ! Je regarde sous mon portefeuille. Pas de téléphone. Dans les poches. Pas de téléphone. Il est obligatoirement quelque part, voyons !

Je m'approche de la fontaine, je tourne le sac à l'envers et en verse l'ensemble du contenu sur le banc.

Pas de téléphone. Je n'ai pas de téléphone.

Où est-il ? Est-ce que je l'ai laissé quelque part ? Ou bien... j'en suis malade rien que d'y penser... est-ce qu'on me l'a confisqué quand je me suis fait prendre ?

Qu'est-ce que j'ai fait ?

Je ne peux plus respirer. J'étouffe. J'ai besoin d'air, je crois que je ne peux plus en supporter davantage. J'ai des points noirs qui tourbillonnent devant mes yeux, comme de la fumée, et je tombe... la fontaine se précipite vers moi...

Chapitre 50

Vendredi 23 septembre
Classe de seconde

Un nouveau message apparaît soudain sur mon écran.

Tu vas y arriver ss pb.

C'est Bryan.

Mon estomac se contracte et se retourne. Je vais peut-être vomir sur mon devoir. Je suis en train de me rendre malade.

Je n'ai pas envie de tricher. Je n'ai pas *besoin* de tricher. Je peux y arriver toute seule.

Et je ne veux pas non plus tout arrêter avec Bryan. Je veux qu'il soit fier de moi. J'ai envie d'être fière de moi. Au lieu de me rendre malade.

Mais il faut que tu aies 18 ! J'entends sa voix qui hurle dans mes oreilles. Même quand elle ne me hurle pas dans les oreilles, je l'entends. *Il faut que tu aies 18 !*

Non, lui dis-je. *Non. Je ne suis pas obligée.*

J'éteins mon portable, et je le fourre dans ma trousse.

C'est ma vie. C'est à moi de prendre les décisions. S'il y a une seule chose qu'elle m'a apprise, c'est qu'elle avait fait ses choix. Et maintenant, c'est à mon tour de faire les miens.

Chapitre 51

Vendredi 6 juin
Terminale

Je suis mouillée.

Complètement trempée. L'eau me dégouline dans les cheveux, sur le visage, dans la bouche. Je suis dans la fontaine. Est-ce que je suis en train de me noyer ? Est-ce que je suis morte ?

Une minute. L'eau de la fontaine a un goût de shampooing. J'ouvre les yeux en clignant les paupières.

Je suis sous la douche. J'ai les cheveux couverts de mousse.

Est-ce possible ?

Sans doute.

Je suis chez moi, dans ma salle de bain – inspirée par les tartes au citron meringuées de ma mère. Je me prépare pour le bal de fin d'année.

Chapitre 52

Vendredi 23 septembre
Classe de seconde

Je termine le contrôle. Je n'ai pas l'impression que c'est une réussite totale – loin de là – mais je sais que j'ai beaucoup de réponses justes. Je crois que je vais avoir à peu près... 14.

Pas 18, d'accord, mais quand même. Je l'ai fait toute seule. Enfin, pas complètement toute seule. C'est sûr que l'aide de Bryan m'a fait un bien fou.

Je cherche Bryan partout en sortant, mais je ne le trouve nulle part. Je réponds à son texto.

Pas de pb ! Merci pr ton aide. Tu es génial. Impssble te voir à midi. G 1 truc imptant à faire. On peut se retrver à la sortie si tu vx ?

Après avoir envoyé le message, j'éteins mon portable. Je crois que j'ai mérité un peu de répit.

Je sais que je suis censée être au golf, mais... dans la vie, il faut savoir choisir, non ?

Je les aperçois toutes les trois à notre table à la cafétéria et je fonce directement vers elles.

En me voyant, elles s'arrêtent de parler.

– Salut, dis-je en me glissant sur une chaise. Je sais que vous m'en voulez, les filles, et vous avez toutes les raisons pour ça, je sais que j'ai fait une ânerie. Mais ce n'est pas parce que Jérôme me plaît. Non. C'est Bryan que je préfère.

Joëlle secoue la tête, incrédule.

– Mais alors, pourquoi...

– J'ai dit à Bryan que tu n'aimais pas Jérôme parce que je trouvais qu'il n'était pas assez bien pour toi. Mais j'ai eu tort. Je n'ai pas à choisir avec qui tu vas sortir. C'est ta décision, pas la mienne. Je suis désolée, vraiment. Excuse-moi. Tu veux bien me pardonner ?

Elle hoche la tête en signe d'acquiescement. Lentement, mais elle acquiesce.

– Bien sûr. Alors comme ça, tu trouves qu'il n'est pas assez bien pour moi, hein ? demande Joëlle. Qu'est-ce que tu penses de Kellerman ? Il est plutôt pas mal, non ?

– Sûr, il est effectivement mignon, dis-je.

Je sens mes épaules se décrisper. Ouf.

En face de moi, Tash me fait un clin d'œil.

– Il est mignon, d'accord, dit-elle. Mais personne ne trouve bizarre qu'il porte un pantalon de survêt tous les jours depuis trois semaines ?

– Je suis sûre que c'est une phase, ça va lui passer, dit Joëlle.

Sous la table, Karin prend ma main et la serre.

Chapitre 53

Vendredi 6 juin
Terminale

Enfin, à cinq heures, elle décroche le téléphone. Je suis dans ma chambre, en peignoir de bain. Je lui demande :

– Tout va bien ?

– Très bien. J'avais juste besoin d'un peu de temps pour réfléchir. Tu m'en veux pour le test de français ?

J'éclate de rire.

– Tu rigoles ? Tu mérites des félicitations, au contraire.

Je lui raconte ce qui s'est passé cet après-midi, comment nous avons failli tout perdre.

– Tu es géniale d'avoir rangé ce portable, Devi. On aurait été renvoyées.

– Je n'arrive pas à y croire, dit-elle doucement.

Biiiiiiiiip !

– Il est déjà déchargé ? demande-t-elle.

– La batterie n'était pas gonflée à bloc. Et de toute façon, tu sais, Bleue, moi aussi j'ai réfléchi de mon côté. Et je... (Je prends une profonde inspiration.)... je crois que c'est mieux pour nous deux si on laisse la batterie rejoindre définitivement le paradis des batteries.

Elle hésite.

– Tu crois ?

– Oui. Je ne peux pas continuer à te rendre responsable de mes bêtises. Je dois regarder ma... euh... notre vie en face et ça, c'est impossible si je suis toujours en train de regarder en arrière. (C'est difficile à avouer, même si je sais que c'est la vérité.) Et il faut que je te laisse la chance de vivre ta propre vie. Qui est la mienne. Et de faire tes propres erreurs.

– Alors, ça veut dire que tu ne vas pas piquer une crise si j'ai envie de laisser tomber quelques-unes de mes activités extrascolaires ? J'ai zappé le golf, en fait, aujourd'hui. Et il faut que je réussisse à convaincre Tash de rester dans le spectacle sans moi. Mais je vais garder le comité de rédaction de l'annuaire et l'aide aux devoirs. L'annuaire, c'est super, et je crois que je serai plutôt bonne pour l'aide aux devoirs.

– Bon, d'accord, si tu veux. Mais les jupes de golf vont me manquer. Ou, plus important, la complicité avec papa. Il a l'air tellement content depuis qu'il a repris. Mais je suppose que je peux lui demander quand même de taper quelques balles avec moi le week-end prochain. Mieux vaut tard que jamais, non ?

– Ça a l'air d'être sympa. Peut-être que je vais essayer, moi aussi.

– Et peut-être que je vais leur conseiller de prendre une réservation dans un restaurant romantique ou un truc comme ça. Ça leur ferait du bien de faire une petite escapade.

– Je trouve que c'est une super idée, dit-elle. Je vais leur dire la même chose.

– Voilà.

Je respire un grand coup.

– Alors, c'est fini ? demande-t-elle d'une petite voix.

J'avale la boule qui me noue la gorge.

– Je crois que oui.

– On va se dire au revoir ? Pour toujours ? Ça me fait trop peur.

– Ça ne devrait pas être si terrible. On est la même personne. Tu peux toujours te parler en prenant ta douche.

Elle rigole.

– Mais sur qui je vais pouvoir compter ?

Je comptais sur Bryan. Elle comptait sur moi. Qui reste-t-il ?

– Tu devrais appeler Maya.

Oui. Maya. Qui avait raison depuis le début.

– Et qu'est-ce que je dois faire du carnet ? Avec tous les conseils ? Et pour ce qu'on devait faire pour sauver le monde ?

J'ouvre le tiroir de mon bureau, et le carnet vert à spirale me crève les yeux.

– Je crois que tu devrais le jeter, lui dis-je.

– Vraiment ?

– Oui. Qui sait ce que les changements pourraient provoquer ? On n'a pas envie de déclencher accidentellement une troisième guerre mondiale, quand même ?

– D'accord, dit-elle.

Je cligne des yeux et quand je les rouvre, le carnet a disparu.

– Un dernier petit conseil ? demande-t-elle.

– Oui, en fait. (Cette fois, c'est moi qui rigole.) N'oublie pas que les jeans Dolly ont une coupe très étroite et qu'ils ne se détendent pas. Si tu en achètes un, prends une taille au-dessus.

Bip !

– C'est mon signal d'appel, dit-elle.

J'ai soudain la chair de poule et je sais qui l'appelle.

– C'est Bryan, dis-je.

– Oui. (Elle hésite.) Il va passer me voir tout à l'heure. Mais je vais lui dire de ne pas venir. Si tu crois que ce serait mieux. Franchement, c'est vrai que tu le connais mieux que moi. Et je sais bien que tu m'as dit qu'il allait me tromper, mais peut-être que cette fois, ce ne sera pas vrai ? Tu ne crois pas que c'est possible ?

J'avale ma salive.

– Il faut que je te dise quelque chose. Il ne m'a jamais trompée. J'ai inventé ça pour que tu ne sortes pas avec lui. En réalité, on a rompu parce qu'il partait à Montréal pour rejoindre son père, et il pensait qu'on devait essayer de vivre l'un sans l'autre.

Je me prépare à une réaction violente de sa part.

– Ah bon, ça me soulage !

– C'est vrai ?

Je m'attendais à ce qu'elle m'en veuille à mort.

– Enfin, je veux dire, ça ne me soulage pas qu'il ait rompu avec toi... mais je suis contente qu'il veuille vivre un peu avec son père. Et, Ivy, tu sais, peut-être que maintenant, si je ne me polarise pas complètement sur lui, peut-être qu'on ne va pas se séparer, tu ne crois pas ? (Sa voix déborde d'espoir.) Maintenant que j'ai commencé plein d'autres trucs, mes copines, l'annuaire de promo, l'aide aux devoirs, et tout ça, peut-être que notre relation va être complètement différente ? (Voilà que maintenant elle parle comme Maya !) Peut-être que ça va durer, poursuit-elle. Peut-être qu'on va essayer de vivre séparés. Ou bien, qui sait ? On finira peut-être quand même par aller dans la même université, après tout !

Je jette un coup d'œil à la lettre d'admission épinglée sur mon mur. C'est toujours la NYU. Et si ce que Bryan m'a dit hier est toujours vrai, il a encore le projet de partir à Montréal. Et moi je vais à New York. Et notre séparation est toujours à l'ordre du jour.

J'ouvre la bouche pour lui dire la vérité. Pour lui dire que ça ne marchera pas. Qu'ils vont se séparer de toute façon. Qu'elle aura le cœur brisé.

C'est horrible de rompre. Encore que... Quand j'ai parlé hier avec Bryan... bon, c'était douloureux, mais beaucoup moins qu'il y a quinze jours. Peut-être que ce n'est pas la fin du monde ?

Je jette un coup d'œil à mes photos sur la table de nuit. Les photos de Bryan sont toujours là, dans les cadres. Mais à présent, il y en a d'autres. Bryan, sur une scène, qui joue de la batterie. Des photos de Karin, Tash, Joëlle et moi. Et une de Maya et moi pendant ce qui a l'air d'être une fête sur le campus. Quand est-ce que ça a eu lieu ? Je me demande... en fait, la clé du problème, c'est probablement de parvenir à un équilibre. C'est peut-être de vivre le moment présent tout en gardant un œil sur l'image principale... ou plutôt sur toutes les images. Et peut-être que ça n'a pas d'importance si Bryan et Bleue... si Bryan et moi, on se sépare. Notre relation a quand même joué un rôle important dans ma vie, et a déterminé ce que je suis devenue.

Non pas Ivy, la fille que je voulais être, mais Devi, celle que je suis.

– Alors, tu en penses quoi ? demande-t-elle.

Ce n'est pas parce qu'une relation n'est pas éternelle qu'elle ne vaut pas la peine d'être vécue.

Biiiiiip !

– Qui sait ? dis-je. Peut-être que cette fois, ce sera différent ?

La communication s'interrompt définitivement.

Je reste assise un moment, et je sens dans ma paume la tiédeur du téléphone. Puis je le pose sur la table.

J'ai l'impression d'être un peu perdue. Ivy n'existe plus. Bleue non plus. Pas de problème... Je suis prête à être Devi.

Je regarde autour de moi pour retrouver mes marques.

À côté de ma lettre d'admission, il y a maintenant une deuxième lettre du service universitaire de la NYU, me félicitant pour l'obtention de ma bourse d'études.

Cool.

J'avais peut-être raison, après tout. Cette fois, les choses pourraient être différentes. Attendons de voir.

On sonne à la porte, et je me prépare à regarder mon avenir en face.

Chapitre 54

Vendredi 23 septembre
Classe de seconde

On sonne à la porte, et je bondis pour affronter le présent.

– J'arrive !

Je descends les marches quatre à quatre et j'ouvre la porte à toute volée.

– Salut !

– Salut ! dit Bryan. Il fait trop beau dehors. On devrait aller se promener. Je parie que c'est un des derniers beaux jours de l'été.

– Tu n'as pas déjà dit ça la semaine passée ?

Ses yeux scintillent.

– Peut-être bien.

J'enfile mes sandales.

– Tu veux qu'on aille faire un tour au parc Hedgemonds ? C'est juste au coin de la rue.

– Absolument, dit-il en prenant ma main. On pourrait faire une évaluation comparative de leurs balançoires.

On y va en se tenant par la main et en arrivant, on se précipite vers les balançoires.

Dès qu'on y est, on commence tous les deux à faire une

démonstration de nos capacités, en montant de plus en plus haut. Jusqu'à ce que l'une de mes sandales s'envole à travers la pelouse.

Il éclate de rire et saute de la balançoire pour aller la ramasser.

– Sandale retrouvée ! crie-t-il, et il me la tend, dans le plus pur style Cendrillon.

Je ralentis puis m'arrête.

– Tu en es où avec Ivan ?

– Ivan et moi... c'est fini.

Il pose sa main sur la mienne, se penche et m'embrasse.

Ses lèvres sont douces, légères et suaves et le monde entier disparaît, à l'exception de ce baiser et de cet instant. Le baiser parfait en cet instant parfait.

Chapitre 55

Vendredi 6 juin
Terminale

On sonne à la porte, et je ne suis même pas encore habillée.

Mais oui ! On vient me chercher pour le bal ! J'en frémis d'excitation et d'impatience, de la tête aux pieds. Je me demande qui a sonné. Mes copines ? Tom ? Harry ? Bryan ?

Peu importe, je vais passer une soirée extraordinaire. Je prendrai les choses comme elles viennent et je profiterai du moment présent.

Même si c'est Celia qui vient me chercher.

Mais j'espère quand même que ce n'est pas elle.

– Maman ? Papa ? Vous pouvez aller ouvrir ?

J'enfile ma superbe robe argentée de chez Raffles et les chaussures rouges à talons que j'avais achetées en premier. Mais ? Comment se fait-il ? Elles font un effet trop cool avec la robe. Qui l'aurait cru ?

Et maintenant, quels bijoux dois-je mettre ?

Je pense au bracelet en or que j'ai fourré dans mon sac. Même si Bryan n'est pas là... je suis sûre que ce bracelet est exactement ce qu'il me faut.

Bryan m'attend en bas de l'escalier. Je retiens mon

souffle. Il a l'air absolument adorable. Absolument *fossettes,* dans son smoking.

– Bonsoir, me dit-il en m'attirant à lui pour m'embrasser. Tu es magnifique.

– Merci, dis-je en respirant son parfum. Toi aussi.

– Vous êtes superbes tous les deux, dit maman.

En même temps, elle est incroyablement belle, elle aussi. Pas aussi glamour que dans le scénario où nous étions millionnaires, mais elle a les cheveux noués en une queue-de-cheval dynamique, un teint lumineux et elle a retrouvé sa taille 38 d'origine.

– Je n'arrive pas à croire que le temps a passé si vite, poursuit-elle. On dirait que c'était hier que Bryan a sonné à la porte, le jour où je lui ai donné des brownies aux pommes.

– J'adore vos brownies, vous savez, dit Bryan d'un air songeur.

– Tu as de la chance, je vous ai préparé un en-cas, pour tous les deux, dit maman en me tendant une boîte.

Sur laquelle l'étiquette indique : Pâtisserie Banks.

Tiens ?

– Merci, Mrs Banks, vous êtes la meilleure. Dev, tout le monde nous attend déjà dans la limousine, il faut qu'on y aille. Mrs Banks, est-ce qu'avec M. Banks, vous voudriez prendre des photos dehors ?

Il jette un coup d'œil à sa montre. La montre d'argent que je lui ai offerte pour son diplôme. Mais, si je n'ai jamais rendu la montre, alors comment...

– Bien sûr, dit maman. Je crois qu'il vient de sortir dans le jardin avec Maxie. On essaie de l'occuper pour qu'elle ne soit pas dans les jambes de Devi.

Maxie ? On a un chien, maintenant ?

Je crie :

– Papa ! On sort par-devant.

Bryan me prend la main et m'entraîne dehors.

Le chauffeur est assis à côté de la voiture, il porte un uniforme et une casquette noire. Grand, brun, type italien, plutôt beau. J'ai l'impression de le reconnaître. Où est-ce que je l'ai déjà vu ?

Oh. Mon. Dieu. C'est Alfonzo ! Oh, non, il faut que je le fasse disparaître avant que ma mère ne sorte !

– Excusez-moi, lui dis-je. Euh... Je crois qu'on en a pour un bon moment. Vous devriez aller nous attendre dans la voiture, ce n'est pas la peine de poireauter.

Il me sourit en clignant de l'œil avant de disparaître dans la voiture.

Oui. Je sais. J'ai décidé d'arrêter de manipuler la vie des autres, mais il est inutile de tenter le diable.

Karin et Stevey, Tash et Nick et Joëlle descendent l'un après l'autre de la limousine.

Ils sont tous magnifiques. Joëlle porte la superbe robe violette qu'elle a faite elle-même, Tash est d'une beauté foudroyante dans sa robe noire fluide, et Karin géniale dans un modèle en taffetas rouge très décolleté. Même si elle s'est sans aucun doute fait refaire le nez, ses seins et ses lèvres sont encore tels que la nature l'en a dotée. Je suppose que c'est mon rôle de faire en sorte qu'ils le restent.

– Et voilà, je me retrouve officiellement sans cavalier ce soir, dit Joëlle en levant les bras au ciel. Je croyais que Kellerman allait m'inviter, j'en étais pratiquement sûre, mais maintenant, c'est trop tard.

Tash lâche la main de Nick et passe son bras autour de l'épaule de Joëlle.

– Ça suffit avec Kellerman, la réprimande-t-elle. Il y a deux ans que tu as rompu avec lui. Il est temps de tourner la page.

– Évidemment ! Mais tu sais que c'était la plus grosse bêtise de ma vie !

Je rigole. Je ne peux pas m'en empêcher. Je crois que Tash avait raison. Elle adore jouer les artistes éplorées, en fin de compte.

– Voici ton père avec Maxie, dit Karin en faisant un geste du bras en direction de la façade.

En me retournant, je vois papa qui aide une petite fille en robe rose, avec des couettes, à descendre les marches du perron. Nous devons probablement garder une petite fille du voisinage. Bien que je ne la reconnaisse pas. Mais je ne reconnais pas mon père, non plus. Il a l'air rayonnant, bronzé, et il porte vraiment un jean et un tee-shirt. Pas de robe de chambre en vue. Cependant, il a aux pieds ses pantoufles Mickey Mouse. Je me demande ce qui a changé pour lui ? Il a l'air si heureux. Et quand mes parents ont-ils décidé d'ouvrir une pâtisserie, au fait ?

– Ta petite sœur est adorable, me dit Joëlle.

Ma... quoi ?

Chapitre 56

Vendredi 23 mai
Classe de seconde
Trois ans et demi plus tard

– Maxie, fais attention ! dis-je.

Je tiens fermement par la main ma petite sœur de trois ans et demi. Je suis sûre que dans environ trente secondes, elle va renverser de la crème glacée sur tout ce qui l'entoure. Devinez de qui elle tient cette tendance Miss Catastrophe ?

– Excuse-moi, dis-je au téléphone. Tu es toujours là, Karin ?

Je suis dans la galerie marchande, près de cette bonne vieille fontaine. J'ai promis à mes parents que j'irais avec Maxie lui acheter une panoplie de golf ce matin. Elle ne pense qu'à ça. Mon père lui fait travailler ses swings quand il la garde le matin, avant d'aller travailler l'après-midi à la pâtisserie.

Karin soupire au téléphone.

– Je te disais que je n'arrive pas à croire que vous avez rompu, tous les deux ! J'étais sûre que vous alliez finir par vous marier. C'est trop déprimant !

– Je sais, reconnais-je. On s'aime encore, en fait. C'est juste que ça fait presque quatre ans qu'on est ensemble !

Et comme il s'en va à Montréal et moi à New York, on s'est dit qu'il était temps de voler de nos propres ailes. Tu vois, de se rendre compte de ce qu'est la vie l'un sans l'autre.

– Mais pourquoi ? Vous aimez vivre ensemble, non ?

– Je sais, dis-je. C'est juste que j'ai pensé... je ne sais pas, je me suis dit que ça nous ferait du bien. Que ça nous aiderait à devenir nous-mêmes, à grandir. Et il a fini par être d'accord avec moi. Mais on ne va pas se séparer tout de suite. Seulement quand il partira. Et de toute façon, j'ai quand même prévu d'aller le voir à Montréal.

– Mais vous allez ensemble au bal de fin d'année ?

– Évidemment ! Je ne voudrais rater ça pour rien au monde ! Tu es folle ?

– Tu es sûre que c'est la bonne décision ? demande-t-elle.

– J'espère. J'ai l'impression. Mais je n'en sais rien.

Heureusement, je vais avoir un été suffisamment occupé pour penser à autre chose. Je vais travailler chez Bella et passer un maximum de temps avec les copines avant que la bande ne se sépare, ensuite faire mes bagages pour partir à la fac, aider à préparer l'anniversaire de Maxie sur le thème de *La Petite Sirène*, et enfin aller retrouver Maya pendant une semaine en Italie. Et papa et maman vont même fermer la pâtisserie pendant une semaine et nous irons tous ensemble à New York pour nous trouver un appartement, à Maya et moi, puisqu'elle entre en fac de droit et moi en première année à l'université. On va être colocs !

– C'est vrai qu'on a l'impression que vous savez ce que vous faites, dit Karin. On verra avec le temps, je suppose.

Très juste ! Si seulement je pouvais joindre mon Moi étudiante à l'université... Non, je rigole. Les semaines de seconde pendant lesquelles j'ai communiqué avec Ivy me semblent si loin. Parfois, j'ai l'impression que cette période est complètement floue, comme une sorte de rêve.

– Tu as bientôt fini tes courses ? demande Karin. On doit aller à je ne sais combien de fêtes, aujourd'hui. Et on n'a qu'un seul jour de congé.

– On part dans deux minutes, lui promets-je.

Maxie tire sur mon tee-shirt.

– Devi, je peux pas... je peux pas...

Sa glace est en équilibre précaire sur le sommet du cône. Sûr que ça va tomber ! Au ralenti, je la vois commencer à glisser, glisser...

– Non !

Je bondis en criant pour la retenir à pleines mains.

Mon téléphone plonge dans la fontaine. Oups.

Soupir. J'essaie de le repêcher, mais il est trop éloigné du bord. Flûte !

Je la préviens :

– Reste ici.

Et je roule le bas de mon jean, me débarrasse de mes tongs et grimpe dans le bassin.

Maxie éclate de rire sans pouvoir s'arrêter.

– Tu me trouves drôle, c'est ça ?

– Hi-hi-hi-hi !

Elle continue à rigoler comme une folle, et ses petites couettes brunes s'agitent en cadence.

– Le voilà ! dis-je en le ramassant pour l'essuyer contre mon tee-shirt.

J'appuie sur la touche de démarrage, mais elle ne marche pas. Pas plus que la une, la deux, la trois, ni la quatre...

J'appuie sur envoi. Ça sonne.

– Allô ? Allô ? dit une voix.

– Allô ? dis-je. Qui est à l'appareil ?

– C'est Devi, dit la voix.

Mon Dieu ! C'est moi ! J'ai appelé mon Moi de seconde ! Bien sûr, c'est aujourd'hui ! Comment ai-je pu oublier ?

– Devi de quatorze ans ? dis-je d'un ton incrédule.

– Devi de vingt et un ans, rétorque lentement la fille. Oh. Mon. Dieu. Je n'y crois pas.

Ça ne se peut pas. Si ? Mon cœur fait un bond.

– Ivy ? C'est vraiment toi ?

– Oui ! s'exclame-t-elle. J'étais justement en train de penser à toi. Je suis assise dans la cour de la fac et tu ne croiras jamais qui je viens de...

– Attends ! Ne me dis rien !

Puis je balbutie :

– Je crois... je crois... je crois que je me suis trompée de numéro, excusez-moi.

Et je raccroche. Oh. Mon. Dieu. Il s'en est fallu de peu. Je devrais jeter ce portable dans le bassin. M'en débarrasser une bonne fois pour toutes.

Ou alors...

Je le glisse dans mon sac. On ne sait jamais. Peut-être qu'un jour j'aurai envie de lui parler. Tout est possible.

Remerciements

Merci, *merci*, merci :

À Todd Swidler, mon mari, dont l'infinie patience et l'indéfectible affection m'ont toujours soutenue et rassurée au fil des nombreuses ébauches de ce livre.

Aux gens grâce à qui ce livre existe : Wendy Loggia, ma fabuleuse éditrice ; Laura Dail, mon agent d'exception ; et Tamar Rydzinski, la reine des droits étrangers.

À toute l'extraordinaire équipe de littérature jeunesse des éditions Random House : Beverly Horowitz, Chip Gibson, Krista Vitola, Kelly Galvin, Tamar Schwartz, Isabel Warren-Lynch, Kenny Holcomb, Adrienne, Waintraub et Jennifer L. Black.

À Richie Kern et à tous ceux de WME. À Andy Fickman et Betty Sullenger de Oops Doughnuts Productions ; à ceux de Paramount.

À Aviva Mlynowski, qui a chanté mes louanges auprès des cinéastes. Merci, Squirt ! Gros bisous !

À mes premiers lecteurs géniaux (je n'aurais jamais pu y arriver sans vos nombreuses suggestions... j'étais trop enceinte et trop en manque de caféine) : Elissa Ambrose, ma maman, qui a lu le livre à mesure que je l'écrivais ; Lauren Myracle, experte en louanges et encouragements ; Lynda Curnyn, pour ses lectures et commentaires nocturnes ; Ally Carter, qui m'a rappelé qu'il vaut mieux montrer que décrire ; Jess Brawn, qui m'a indiqué où ajouter en profondeur ; Et Emily Jenkins, pour m'avoir conseillé les coupures nécessaires.

À Targia Clarke, qui m'a aidée pour s'occuper de Chloe.

Je remercie affectueusement ma famille et mes amis qui m'ont tenu compagnie pendant que j'écrivais : Larry Mlynowski, Louisa Weiss, John et Vickie Swidler, Robert Ambrose, Jen Dalven, Gray Swidler, Darren Swidler, Shari Endleman, Emily Bender, Heather Endleman, Shaun Sarno, Leslie Margolis, Alison Pace, Bennett Madison, Cassandra Clare, Scott Westerfeld, Maureen Johnson, Justine Larbalestier, Lauren McLaughlin, Robin Wasserman (Merci à toi, Robin, de m'avoir permis de t'interroger sur Harvard !), Libba Bay, Farrin Jacobs, Kristin Harmel, Bonnie Altro, Jess Davidman, Laura Accurso, Avery Carmichael, et Bob.

Du même auteur

Découvrez un extrait du roman

Rachel W.

Tome 1

Sortilèges et sacs à main

1

Bien mieux que des souliers de rubis

J'ai rêvé de bien des choses pour mes quatorze ans... d'un petit copain, de la paix dans le monde, d'un décolleté avantageux. Aucun de mes rêves ne s'est réalisé.

Jusqu'à maintenant.

Debout devant mon casier, je suis en train de remonter la fermeture éclair de ma doudoune noire quand je remarque soudain les baskets.

C'est la paire en daim verte que j'ai admirée dans la vitrine de Bloomie le week-end dernier. Maman a dit que je ne pouvais pas les avoir parce qu'elles coûtaient plus cher que notre télé. Et je les ai aux pieds.

— Mais, comment...

Incrédule, je cligne des yeux.

Où sont passées les vieilles bottes noires usées jusqu'à la semelle que je porte d'habitude ?

— Je veux dire, quand est-ce que ?...

Aurais-je emprunté les chaussures de quelqu'un d'autre par mégarde après la gym ? Suis-je une voleuse ?

Impossible. La seule fois où j'ai pris quelque chose qui ne m'appartenait pas, c'est quand j'ai mis l'appareil dentaire de Jewel par erreur. Dégoûtant, oui. Criminel ? Non.

Mon cœur bat la chamade. C'est complètement dingue... Comment mes pieds ont-ils atterri dans ces chaussures ?

Attendez une mini-minute. Peut-être que maman les a achetées pour me faire une surprise ? Non pas qu'elle ait l'habitude de faire ce genre de chose, mais j'ai été très sage ces derniers temps (après avoir été privée de sortie pour un truc absolument ridicule, je n'en parle même pas). Elle sait se montrer généreuse quand il s'agit de récompenser les bonnes actions.

J'ai sûrement dû les lacer ce matin sans même m'en rendre compte. Mouais, ça ne tient pas debout... Mais je me suis couchée très tard hier soir, et je suis toujours complètement à l'ouest quand je suis fatiguée.

Voilà qui n'explique toujours pas pourquoi je ne me suis pas aperçue que je les portais *avant*. Je jette un nouveau coup d'œil. Ces chaussures sont d'un vert lumineux. Étincelant, même. Comme si elles faisaient tout leur possible pour attirer mon attention.

Peu importe. Des nouvelles baskets ! L'accessoire idéal pour mon super-programme d'après les cours.

Je souris comme quelqu'un à qui on viendrait d'ôter ses bagues dentaires.

— Je peux t'emprunter ton téléphone ? dis-je à Tammy, qui farfouille dans sa sacoche.

Le moins que je puisse faire, c'est de remercier maman – peut-être que la prochaine fois, elle craquera pour un portable.

— Super, les pompes, dit Tammy en jetant un œil. Quand est-ce que t'en as changé ?

— Je les ai pas... changées. Je les ai, euh... portées toute la journée.

Non ? Voilà que je ne suis plus très sûre, à nouveau.

Tammy lève le pouce de sa main droite et me passe le téléphone de l'autre. Elle utilise des signes de la main pour exprimer ses humeurs et elle a fréquemment recours au mime subaquatique depuis qu'elle a pris des cours de plongée sous-marine en famille l'année dernière à Aruba. Le pouce en l'air signifie « Sortons de l'eau », ce qui veut dire qu'elle a envie de se tirer d'ici.

Ma mère décroche à la première sonnerie.

— Merci pour les baskets, maman ! Elles sont super ! Je suis désolée de ne pas les avoir remarquées ce matin.

Silence. Ensuite, des bruits étouffés sur la ligne.

— T'es toujours là ? je demande en claquant des talons.

Je n'aurais jamais cru que le daim vert soit aussi glamour.

— Je t'entends pas.

Je perçois des chuchotements agités, puis un « CCChhhhut ! » sonore.

— Il faut que tu rentres à la maison, me dit maman.

— Quoi ? Pourquoi ?

Mon estomac est en chute libre.

Nouveau silence. Nouveaux chuchotements agités.

— Il faut que je te parle, répond-elle, la voix mal assurée. C'est très important.

— Mais j'ai des projets extrêmement importants, moi aussi, après le lycée !

Mon destin doit se jouer à la pizzéria Stromboli ! C'est un désastre absolu.

— Et puis t'as dit que je pouvais y aller quand je t'ai appelée il y a une heure !

— Il s'est passé quelque chose, réplique sèchement ma mère, causant ma perte. Je te demande de rentrer immédiatement.

Ma doudoune fourrée commence à me faire l'effet d'un four.

— On ne peut pas parler de cette chose si importante plus tard ?

Ma mère pousse un de ses soupirs genre pourquoi-faut-il-que-je-porte-tout-le-poids-du-monde-sur-mes-épaules.

— Rachel, assez.

— Très bien.

Je lâche un soupir, moi aussi. J'en ai un bien à moi, et il est tout aussi martyresque. Maigre triomphe, j'appuie sur le bouton rose pour raccrocher avant qu'elle ait pu dire au revoir.

— Je peux pas venir, dis-je à Tammy en lui rendant son téléphone.

J'ai les joues en feu. Pourquoi est-ce que je n'ai pas attendu de rentrer à la maison pour remercier maman ?

Tammy ajuste sa queue de cheval châtain clair et serre le poing devant sa poitrine, son signe pour « Plus d'oxygène », ce qui signifie qu'elle est désolée pour moi. Elle essaie toujours de vous remonter le moral. En plus, elle est intelligente et on peut lui faire confiance. Elle est toujours là quand j'ai besoin de parler à quelqu'un. Plus important, quand je me promène sans le vouloir avec des graines de sésame entre les dents, elle me prévient aussitôt discrètement en tapotant ses lèvres. C'est vraiment une super-amie. C'est juste que – bon, d'accord, c'est moche d'avoir des préférences – j'aime mieux Jewel. Mais, vu la façon dont elle m'a traitée, je pourrais aussi bien me promener avec une écharpe « Viens-de-me-faire-larguer » en travers de la poitrine que je n'ai pas.

Soupir.

Ces quatre derniers mois, depuis qu'elle est allée se pavaner au casting du défilé de mode du lycée Kennedy et qu'on l'a retenue, Juliana Sanchez (Jewel pour les intimes, ou PP) a littéralement muté : mon ancienne complice et meilleure copine est maintenant membre à part entière du cercle très fermé de la jet-set du lycée. Oui, elle est des leurs maintenant. À l'exception de quelques minutes en cours de maths, je n'ai pratiquement plus l'occasion de lui parler. Elle me manque.

J'espérais qu'en allant à la pizzéria Stromboli j'aurais une chance de regagner mes galons de PP (Pire Pote) auprès de Jewel. (Désolée pour l'acronyme PP ringard, mais on l'utilise depuis toujours, Jewel et moi.) Tous les gens cool y seront. Une chance qu'on ait pensé à moi : Mick Lloyd a invité Jeffrey Stars, qui a invité Aaron Jacobs, qui a invité Tammy, laquelle m'a invitée. Et tu n'y vas pas si tu n'es pas invité. Tu ne peux pas : tu ne saurais pas dans quelle pizzéria/café/appartement-sans-parents le cercle a choisi d'aller, alors tu ne saurais pas où te pointer. Si seulement ils choisissaient le même endroit chaque fois, comme dans *Friends*. On n'a jamais vu Monica débarquer dans un nouveau café, le Pas-Si-Central Perk, en train de se demander où tous les autres avaient bien pu passer.

À l'extrémité du couloir, j'aperçois Raf Kosravi devant son casier, qui attrape son manteau. Une mèche de ses cheveux de jais retombe sur ses yeux assortis, et il la repousse du dos de la main.

Mon cœur. Bat la. Chamade. Et Pas. À cause. Des pompes.

Soupir. À cause de ma mère, je vais peut-être rater un moment précieux pour flirter avec Raf, le garçon dont je suis amoureuse.

Je suis aussi amoureuse de Mick Lloyd. Oui, je sais que ça a l'air bizarre d'aimer deux garçons à la fois, mais dans la mesure où je n'ai jamais dit plus de deux mots à chacun d'eux (« Bonnes vacances » à Raf, et « Excuse-moi » à Mick), je ne m'en fais pas trop si mon cœur balance. Mick Lloyd est plutôt le genre

Américain typique, blond, mignon, qu'on peut voir dans tous les jeux télé de rencontres. Un grand sourire, une fossette sur chaque joue et des cheveux magnifiques. Raf fait plutôt dans le genre beau ténébreux. Il n'est pas trop grand, seulement un mètre soixante-cinq (ce qui fait déjà beaucoup, bien plus grand que moi avec mon mètre cinquante-cinq – j'espère que je n'ai pas fini de grandir), et possède le corps mince et élancé d'un champion de tennis ou d'un nageur olympique (encore que je n'aie jamais regardé de matchs de tennis pro ou de compètes de natation). Raf fait aussi partie du défilé de mode, comme Jewel.

Ah, le défilé. En fait, c'est plutôt un spectacle de danse avec podium et tenues de créateurs. Enfin, d'après ce que j'ai compris. Vu que je ne suis qu'en seconde, et que le spectacle est en avril, je ne l'ai jamais vu. Et depuis qu'un ancien élève du lycée Kennedy – devenu entre-temps un des réalisateurs « en vue » à Hollywood – en a lancé l'idée voici dix ans, histoire de lever des fonds pour le bal de promo, c'est devenu un truc cool à faire pour les garçons. Comme le foot ou le base-ball. Il y a un paquet de garçons qui jouent au football et qui participent aussi au spectacle, y compris le quart-arrière. Pas de chance pour l'étagère à trophées de l'école, le quart-arrière est meilleur danseur qu'athlète.

Mick ne fait pas partie du spectacle, mais il joue au base-ball, dans la seule équipe sportive de l'école qui ne perde pas systématiquement. Et – *Tada !...* – il habite dans un hôtel particulier. Comme sa mère et son père ne sont jamais là, il organise un tas de fêtes d'enfer (auxquelles je ne suis jamais allée). Raf et Mick sont trop classe, tous les deux. Mais ce n'est pas pour ça qu'ils me plaisent.

Raf boutonne son manteau et tape dans le dos d'un de ses copains.

Soupir.

Quelle menteuse. *Évidemment* que c'est pour ça qu'ils me plaisent. Je ne les connais *même pas*, alors pour quelle raison, sinon ? Ils sont canons et cool – traduisez sexy et populaires – et si l'un des deux s'intéressait à moi, je pourrais enfin me vanter d'avoir reçu un vrai baiser. (Je soutiens que le premier, c'était avec un Texan appelé Stu que j'ai rencontré lors d'une croisière. C'est complètement faux. Même s'il y avait bien un dénommé Stu, originaire du Texas, il avait sept ans.) De plus, mon statut passerait immédiatement de copine de seconde catégorie (seconde catégorie + à la rigueur) à celui de vedette.

J'ai vraiment très envie de faire partie de leur jet-set. Oui, je sais que c'est monstrueusement pathétique de ma part, et j'ai vu suffisamment de films pour savoir que les gens populaires finissent toujours par payer leur popularité. Et faire partie de l'élite sociale du lycée ne signifie pas qu'on fera automatiquement partie de celle de la fac. Mais... comme les blondes, ils ont toujours l'air de mieux s'amuser.

Je vous le demande : c'est si mal d'avoir envie d'être heureuse ? D'avoir envie d'être aimée ? D'avoir envie que ma vie ressemble à une pub pour sodas, pleine de rires, de jeunes gens qui font des bonds joyeux en se topant dans les mains ?

Aaron, autrement dit le contact de Tammy au sein du cercle convoité, lui fait signe à l'extrémité du couloir.

Tammy refuse de le croire, mais Aaron a un faible pour elle. Il ne fait pas tout à fait partie de la bande des top-cool, mais il est allé au collège avec Mick et il est copain avec Jeffrey, le meilleur ami de Mick, alors il est parfois invité en dépit des quelques échelons qui les séparent. Tammy dit que si Aaron l'aimait, il lui aurait demandé de sortir avec lui depuis le temps. Au lieu de quoi, ils sont devenus « amis ». Ils chattent sur le Web tous les soirs. Tammy soutient qu'elle ne l'aime pas, mais elle ne me fera pas avaler ça. Elle pouffe de rire quand elle est près de lui et n'arrête pas de faire ses signaux subaquatiques.

— Prête ? demande Aaron en enroulant son écharpe autour de son cou et sur ses oreilles comme un casque.

On dirait un des méchants hommes des sables qui essaient de tuer Luke dans *La Guerre des étoiles*. Aaargh. Seule une débile mentale peut faire allusion à *La Guerre des étoiles*. Comment vais-je obtenir un jour le statut cool si je suis aussi nulle ?

Il est grand temps de bondir et de rire, moi aussi. Peut-être que si je lève la main, Tammy va toper dedans ?

Non.

Au lieu de ça, Tammy adresse à Aaron son OK sous-marin, lequel – une chance – est aussi le signe universel pour OK, avec le pouce et l'index. Ce qui m'a toujours laissée perplexe. Où est le K ? Qu'est-ce qui se passe si tu veux seulement dire *Oh*, comme dans *Oh, Raf, pourquoi est-ce que tu ne me remarques pas ?* Ou bien : *Oh, au moins j'ai des super nouvelles chaussures.*

— Bon, ben, à demain, me dit-elle.

Pourquoi, oh pourquoi est-ce que je dois rentrer à la maison ?

Je tourne au coin de la 10e Rue et cours d'une traite jusqu'à mon immeuble. Ça me rend dingue d'infliger ce traitement à mes toutes nouvelles semelles, mais je n'ai pas le choix. Les lobes de mes oreilles se sont transformés en glaçons. Maintenant, le docteur va devoir amputer. Sérieux. C'est ce qu'ils font en cas d'engelure. Appelez-moi Van Gogh.

J'appuie sur le bouton pour appeler l'ascenseur. Pour tuer le temps – pourquoi c'est si long ? –, j'établis une liste mentale.

Sujets Potentiels de Toute Première Importance dont Il Faut Absolument que Maman me Parle Aujourd'hui — et Pas un Autre Jour :

1. Peut-être que son agence de voyages, Soleil de Miel (ils sont spécialisés en voyages de noces, ah, ah, la bonne blague), a mis la clé sous la porte. Peut-être qu'elle va nous dire qu'il faut qu'on com-

mence à faire des économies. Qu'on se serre la ceinture. Qu'on cuisine davantage, qu'on mange moins au resto. Qu'on résilie le service du signal d'appel. Qu'on rende mes nouvelles chaussures.

2. Peut-être que Miri, ma petite sœur qui a douze ans, a vu un tueur à gages descendre quelqu'un, que les procureurs veulent la faire témoigner et qu'on va bénéficier du programme de protection des témoins et déménager à Los Angeles. La Californie, ça serait le pied. À part que tout le monde à L.A. a des implants. Qui peut bien avoir envie d'abriter un corps étranger ? Les bagues, c'était déjà assez moche – ça me faisait ressembler à un robot. (Quoique, j'ai toujours voulu avoir un robot. Surtout un programmé pour plier le tas de vêtements déjà portés qui tapissent le sol de ma chambre.)

3. Peut-être que ma mère est gay. La mère de Tammy a fait son coming-out il y a quatre ans. Dans la mesure où les deux parents biologiques de Tammy se sont remariés, elle a maintenant trois mères – une vraie et deux fausses. Comme si une mère, ça ne suffisait pas bien assez. Nan... Ma mère n'est pas gay. Je l'ai vue battre des cils et tripoter ses cheveux quand elle croise par hasard Dave, le pompier de vingt-sept ans super-canon qui habite au deuxième étage.

4. Peut-être – là, je sens que j'en fais trop – que ma mère ou ma sœur sont en phase terminale. Mais Miri a tout le temps faim. Est-ce qu'on a faim en phase terminale ? Je ne crois pas. Non pas que j'aie

déjà fréquenté quelqu'un qui soit aussi mal. Je n'en ai jamais eu l'occasion. Mais j'ai vu un téléfilm il y a quelques semaines où deux garçons se moquaient d'un pauvre petit leucémique parce qu'il perdait ses cheveux, et ça m'a vraiment énervée. Si je connaissais une personne qui allait mourir, je serais super-sympa avec elle. Ma mère a indéniablement une mine de papier mâché, alors peut-être – ohmon-Dieu – qu'elle a un cancer. Encore que son teint pâle puisse être dû à ses épouvantables habitudes alimentaires.

Franchement, elle prend des marshmallows pour son petit-déj'. Et pas les bons qu'on trouve dans les céréales Lucky Charms, non – elle mange les blancs qu'on trouve en sachet. Et elle se prépare un misérable bagel pour le déjeuner. Ensuite, on se tape une cochonnerie au tofu pour le dîner. Elle refuse de préparer de la viande. Même ma sœur est végétarienne maintenant, alors c'est deux contre une. Bien évidemment, je ne crois pas que quelqu'un soit réellement malade, sinon je deviendrais complètement hystérique. Et si quelqu'un était *vraiment* malade, je m'en serais rendu compte. J'ai l'œil. Comme pour les pilules contraceptives de ma mère. D'accord, je les ai trouvées dans le compartiment secret de sa trousse de maquillage – une autre raison pour laquelle je sais qu'elle n'est pas gay. Je ne sais pas pourquoi elle les prend, ça fait deux ans qu'elle n'a pas le moindre flirt. J'ai essayé de l'inscrire à un site de rencontres sur le Net, mais elle a piqué une crise quand elle m'a vue retoucher ses rides sur la photo. Elle m'a obligée à détruire tout son profil.

Cette liste devient n'importe quoi. Pas étonnant que je n'en fasse jamais, ce n'est vraiment pas mon truc. Ça entrave, comme les collants. Miri adore ça (les listes, pas les collants – ça, on déteste toutes les deux, surtout ceux en laine qui grattent). Alors que je suis du genre pagaille, chaussettes-de-la-semaine-dernière-encore-sous-le-lit, ma sœur tape et punaise des mémos intitulés *À faire aujourd'hui ! Liste d'affaires pour aller chez papa ! Raisons pour lesquelles je suis maniaque des listes !* (je plaisante...) sur l'énorme panneau d'affichage au-dessus de son bureau. Le reste de sa chambre est tapissé de diplômes de Tae Kwon Do. Elle est ceinture marron, deux crans sous la noire. C'est dingue, non ? Elle ne mesure qu'un mètre trente-sept et elle peut mettre une raclée à papa. Bon, d'accord, sans doute qu'elle ne peut pas lui mettre de raclée. À moi oui, en tout cas, ça c'est sûr. Je suis allée à un cours une fois, mais tous ces coups de pied, ces courbettes, et la concentration requise, c'était épuisant. Sans parler de la règle impossible : pas le droit de parler...

J'avise le panneau sur l'ascenseur : EN PANNE.

Groumpf... Je crois que les escaliers feront ma gym du jour. De la semaine, en fait. Bon, très bien, du mois. Je monte quatre à quatre la première volée. Je gravis la deuxième deux à deux. À la quatrième, je suis au bord de l'évanouissement.

Peut-être que j'aurais dû rester au Tae Kwon Do.

Je ne serais pas aussi faiblarde. Je ne suis pas de ces filles obsédées par leur tour de cuisses, mais c'est un peu triste d'être aussi jeune et déjà essoufflée.

Peut-être que je pourrais m'inscrire dans une équipe de sport.

Nan. *Pouf, pouf*. L'exercice. *Pouf, pouf*. C'est. *Pouf, pouf*. Trop. *Pouf, pouf*. Dur.

Le temps que j'insère la clé dans la serrure de la porte d'entrée, je suffoque.

J'accroche mon manteau dans la penderie.

— Coucou ?

— On est là, dit ma mère du fond de sa chambre.

J'essuie les semelles de mes nouvelles baskets funky, allume les lampes dans la cuisine et me sers un verre d'eau. Puis je passe devant ma chambre, celle de ma sœur, la salle de bain, pour entrer enfin chez la patronne. Miri et elle sont assises côte à côte dans le lit, les jambes cachées sous un édredon mauve délavé, adossées à la tête de lit. Elles portent toutes les deux leurs pyjamas habituels : des tee-shirts de concert trop grands.

— Pourquoi ça pue la clope ici ?

Un cendrier débordant de mégots est calé entre les bosses qui doivent être les pieds de ma mère. Qu'est-ce qui se passe ? Ça fait plus d'un an qu'elle n'a pas fumé.

— Petite rechute, dit ma mère avec une mine de chien battu. Ça n'arrivera plus. Assieds-toi. Il faut qu'on te parle.

Oh-oh. J'essaie d'oublier les mégots répugnants et de me concentrer sur le sujet. Ça doit être vraiment moche. Si on avait gagné au loto, elle m'aurait accueillie avec un sourire et du champagne. Bon, d'accord, peut-être pas du champagne, vu le prix que ça coûte. Mais peut-être du chardonnay. Parfois, elle me laisse prendre un petit verre de vin au dîner. Elle dit qu'elle préfère que j'essaie avec elle plutôt qu'à une fête sans adultes.

Encore que je ne sois jamais allée à une fête non surveillée. Mais si quelqu'un veut m'inviter, je suis partante. Vous pouvez m'appeler sur mon fixe à la maison (pas sur le portable) ou m'envoyer un mail à...

— Oh, Rachel, dit maman. Par où commencer ?

Miri pioche dans un sachet de graines de tournesol. Ce n'est pas joli à voir. Elle les suce une à une, se lèche les doigts, puis replonge sa patte sale aux ongles rongés (une manie héritée de ma mère) dans le sac. Une graine toute mouillée est restée accrochée à une boucle de ses cheveux châtains mi-longs. Très appétissant.

— T'en veux ?

Beurk !

— T'as gardé tes chaussures dans l'appartement ? demande ma mère, en se penchant au-dessus du lit.

— Non.

Je m'apprête à la remercier une fois de plus, mais la curiosité l'emporte sur les bonnes manières : qu'ont-elles donc à me dire ? Alors, je délace mes baskets et les pose soigneusement par terre. Puis je glisse à plat ventre sur le lit, genre base-ball (tu vois comme on est faits l'un pour l'autre, mon petit Mick ?).

— Vaudrait mieux que ça soit important.

Au lieu de répondre, ma mère allume une cigarette.

— Allô ? Arrête avec ta clope, dis-je, mais elle a le culot de m'ignorer.

Je me tourne vers Miri.

— Pourquoi t'es toujours en pyjama ? T'es pas allée à l'école ? T'avais pas Tae Kwon Do aujourd'hui ?

Elle a le droit de sécher les cours alors qu'elle n'est même pas en train de mourir ?

— Je suis restée à la maison aujourd'hui, déclare-t-elle en exhibant des graines mâchouillées. On avait des trucs à se dire, maman et moi.

— On parle pas la bouche pleine, dis-je.

En tant que grande sœur, j'essaie d'adresser des critiques constructives à Miri. Souvent. Elle ferme la bouche, avale, et rétorque :

— Tu me commandes pas quand je mange.

Ma mère se masse les tempes, manquant de mettre le feu à ses cheveux blonds décolorés avec le bout de sa cigarette.

— Les filles, s'il vous plaît. Pas de dispute aujourd'hui, je n'ai pas la force.

Je m'inquiète à nouveau.

— Tout va bien ? Qu'est-ce qui se passe ?

Un grand sourire fend le visage de Miri.

— Tout va merveilleusement bien.

Elle se penche au-dessus du lit, regarde mes nouvelles chaussures et se met à glousser.

— Incroyable !

Maman jette un regard d'avertissement à Miri.

— Les apparences peuvent être trompeuses, Miri.

Pense à ce que je t'ai dit tout à l'heure, j'étais très sérieuse.

Ma famille est plus difficile à comprendre que les signes subaquatiques de Tammy.

— Qu'est-ce que tu racontes ? Et si tout est si génial, qu'est-ce que je fais ici ?

— Rachel...

Ma mère respire un grand coup.

— Ta sœur est une sorcière.

2

Droit des animaux : ma sœur fait de l'excès de zèle

— Pardon ? dis-je, stupéfaite.

— Ta sœur est une sorcière, répète ma mère.

— Elle est pas si terrible que ça, maman, dis-je d'une voix étouffée, pour prendre la défense de Miri.

— Non, tu ne comprends pas. Une sorcière-sorcière.

Miri opine du chef.

— Genre Sabrina. Hermione.

Elle plisse le front, pensive.

— Ou comme dans cette série télé des années soixante, *Ma sorcière bien-aimée*.

Ma mère fronce les sourcils.

— C'est vraiment pas le meilleur exemple.

Dites-moi, qu'est-ce qu'une adolescente est censée

faire quand sa mère lui dit une chose pareille ? Ce qui me vient à l'esprit, c'est :

— Je crois que tu devrais envisager de reprendre une thérapie.

Je veux dire, *c'est bon, quoi.*

Ma mère mordille sa lèvre gercée.

— Tu te souviens de ce qui s'est passé hier ? avec le homard mort ?

OK, permettez que je fasse machine arrière un instant.

Hier soir, mon père nous a obligées, Miri et moi, à dîner chez ses futurs beaux-parents, les Abramson, originaires de Ridgefield dans le Connecticut. Ouais, ses beaux-parents. Le 3 avril, il épouse FBM (Future Belle-Moche). Alias Jennifer.

Il y a aussi FBMM, Future Belle-Mini-Moche. En clair, FBM a une fille de cinq ans, Priscilla, un prénom ridicule. Miri et moi, on l'appelle Prissy.

Les dîners de famille des Abramson *n'en finissent pas*. Les adultes s'en fichent ; ils n'ont pas de devoir de biologie à rendre. Comme en plus ils s'enfilent trois bouteilles de vin minimum, ils sont tous complètement soûls et, contrairement à maman, ils ne nous en proposent pas. Et comme Prissy est assise entre Miri et moi, on est obligées de tout lui couper dans son assiette et d'écouter ses questions débiles d'enfant de cinq ans et autres divagations. (« Aujourd'hui, à l'école, Mlle Kimmel nous a donné des esquimaux, est-ce que vos maîtresses vous donnaient des esquimaux ? Le mien, il était cassé et il faisait beau... »)

PAPIER À BASE DE FIBRES CERTIFIÉES

Le Livre de Poche s'engage pour l'environnement en réduisant l'empreinte carbone de ses livres.
Celle de cet exemplaire est de :
330 g éq. CO_2
Rendez-vous sur
www.livredepoche-durable.fr

« Pour l'éditeur, le principe est d'utiliser des papiers composés de fibres naturelles, renouvelables, recyclables et fabriquées à partir de bois issus de forêts qui adoptent un système d'aménagement durable. En outre, l'éditeur attend de ses fournisseurs de papier qu'ils s'inscrivent dans une démarche de certification environnementale reconnue. »

Édité par la Librairie Générale Française - LPJ
(43 quai de Grenelle, 75905 Paris Cedex 15)

Composition Nord Compo
Achevé d'imprimer en Espagne par BLACK PRINT CPI IBERICA
Dépôt légal 1re publication juillet 2014
15.3332.1/01 - ISBN : 978-2-01-328521-6
Loi n° 49-956 du 16 juillet 1949 sur les publications destinées à la jeunesse
Dépôt légal : juillet 2014